Paul-Werner Scheele · Die Stimme der Iren

Sankt Kilian

Karl Clobes

Paul-Werner Scheele

Die Stimme der Iren

Heimat, Erbe und Auftrag Kilians und seiner Gefährten

echter

CIP-Titelaufnahme der Deutschen Bibliothek

Scheele, Paul-Werner:
Die Stimme der Iren : Heimat, Erbe und Auftrag Kilians und seiner Gefährten / Paul-Werner Scheele. – Würzburg : Echter, 1989
ISBN 3-429-01238-4

Mitglied der Verlagsgruppe »engagement«

Umschlag: Ernst Loew
Gesamtherstellung: Echter Würzburg
Fränkische Gesellschaftsdruckerei und Verlag GmbH
Printed in Germany
ISBN 3-429-01238-4

Inhalt

Vorwort

»Wir dürfen von der Insel Irland nicht schweigen, denn von dort ist strahlendes Licht zu uns gekommen, dort ist die Sonne des Glaubens für uns aufgegangen.« Diese Worte, die der Mönch Ermenrich vor mehr als 1100 Jahren von der Reichenau aus Abt Grimold von St. Gallen ans Herz legte, haben weder ihre Gültigkeit noch ihre Aktualität eingebüßt. Sie bekommen ein um so größeres Gewicht, je mehr wir dem biblischen Appell Folge leisten: »Denkt an eure Vorsteher, die euch das Wort Gottes verkündet haben; schaut auf das Ende ihres Lebens, und ahmt ihren Glauben nach!« (Hebr 13,7). 1300 Jahre nach dem Martyrium der irischen Frankenapostel hat die Diözese Würzburg allen Anlaß, sich auf das zu besinnen, was damals geschah, um besser für das gewappnet zu sein, was heute und in Zukunft geschehen muß. Will man sich den Glauben, die Verkündigung und das Blutzeugnis der irischen Missionare so konkret wie möglich vergegenwärtigen, muß man nach ihrer Heimat, ihrem Erbe und ihrem Auftrag Ausschau halten. Wie war die Welt beschaffen, in der sie zu Hause waren? Was hat sie geprägt und bewegt? Welches geistig-geistliche Erbe haben sie empfangen, bevor sie darangingen, es mit anderen zu teilen? Welche Gestalt hat der christliche Glaube in ihrer Heimat gewonnen? Was aus der Fülle der biblischen Botschaft hat sie besonders angesprochen? Wie haben sie den Auftrag Christi vernommen und verstanden, wie haben sie sich ihm gestellt? Welche Vorbilder hatten sie? Welche Nachfolger brauchen sie?

Sucht man eine realistische Antwort auf diese Fragen, kann man erregende und bewegende Entdeckungen machen. Trotz aller gerade in Irland zu beklagenden Zerstörungen kostbaren Kulturgutes sind aus der Zeit Kilians in Wort, Bild und Gestalt Zeugnisse überliefert, die den Menschen am Ausgang des 20. Jahrhunderts unmittelbar anzusprechen vermögen. Auf diese Weise können sie bewußt machen, wie sehr die Heimat der irischen Missionare auch die unsere geprägt hat, wie reich ihr Erbe und wie dringlich ihr Auftrag ist. Auf Schritt und Tritt kann man erfahren, daß die geistig-geistliche Welt der irischen Missionare lebendig geblieben ist. In der

Rückschau auf das alte Irland hat Heinrich Böll davon gesprochen, daß »Europas glühendes Herz« vor mehr als tausend Jahren »weit außerhalb der Mitte, als ein Exzentrikum, tief in den Atlantik hineingerutscht«, lag. Nimmt man wahr, was uns aus jener Zeit überliefert worden ist, kann man bis zur Stunde das pulsierende Schlagen dieses glühenden Herzens im Zentrum des Abendlandes vernehmen. Das ist so, auch wenn die Sorge einen nicht losläßt, daß durch bedenkliche Verfallserscheinungen vieles tiefer abgerutscht ist, als es im Atlantik überhaupt möglich wäre.

Die Beiträge dieses Buches möchten weitergeben, was aus der Mitgift der irischen Missionare für uns heute besonders hilfreich erscheint. Bei verschiedenen Gelegenheiten sind sie zunächst mündlich vorgetragen worden. Sich anschließende Gespräche haben gezeigt, daß viele heutzutage für den Kontakt mit der Heimat, dem Erbe und dem Auftrag Kilians und seiner Gefährten aufgeschlossen sind. Im Bistum Würzburg denkt man beim Wort »Gefährten« zunächst an den Priester Kolonat und den Diakon Totnan, die ihren Bischof Kilian bis in den Tod hinein begleitet haben. Die Passio Kiliani weiß von einem Zwölferkreis, der von Irland aufgebrochen ist, wie es vorher unter der Führung des heiligen Kolumban geschah. Wie viele irische Gefährten insgesamt auf dem europäischen Festland das Evangelium Jesu Christi verkündet haben, wissen wir nicht. Sie alle sind mitgemeint, wenn wir uns bemühen, so genau und so lebendig wie möglich die Stimme der Iren aufzunehmen und zugleich darauf aus sind, das Wichtigste von dem, was sie uns zu sagen hat, auf unsere Weise in unserer Zeit weiterzugeben. Mögen sich viele neue Gefährten Kilians finden, die fähig und bereit sind, sein Werk weiterzuführen, und seine Botschaft glaubwürdig und liebenswürdig in alle Bereiche des Lebens hineintragen!

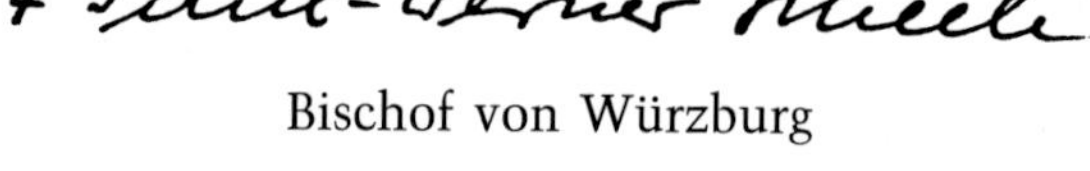

Bischof von Würzburg

»Die Stimme der Iren«

Was altirische Dichtung über die Frankenapostel und über unser Leben zu erkennen gibt

Am Anfang der *Missionierung* unseres Kontinents steht ein geheimnisvolles Geschehen: Der Völkerapostel hatte auf seiner zweiten Missionsreise Kleinasien durchquert und war bis nach *Troas* gekommen. »Dort hatte Paulus in der Nacht eine Vision. Ein Mazedonier stand vor ihm und bat ihn: Komm herüber nach Mazedonien und hilf uns!« Lukas fügt hinzu: »Auf diese Vision hin wollten wir sofort nach Mazedonien abfahren; denn wir waren überzeugt, daß uns Gott dazu berufen hatte, dort das Evangelium zu verkünden. So brachen wir von Troas auf und fuhren auf dem kürzesten Weg nach Samothrake und am folgenden Tag nach Neapolis. Von dort gingen wir nach Philippi.«[1]

Im 5. Jahrhundert geschieht *im Nordwesten Europas* etwas ähnliches. Der Apostel Irlands hat es kurz vor seinem Tod festgehalten. Voraufgegangen waren dramatische Ereignisse. Mit 16 Jahren wurde der Brite Patrick von Seeräubern nach Irland verschleppt und da als Sklave verkauft. Nach sechs Jahren konnte er in die Heimat entfliehen. Freudig wurde er dort wieder aufgenommen. Mit Nachdruck beschwor man ihn, nachdem er so viel in der Fremde erlitten habe, solle er die Seinen nicht wieder verlassen. Da erschien Patrick in einer nächtlichen Vision ein Mann. Offensichtlich kam er von Irland. Er hatte »zahllose Briefe« bei sich. Patrick berichtet: »Er gab mir einen davon und ich las die ersten Worte des Briefes. Sie lauteten: ›Die Stimme der Iren‹. Als ich den Anfang des Briefes las, war es mir, als hörte ich im selben Augenblick ihre Stimme. ... Sie riefen wie aus einem Munde: ›Junge, wir bitten dich, komm und sei wieder in unserer Mitte.‹«[2] Patrick folgte dem Ruf. Nach gebührender Vorbereitung zog er erneut in das Land, in das er mit Gewalt gebracht worden war, und verkündete dort das Evangelium Jesu Christi.

Spannen wir einen riesigen Bogen zwischen den beiden ebengenannten Basen im Südosten und im Nordwesten Europas, dann finden wir uns *in Franken* unter dessen Mittelstück. Genauer gesagt ist unser Platz unter dessen nördlichstem Teil, ist uns die »Grüne Insel« doch näher als die griechische Küste. Wie begann bei uns die Missionierung? Die Frage ist leichter gestellt als beantwortet. Wir kommen an der Tatsache nicht vorbei, daß wir die meisten zu einer realistischen Antwort gehörenden Personen und Ereignisse nicht kennen. Immerhin können wir eins mit Gewißheit sagen: in unserer Glaubensgeschichte hat »die Stimme der Iren« Entscheidendes in Bewegung gebracht.

Leider haben wir keine zeitgenössischen Zeugnisse wie die des Evangelisten Lukas und des Irlandmissionars Patrick. Nähere Auskünfte finden sich erst in der *Passio Kiliani*[3]. Wann diese exakt niedergeschrieben wurde, ist unter den Experten umstritten. Die Angaben bewegen sich im Zeitraum zwischen 752 und 840[4]. Die Passio minor genannte ältere Lebensbeschreibung der Frankenapostel sagt nichts über ein punktuelles Geschehen, wie es von Paulus und Patrick berichtet wird, indes spricht sie von zwei Begegnungen, die trotz des zeitlichen Abstands zwischen ihnen zusammengesehen werden wollen. In der ersten vernahm der junge Kilian die Stimme des Herrn. Wörtlich heißt es: »Es geschah, daß eines Tages durch das Evangelium gleichsam als der Stimme des Herrn an ihn die Mahnung erging: ›Wer mein Jünger sein will, der verleugne sich selbst, nehme sein Kreuz auf sich und folge mir nach.‹«[5] Zusammen mit elf Gefährten brach er auf. In Würzburg kam es zu der zweiten Begegnung. Ist die erste in Irland als worthaftes Ereignis der Vision Patricks verwandt, so erinnert das Geschehen im Frankenland an den hilfesuchenden Mazedonier, von dem Lukas berichtet. Auch hier nimmt der Hilferuf konkrete Gestalt an: Kilian fand in Würzburg sympathische Leute. Um so mehr berührt ihn ihre Notlage. Ausdrücklich hält die Passio fest: »Als er die sehr schöne Menge von Menschen edler Art sah, die vom alten Feind besessen waren, betrauerte er mehr als sich sagen läßt ihre Blindheit.«[6] Sogleich überlegte er mit seinen Gefährten, wie man hier helfen könne.

Was ist in der Folge in concreto vor sich gegangen? Was haben die Frankenapostel gesagt und getan? Was hat sie innerlich geprägt und bewegt, bevor sie zu unseren Vorfahren kamen? Welchen Geistes Kinder waren sie? Was haben sie gefürchtet, was geliebt? Für all das haben wir keine unmittelbaren Zeugnisse. Desto wichtiger ist ein respektables *mittelbares Zeugnis*. Es läßt bis zur Stunde eindrucksvoll »die Stimme der Iren« vernehmen, die Stimme also, die Kilian und seine Mitmissionare von Jugend auf gehört haben. Die Rede ist *von der altirischen Dichtung.* Innerhalb der europäischen Literatur stellt sie ein eigenes, faszinierendes Reich dar. Leider ist es für die meisten Mitteleuropäer ein unentdecktes Reich; viele ansonsten Gebildete wissen nicht einmal von dessen Existenz. Selbst Herausgeber umfänglicher Anthologien abendländischer Dichtung scheinen zu ihnen zu gehören; jedenfalls fehlen in ihren großangelegten Bänden jegliche altirische Texte[7]. Damit mag zusammenhängen, daß man bislang beim Bemühen um das Leben der Frankenapostel die Quelle der altirischen Dichtung kaum beachtet, geschweige denn aus ihr geschöpft hat. Unsere Darlegungen wollen dazu ermuntern. Das geschieht in der Überzeugung, daß dabei nicht nur Licht auf Kilian und seine Gefährten und so auf unsere Glaubensgeschichte fällt, sondern ebenso auf Nöte und Probleme, Hoffnungen und Chancen unserer Zeit. Wer sich bemüht, »die Stimme der Iren« im Medium der altirischen Dichtung zu vernehmen, kann erfahren, daß sie Wesentliches über die Frankenapostel und zugleich über unser Leben zu sagen hat; überdies zeigt sich – sozusagen von Kunst zu Kunst, von Herz zu Herz –, daß sie insbesondere für das künstlerische Schaffen von erregender Aktualität ist.

Zur Eigenart der altirischen Dichtung

Die menschliche wie die künstlerische Nähe über die Jahrhunderte hinweg wird offenkundig, wenn wir zunächst nach der Eigenart der altirischen Dichtung fragen. Ohne eine erschöpfende Antwort geben zu wollen können wir sagen: Sie zeichnet sich aus durch archaische Ursprünglichkeit und spannungsgeladene Dynamik, durch existentielle Betroffenheit und sympathische Menschlichkeit.

»Die Stimme der Iren« hat einen frischen Klang. Sie vereint *urtümliche Elemente und Impulse,* die späteren Generationen abgehen. Selbst im Vergleich mit der zeitgenössischen Literatur in anderen Teilen Europas fällt ihre vitale Urwüchsigkeit auf[8]. Mit Recht rühmt Paul Wilhelm Wenger »die elementare Bildhaftigkeit der Gesänge« und sieht in ihnen »die archaische Verwandtschaft der alttestamentlichen Wortwucht mit der Sprache der irischen Vorzeit«[9]. Angesichts des hohen Abstraktionsgrades irischer Bildkunst mag es überraschen, wie sehr die gleichzeitige Dichtung das konkrete Leben widerspiegelt. Sie bringt unverbrauchte Bilder, starke Farben und konkrete Personen mit Gesicht und Namen zur Sprache, nicht angekränkelt von »des Gedankens Blässe«, von der Shakespeares Hamlet im Monolog redet[10]. Die altirische Dichtung vermittelt nicht abstrakte Begriffe, sondern blühende *Bilder.* Ein Beispiel aus einem Lied zur Maienzeit:

»Bienen, deren Kraft klein ist, schleppen mit ihren Füßen die von den Blüten geholte Last; der Berg lockt das Vieh; die Ameise bereitet ein reiches Mahl.

Die Harfe des Waldes spielt ihre Melodie; ihre Musik bringt vollkommenen Frieden; Farbe hat sich auf jedem Hügel angesiedelt, Dunst liegt auf dem See voller Wasser...

Leichte Schwalben schießen in die Höhe, muntere Musik umhüllt den Berg, die Knospe erstrebt reiche Frucht«[11].

Welche Fülle, welche Vielfalt, welche Dynamik! Ähnliches finden wir, wenn wir uns in den Dialog einschalten, den König Guaire von Connaught († um 663) und sein Bruder, der Eremit Marbán, geführt haben. Auch hier rückt pralles, buntes Leben in den Blick:

»Die roten Äpfel am Apfelbaum,
Groß, wie sie bei Feen wachsen;
Gesegneter Platz! Und die kleine Nuß
Wächst dicht an den Haselzweigen.

Frisch ist die Quelle; der Wasserfall
Bricht lachend aus den Felsen;
Die Vogelkirsche, die Eibenfrucht,
Liguster hab' ich zur Nahrung.«[12]

Typisch und für mein Empfinden sympathisch ist über die ausgebreitete Bilderfülle hinaus, daß hier nicht ein Einsiedler »für sich« über das reflektiert, was ihm widerfährt, sondern daß er dieses seinem Bruder mitteilen will. Beide werden mit *Namen* vorgestellt. Nicht Typen, sondern Personen treten uns gegenüber. Kennzeichnend für dieses Interesse am konkreten Menschen ist, daß selbst die Heiligen Drei Könige ihre Namen irischen Autoren verdanken. Während die Bibel weder über ihre Zahl noch ihre Namen eine Auskunft gibt, spricht erstmals ein irischer Kommentar von »Melchio, Aspar, Patisara«.[13]

Die Vorliebe für das Konkrete und Persönliche zeigt sich auch in zentralen Glaubensaussagen. Die frühen irischen Dichter sagen nicht wie Friedrich Hölderlin:

»Wo aber Gefahr ist, wächst
Das Rettende auch.«[14]

Sie nennen die Gefahr mit Namen und den Rettenden auch. Patricks Lorica spricht nicht abstrakt von Gnade, sie bittet vielmehr inständig darum, daß Christus, der Herr, komme und helfe, daß er inmitten jeder Begegnung gegenwärtig sei:

»Christus im Herzen eines jeden, der mich trifft,
Christus im Munde eines jeden, der zu mir spricht,
Christus in jedem Auge, das mich sieht,
Christus in jedem Ohr, das mich hört.«[15]

Hier zeichnet sich ein weiteres Element altirischer Dichtung ab, ihre spannungsgeladene *Dynamik*. Viele ihrer Verse sind von pulsierender Lebendigkeit. Sie geben intensiv Bewegungen in der Welt wie im Innern des Menschen wieder, mehr noch: sie zielen selber Geschehnisse an. Sie wollen nicht nur berichten, sie wollen bewirken. Typisch dafür ist das Gedicht, das Sedulius seinem bischöflichen Gönner Hartgar von Lüttich widmet. Es beginnt wie eine absichtslose Naturschilderung:

»Jetzt sind grün die Saaten, jetzt blühen die Blumen des Feldes,
Jetzt treibt Knospen der Wein, jetzt zeigt das Jahr sich am
schönsten,
Jetzt umtönt uns der Sang der buntgefiederten Vögel,
Jetzt lacht Erde und Meer, jetzt lachen des Himmels Gestirne.«

Erneut treten Bilderfülle und Bewegtheit zutage. Das Ende vom Lied ist die gezielte Bitte um Hilfe, die der Muse in den Mund gelegt wird. Den irischen Sänger kennzeichnet am meisten der Vers, der unmittelbar voraufgeht:

»Kämpfer bin ich für euch, mit Waffen der Weisheit gerüstet.«[16]

Im Zeichen des Kampfes steht auch das Schifferlied Kolumbans. Es erinnert daran, daß dieser irische Missionar in der ersten Hälfte des 7. Jahrhunderts ähnlich wie Kilian sich nicht gescheut hat, dem ihm nahestehenden Herrscher wegen seiner Verfehlungen gegen

die Ehegesetze ins Gewissen zu reden. Was Kilian und seine Gefährten das Leben kostete, mußte Kolumban mit der Vertreibung aus Burgund bezahlen. Nach einigen Zwischenstationen zog er daraufhin rheinaufwärts. Zu dieser notvollen Fahrt ins Ungewisse passen die Verse, mit denen die »Schiffsleute auf dem Rhein angefeuert werden, in Sturm und Regen auszuhalten; Gott werde auch diesem Leiden eine Ende setzen. Der Dichter vergleicht die Unbilden der Natur mit den Anfechtungen, mit denen der Teufel die Menschen heimsucht, gegen die man sich mit den Waffen der Tugenden und des Glaubens zur Wehr setzen möge: So erhält die aktuelle Situation des Kampfes mit den Elementen eine Deutung als Bild für den Kampf des Christen gegen den alten Feind.«[17] In Bielers Übersetzung heißt es im Schifferlied:

»Heia, Männer! Erweckt ein Echo mit unserem Heia!
Hohe Wogen erregt der Sturm, bringt rauschenden Regen,
Doch die Männer rudern mit Kraft und trotzen dem Wetter.
Heia, Männer! Erweckt ein Echo mit unserem Heia!
Unentwegt, sie zwingen den Sturm, sie zwingen den Regen,
Alles besiegt der Wille, die unverdrossene Mühe.
Heia, Männer! Erweckt ein Echo mit unserem Heia! ...

Lenkt auf Christus den Sinn, ihr Männer, und singet Ihm Heia!
Seid nur standhaft im Geist, verachtet die Listen des Feindes;
Mit der Tugenden Wehr besteht den Kampf ihr als Sieger.
Lenkt auf Christus den Sinn, ihr Männer, und singt Ihm Heia!
Alles besiegt ein starker Glaube, ein heiliger Eifer,
Fliehend zerbricht der alte Feind seine giftigen Pfeile.
Lenkt auf Christus den Sinn, ihr Männer, und singet Ihm Heia!
Er, der Tugenden König, die Allmacht, der ewige Ursprung,
Zeigt dem Streiter den himmlischen Lohn, verleiht ihn dem Sieger.
Lenkt auf Christus den Sinn, ihr Männer, und singet Ihm Heia!«[18]

◁ Der Mensch, das Matthäussymbol (vgl. S. 65 ff.)
Book of Durrow, fol. 21 v

Das wiederholte Heia! gilt nicht nur den mit den Gefahren des Stromes und des Sturmes kämpfenden Schiffern; es will alle Hörer ermutigen, im Lebenskampf nicht nachzulassen, in dem es letztlich um die konsequente Entscheidung für Christus geht.
Bewegen und beseelen sollen auch der ganz anders geartete Hymnus »Altus prosator«.[19] Wenn einer sich ihn existentiell zu eigen macht, ändert sich die Welt: So läßt sich zusammenfassen, was ein mittelalterliches Vorwort zu diesem Hymnus schreibt. Unter anderem erfahren wir: »Engel sind anwesend, während er gebetet wird; keinen Dämon wird der Pfad dessen kennen, der ihn täglich betet, und seine Feinde werden ihn nicht zu seinem Schaden an jenem Tage antreffen, an dem er den Hymnus singt; auch wird nicht Zwietracht sein in dem Hause, wo er gewöhnlich gebetet wird; ja, er schützt gegen jeglichen Tod, ausgenommen den im Bette; noch auch wird Hungersnot oder Mangel an Kleidung dort herrschen, wo er oft in Brauch ist.«[20]
Über das Entstehen des Hymnus gibt es divergierende Auskünfte. Gemeinsam ist ihnen die Überzeugung, daß er aus *existentieller Betroffenheit* erwachsen ist. Eine erste Version sagt, Columcille habe ihn gedichtet, »um Verzeihung zu erlangen wegen der Schlacht, die er bei Cuil Dremne gegen Diarmait, Cerbaills Sohn, gewann, und wegen der anderen Schlachten, an deren siegreichem Ausgang er beteiligt war«[21]. Während die Literatur gemeinhin Triumphlieder der erfolgreichen Helden sowie Notrufe und Barmherzigkeitsbitten der Unterlegenen kennt, ist hier der Sieger um Verzeihung bemüht! Eine andere Überlieferung verbindet den Hymnus mit dem Herbeischleppen und Mahlen des Kornes: Als hoher Besuch erwartet wurde, hatte der Abt von Iona nur noch einen Korb Hafer zur Verfügung. Während sein Gefährte die Gäste erwarten sollte, mühte er sich für sie um ein Mahl. Betend vollbrachte er sein Werk, und so entstand Strophe um Strophe[22]. Persönliche Not und Sorge um den Nächsten stehen somit nach dieser bewegenden Tradition am Anfang der Dichtung.
Welche Hochschätzung ihr erwiesen wurde und welche Aufmerksamkeit sie erforderte, zeigt auf liebenswürdige Weise eine weitere Erzählung. Sie berichtet, daß Papst Gregor der Große ein kostbares Kreuz zusammen mit den liturgischen Wochentagshymnen als Geschenk übersandt hatte. Was konnte man als angemessene Gegengabe anbieten? Die den modernen Menschen überraschende Ant-

wort lautete: Den Hymnus »Altus prosator«. Offenkundig wertete man die Dichtung und ihre hilfreiche Wirkung anders als wir es inmitten der heutigen Inflation der Worte zu tun pflegen. Das schloß nicht aus, daß man in innerer Freiheit und zugleich mit Schalk mit ihr umging. Jedenfalls änderten die Überbringer der Gabe drei Strophen so, daß Klang und Rhythmus blieben, der Sinn aber modifiziert wurde. Würde der Papst das merken? Würde er den Hymnus Wort für Wort ernst nehmen und annehmen? Diese Fragen erhielten eine Antwort sui generis: Als man den Hymnus dem Heiligen Vater laut vorlas, »erschienen Engel Gottes und blieben stehen, bis man zu den veränderten Strophen kam; auch Gregor stand aus Ehrfurcht auf. Aber bei den veränderten Strophen setzten die Engel sich nieder; ebenso setzte sich Gregor«[23]. Läßt sich schöner sagen, was Dichtung bedeuten und bewirken kann? Die himmlischen Scharen und das Oberhaupt der Kirche erheben sich ehrfurchtsvoll vor ihr. Sie sind ganz Ohr. Intensiv verfolgen sie Wort für Wort. Aufmerksam wissen sie Wahres und Falsches zu unterscheiden. So blieb es nicht aus, daß der Papst die Übermittler wegen der drei problematischen Strophen zur Rede stellte. Demütig gestanden sie und erhielten Verzeihung. Abschließend läßt uns der unbekannte mittelalterliche Erzähler wissen, daß der Dichter durch das Votum des Heiligen Vaters zu einem weiteren Hymnus inspiriert wurde.

Die *sympathische Menschlichkeit,* die diese Geschichte so liebenswert macht, zählt zu den Grundzügen altirischer Dichtung. In ihr finden wir Sympathie im Sinne des Mitfühlens, des Mitleidens, der Zuneigung und des Wohlwollens; in vielen Facetten spiegelt sie ein qualifiziertes Mitsein wieder, das man anderwärts so oft vermißt, obwohl es zu den Grunddaten des Menschen gehört. Das entspricht dem Resümee, mit dem Hermann Josef Vogt seine Studie »Zur Spiritualität des frühen irischen Mönchtums«[24] abschließt. Er wertet es als dessen Ruhmestitel, daß es »bei aller Weltabgeschiedenheit und Gottzugewandtheit doch den *Dienst am Mitmenschen* und damit das Humanum überhaupt so sehr in den Vordergrund stellte.« Den letzten Grund dafür nennt Vogt im letzten Satz: »Nachfolge des armen und gekreuzigten Christus nämlich lehrte Solidarität mit allen Bedürftigen.«[25]

Erneut sympathisch berührt, daß die intendierte Solidarität nicht pathetisch zum Ausdruck kommt, sondern sich schlicht und unkompliziert gibt. Selbst den Heiligen gegenüber hält man es so. Ungeniert kann sich ein unbekannter Ire aus dem 10. Jahrhundert ein himmlisches Bierfest wünschen, das Christus und die Heiligen in seiner Wohnung vereint. Dabei ist keineswegs von einer Art Schlaraffenland die Rede. Der Dichter weiß um Abgründe wie Höhen des Lebens. Ihm ist klar, daß er der Buße und Reue und des Glaubens ebenso bedarf wie ganzer »Fässer von Langmut«. Überdies wünscht er für sich und seine Gäste »Gefäße der Caritas« und »Krüge der Gnade«, aber eben doch auch eine hinreichende Menge Ale: »Ich möchte ein großes Bierfest für den König der Könige haben, ich möchte, daß das himmlische Heer für alle Ewigkeit trinkt.«[26]

Noch kühner und zugleich noch menschlicher sind die Worte, die der heiligen Ida in den Mund gelegt werden: »Ich will nicht eher etwas von meinem Herrn annehmen, bis er mir vom Himmel her seinen Sohn gibt in der Gestalt eines Babys, um durch mich genährt zu werden.« Das Unfaßbare geschieht. So kann Ida versichern: »In jeder Nacht ruht Jesus zusammen mit dem himmlischen Volk an meinem Herzen.« Ihm selbst singt sie zu: »Kleiner Jesus, in meiner kleinen Hütte von mir genährt.«[27]

Das Wiegenlied für den Herrn der Welt mag uns bewußt machen, daß die altirische Dichtung weithin fürs Singen bestimmt ist. Nicht nur in ihrer Wortgestalt, sondern auch in vielen ihrer Aussagen ist sie von außerordentlicher *Musikalität.*[28] Das macht sie vollends sympathisch und menschlich zugleich. Vielstimmig klingt es im Dialogpart des Eremiten Marbán:

»Kommt Sommer in seinem Festgewand,
Dann singen die wilden Tauben
Ihr liebliches Lied aus leuchtender Brust
Und hoch in den Lüften die Drossel.

Die Bienen und Käfer summen leis
Ohn' Unterlaß in der Runde;
Die wilden Gänse mit dunklem Laut
Künden des Winters Kommen...

Die weißen Vögel der brausenden See,
Sie kommen, die Möwen, die Reiher;
Das braune Waldhuhn, der Heide Sohn,
Weiß lustig zu musizieren...

Die grauen Wolken bringen den Wind,
Seine Stimme tönt in den Zweigen;
Es rauscht der Fluß am Felsgestein:
O Lauf voll reinen Entzückens!«[29]

Was hat diese musikalische »Stimme der Iren« uns näherhin zu sagen? Manches ist beim Versuch, ihre Eigenart zu erfassen, bereits angeklungen. Es lohnt sich, den sich abzeichnenden Spuren weiter zu folgen, um besser wahrzunehmen, was uns die altirische Dichtung über die Welt berichtet, in der die Frankenapostel beheimatet sind, in der Hoffnung, Wichtiges auch über unsere Welt und unser Leben vernehmen zu können.

Zu den Aussagen der altirischen Dichtung

Es empfiehlt sich, erneut die wichtigste Quelle der altirischen Spiritualität aufzusuchen, den heiligen *Patrick* und seine Confessio. Auf deren letzten Seiten faßt er zusammen, was er im Leben erfahren hat und noch vor seinem Tode bezeugen will. Er spricht von der vielfach erlebten Gefährdung, von der Rettung durch die Gnade Gottes und von der ihm zuteilgewordenen Berufung: »Täglich erwarte ich, getötet, hintergangen oder versklavt zu werden oder was immer kommen mag. Nichts davon fürchte ich wegen der Verheißungen des Himmels. Ich habe mich in die Hände des allmächtigen Gottes geworfen, der überall herrscht... Seht, nun befehle ich meine Seele meinem getreuen Gott, dessen Gesandter ich in all meiner Niedrigkeit bin. Weil er kein Ansehen der Person kennt, hat er mich für dieses Amt erwählt, damit ich, wenngleich unter den Seinen der Niedrigste, einer seiner Diener sei... Möge Gott es niemals zulassen, daß ich je sein Volk verliere, das er sich an den Grenzen der Welt zu eigen gemacht hat. Ich bitte Gott, daß er mir Ausdauer gebe und mich würdige, um Gottes willen sein treuer Zeuge zu sein bis zum Ende meines Lebens... Zweifelsohne werden wir im Lichtglanz der Sonne auferstehen, das ist in der Herrlichkeit unseres Erlösers Jesus Christus als Söhne des lebendigen Gottes und Miterben Christi, und sollen seinem Bild gleichgestaltet werden, denn aus ihm und durch ihn und in ihm sollen wir herrschen.«[30] Kurz gesagt: Patrick weiß sich *bedroht, befreit und berufen.* Genau das sind die Leitmotive, die in der gesamten altirischen Dichtung variiert werden; sie prägen auch die beiden ältesten Lebensbeschreibungen Kilians und seiner Gefährten.

Bedroht

Wie Patrick *von allen Seiten* bedroht wird, zeigt die mit seinem Namen verbundene Lorica. Sie ist die Waffenrüstung, die gegen die vielfältigen Gefahren eingesetzt wird. Inständig wird Gottes Hilfe erbeten

»gegen die Schlingen des Teufels,
gegen die Versuchungen der Laster,
gegen die Angriffe der Natur,
gegen alle, die Böses wollen,
fern und nah, allein und in der Masse.«[31]

Geradezu eine Litanei des »gegen« entfaltet ein trinitarisches Gebet aus dem 9. Jahrhundert. Hier werden nicht schöne Worte gemacht, hier wird laut um Hilfe gerufen. Angesichts der extremen Bedrohung tut sofortige Rettung not. Sie wird erbeten »gegen alle unheilschwangeren Wolken«, »gegen Waffen und Schrecken und Bitternisse der Stürme«, »gegen die Dämonen«, »gegen schlimme Unterdrückung und andere Grausamkeit«, »gegen Treulosigkeit, gegen heimliche Zauberei, gegen die Pestilenz jeder Art«[32]. Entfesselte Naturkräfte, dämonische Mächte und Gewalten und nicht zuletzt feindliche Menschen lauern an allen Ecken und Enden. Noch bei Sedulius spürt man den dünnen, schwankenden Boden, auf dem der Mensch sich bewegt. Die *Natur* hält und birgt ihn nicht, sie stellt ihm nach, soweit sie nicht selber von der Gefahr geschüttelt wird:

»Übermächtiger Angst verfallen, zittert die Erde,
Murrt das Meer, es seufzt klagend das harte Gestein.

Hoch im Reiche der Luft jetzt wütet der greuliche Nordwind,
Bald mit entsetzlichem Lärm donnernd, und bald mit Gegroll...

Kein Verdienst bewegt zur Schonung den rasenden Nordwind,
Schmerzlich fühlt unser Leib, ach, seinen beißenden Zahn.«[33]

Schlimmer noch erscheinen *die dämonischen Mächte und Gewalten.* Während der moderne Mensch sich mit dem biblischen Zeugnis schwer tut, das von ihnen in sämtlichen Schriftgruppen und fast allen Schriften des Neuen Testaments spricht[34], werden sie im alten Irland als massive, bedrängende Wirklichkeit erfahren. Der »Gott dieser Weltzeit«[35] weiß sein »Heer der schwarzen Dämonen«[36] einzusetzen. So ist die Bitte angebracht: »Möge der elende, dunkle Dämon nicht über uns herrschen! Nimm du uns von innen und von außen in deine Hut.«[37]
Einfallstor für das teuflische Wirken sind *Menschen,* die Böses im Sinn haben. Im Blick auf sie heißt es in der jüngeren Passio Kiliani: »Der Teufel bietet denen, die nach Unrechtem verlangen, Mittel der Bosheit an.«[38] So werden sie übermächtig und sind mit menschlicher Kraft allein nicht zu besiegen. Deshalb erfleht der Beter göttlichen Schutz »gegen jede gnadenlose Macht, die meinen Leib und meine Seele bedroht, gegen die Beschwörungen der falschen Propheten, gegen die düsteren Gesetze des Heidentums, gegen die falschen Gesetze der Irrlehrer, gegen das Zauberwerk des Götzendienstes«[39]. Angesichts so vielfältiger Bedrohung kann sich der einzelne verlassen und verloren vorkommen. Entsprechend heißt es in einem nächtlichen Stoßgebet:

»Hier steh ich in der Fremde,
hier steh ich in Nöten,
hier steh ich in Schmerzen,
hier steh ich in Gefahr,
hier steh ich allein«[40].

Auf die Spitze getrieben wird die Not dadurch, daß der Mensch die Gefahr nicht nur außerhalb von sich, sondern selbst *in seinem Innern* wahrnimmt. Auch dort drohen Dunkel und Friedlosigkeit, Schwäche und Tod. Die Finsternis bleibt nicht vor den Augen stehen, sie dringt in den Menschen ein, sie umdüstert ihn nicht nur, sie verdüstert ihn selber:

»Jeglichen Lichtes bin ich bar...
einsam, ohne Stern, ohne Mond,
in der dunkeln, schrecklichen Schlinge«[41].

Beim Versuch, dieser Not zu entfliehen, gerät der Mensch in eine Zerreißprobe. Sie läßt ihn aufschreien: »Schande über meine Gedanken, die von mir wegstreben!«[42] Der Beter weiß, daß ihn die innere Polarisierung auch von Gott abbringen kann. Selbst beim Versuch zu beten macht er die bittere Erfahrung, daß die flüchtigen Gedanken einen Weg nehmen, »der nicht recht ist; sie rennen, sie stören, sie streiten vor den Augen Gottes ... Weder scharfe Waffen noch das Zischen von Peitschenhieben hält sie fest; sie sind schlüpfrig wie ein Aalleib, der meinem Griff entgleitet. Weder Schloß noch Riegel noch Kellerverlies, noch Ketten, weder Bollwerk noch See noch finstere Festen halten sie in ihrem Lauf zurück.«[43]

Wie immer der geistige Kampf ausgeht, an seinem Ende steht der *Tod*, genau gesagt: er ist immer da; die Vergänglichkeit ist allzeit präsent. »Ob am Morgen, ob am Abend, ob an Land oder auf See, ich weiß: Ich muß sterben, und doch weiß ich nicht, wann.«[44] Was dieses Epigramm aus dem 9. Jahrhundert existentiell artikuliert, begegnet in der irischen Dichtung anderwärts in Form von Elegien angesichts zerfallener Monumente und vergehender Macht und Herrlichkeit. Heute noch gibt es in Irland bei Trauerfeiern impulsive rhythmische Gesänge, die nicht nur den einzelnen Toten, sondern das Todesgeschick aller Menschen beklagen[45].

Die von außen und innen bedrängenden Gefahren sind so groß, daß der Mensch sie nicht aus eigener Kraft zu bestehen vermag. Das dichteste Bild dieser Situiertheit verdanken wir Patrick: Der Mensch ist »wie ein Stein im tiefen Schlamm«[46]. Der Apostel Irlands gebraucht dieses Bild nicht, um zu lamentieren; es gehört zu seinem Lobpreis der Gnade Gottes. Er kennt die Geworfenheit, ja: die Verworfenheit des Menschen; zugleich weiß er sich angenommen und aufgenommen und so gut aufgehoben. Er hat das Unfaßbare erlebt und bekennt: »Es kam der, der mächtig ist. In seiner Barmherzigkeit las er mich auf und hob mich empor und setzte mich auf die Zinne der Mauer. Von dort aus muß ich laut rufen, um dem Herrn zu danken für seine großen Wohltaten, die der Mensch nicht ermessen kann, hier und in Ewigkeit.«[47] Damit wird nicht nur die Lage des Menschen, sondern zugleich der Auftrag der Dichtkunst herausgestellt. Entsprechend sind etliche überlieferte Bitten mehr als ein Abbild konkreter Not und eindringlicher Hilferufe; sie sind überdies *Zeugnis der rettenden Gnade.* Sie läßt den Gefährdeten nicht allein, sie erfüllt sein Sehnen, sie befreit den Bedrohten:

»Das ist meines Geistes Verlangen: das Antlitz Gottes schauen.
Das ist meines Geistes Verlangen: ewig mit ihm leben...
Das ist meines Geistes Verlangen: allen gegenüber fröhlich sein.
Das ist meines Geistes Verlangen: nach dem Gericht den Preis der Auferstehung gewinnen...
Das ist meines Geistes Verlangen: im strahlenden Paradies wohnen.
Das ist meines Geistes Verlangen: selber zu leuchten wie die Sonne.
Das ist meines Geistes Verlangen: für immer in der Gemeinschaft des Königs zu sein.
Das ist meines Geistes Verlangen: durch alle Weltzeiten die vielfältigen Melodien hören.«[48]

Mehr als ein Notruf ist das ein Lied der Erlösung. Es gehört bereits zu dem vielstimmigen irischen Chor, der inmitten aller Nöte bezeugt: Wir sind befreit und ihr könnt es mit uns sein!

Befreit

Ein handgreifliches *Befreiungserlebnis* gehört zu den Grundelementen der irischen Glaubensgeschichte. Patrick ist es widerfahren, nachdem er sich jahrelang der Freiheit beraubt sah. Er schildert es, nicht ohne auf die schlimme Unfreiheit seiner jugendlichen Gottesferne hinzuweisen: »Ich war ungefähr sechzehn Jahre alt. Ich wußte nichts vom wahren Gott. Ich wurde mit vielen Tausenden anderer nach Irland in Knechtschaft verschleppt, wie wir es verdienten, da wir uns von Gott abgesondert und seine Gebote nicht gehalten und den Priestern, die uns zum Heil ermahnt hatten, nicht gehorcht hatten.«[49] Bevor er nach sechs Jahren in die Heimat entfliehen konnte, wurde ihm die noch größere Freiheit zuteil: die Begegnung mit dem Erlöser. »Die Liebe und die Furcht Gottes kamen mir mehr und mehr nah, und mein Glaube wurde gestärkt... Der Geist erglühte in mir.«[50] Patrick erfuhr die Wahrheit des Prophetenwortes: »Rufe mich an am Tag deiner Bedrängnis, und ich werde dich befreien, und du wirst mich hochpreisen.«[51] Die Schiffsleute, denen er sich bei seiner Flucht anvertraute, bedrohten die eben sich anbahnende äußere Freiheit und überdies die beglük-

kende innere Freiheit aufs schlimmste. Zwei Monate bleibt Patrick in ihren Händen, dann erlebt er erneut, daß der Herr die Freiheit will und gibt[52]. Als er »die Stimme der Iren hörte, setzte er die gerade gewonnene Freiheit aufs Spiel; er tat es, um den Iren die Frohbotschaft von der freimachenden Gnade Gottes zu verkünden. In der altirischen Dichtung klingt sie auf vielfache Weise wider. Beim ersten Hören kann die Vielstimmigkeit irritieren. Deshalb ist es angebracht, sich deren inneren Zusammenhang bewußt zu machen. Die *Grundstruktur* der unterschiedlichen Aussagen läßt sich mit einem Fragment Pascals verdeutlichen. Im Blick auf das menschliche Glücksstreben heißt es in dessen Pensées: »Die Stoiker lehren: Kehr bei dir selbst ein; dort findest du Ruhe; und das ist nicht wahr. Die andern lehren: Geh hinaus; such das Glück in der Zerstreuung; und das ist nicht wahr: Krankheiten kommen. Das Glück ist weder außer uns noch in uns; es ist in Gott und sowohl außer als in uns.«[53] Ähnlich ist von der wahren Freiheit zu sagen, daß sie weder außen noch innen zu finden ist; die dort festzustellenden Gefahren haben die Verknechtung im Gefolge. Gott allein kann die Freiheit schenken; er tut es, indem er von außen wie von innen Hilfen anbietet. Ebendies bezeugt die altirische Dichtung: Sie spricht vom Handeln des Herrn und zugleich von dessen Medien in aller Welt wie im Innern des einzelnen Menschen. So findet das, was von den Gefahren draußen wie drinnen erlebt und gesagt wird, seine adäquate Antwort und zugleich den umfassenden Kontext. Das ist bei der Interpretation einzelner Aussagen zu beachten.
Das angesichts aller Bedrohungen notvolle, im Dunkel ausgerufene *»Wer da?«* wird von Gott selbst beantwortet:

»Wer ist da am Land?
Wer ist da auf der Welle?
Wer ist da auf der Woge?
Wer ist da am Türstock?
Unser Gott und Herr.«[54]

Kreuzseite (vgl. S. 71 u. 110f.) ▷
Book of Durrow, fol. 192 v

Der unfaßbar ferne, *über* allem lebende ist zugleich der unsagbar nahe, *in* allem wirkende Gott. Er begleitet den Menschen, wohin er auch geht. Er umfängt ihn mit seiner Güte. Er scheut sich nicht, sogar *»unter«* ihm zu sein, um ihn zu tragen. Bittend und beschwörend, bejahend und bekennend heißt es im nächtlichen Stoßgebet:

»Gott vor mir,
Gott hinter mir,
Gott über mir,
Gott unter mir;
auf Gottes Wegen geh ich
und Gott in meiner Spur.«[55]

Ein altes Taufgebet macht deutlich, daß es der in Jesus Christus offenbar gewordene *dreifaltige Gott* ist, der sich des Menschen annimmt und ihn befreit, begnadet und begleitet:

»Im Namen des Vaters, amen.
Im Namen des Sohnes, amen.
Im Namen des Geistes, amen.
Drei dich zu netzen, amen.
Drei dich zu baden, amen.
Drei dich zu halten, amen.
Vater und Sohn und Geist, amen.«[56]

Das hier angesprochene Netzen, Baden und Halten fand unmittelbar nach der Geburt einen ebenso schlichten wie bewegenden Ausdruck: Noch bevor der Priester den Säugling taufte, benetzte die Hebamme seine Stirn mit drei Wassertropfen. Sie sprach dabei:

»Ein Tröpfchen vom Vater
auf dein Stirnchen, Geliebtes.

Ein Tröpfchen vom Sohne
auf dein Stirnchen, Geliebtes.

Ein Tröpfchen vom Geist
auf dein Stirnchen, Geliebtes.

Ein Schutz dir gegen Feen,
ein Schirm dir vor den Feinden.

Ein Schutz dir gegen Zwerge,
ein Schild dir vor Gespenstern.

Den Drein dich zu erhalten,
dir ein Schild, ein sichrer Kreis.

Den Drein dich zu bewahren,
mit Gnaden dich zu füllen.

Ein Tröpfchen von den Drein,
mit Gnaden dich zu netzen«[57]

Noch ist die Welt des Heidentums im Blick. Ihre Macht wird nicht verharmlost; gerade sie läßt die befreiende Gnade um so nötiger und um so größer erscheinen. Wie man den erlösten Menschen sieht und was ihm insbesondere gewünscht wird, zeigen die Wünsche, die im Anschluß an die sogenannte Kniefrauentaufe dem Säugling von der Kinderfrau mit auf den Lebensweg gegeben wurden, wenn sie ihn erstmals badete:

»Ein Wellchen deiner Gestalt,
ein Wellchen deiner Stimme,
ein Wellchen deiner sanften Rede.

Ein Wellchen für dein Glück,
ein Wellchen für dein Gut,
ein Wellchen für dein Wohlsein.

Ein Wellchen für deine Kehle,
ein Wellchen für deinen Griff,
ein Wellchen für deine Herzensgüte,
neun Wellchen für deine Herzensgüte.«[58]

»Aus dem Wasser wiedergeboren, heißt der Mensch doch nicht Sohn des Wassers, sondern Gottes, des Vaters, und der Mutter Kirche.«[59] So deutet ein lateinisches Glaubenslied, das im 8. Jahrhundert aufgezeichnet wurde, die bleibende Verbundenheit, die mit der Taufe beginnt. Sie gründet und mündet in Gottvater; sie umschließt zugleich die ganze Gemeinschaft der Heiligen. Eine weitere Strophe, hier ebenfalls in Prosa wiedergegeben, spricht von der zweiten und dritten göttlichen Person und deren Wirken im Erlösungsgeschehen: »Unser Haupt ist Christus, der Herr, und wir alle sind seine Glieder. Stimmen wir mit dem Haupt überein, verbindet der Geist uns mit Christus.«[60]
Das läßt an das sehr persönliche Zeugnis vom *Wirken des Heiligen Geistes* denken, das Patrick in seiner Confessio gibt. Bald nachdem

er im Nachtgesicht »die Stimme der Iren« vernommen hatte, riefen sie ihn wieder. Er hörte und verstand doch nicht, um dann zu erfahren, daß sich die Stimme des Herrn mit jener der Hilfesuchenden verquickte[61]. Wie Saulus vor Damaskus in den Worten: »Warum verfolgst du mich?«[62] die Identifizierung des Herrn mit seiner Kirche erkennen konnte, so wurde Patrick gezeigt, daß er sich ganz mit den Notleidenden liierte, daß seine Stimme aus ihren Stimmen und zugleich aus dem eigenen Inneren heraus ihn ansprach. Hinzu tritt die Stimme, die er ebenso in sich wie über sich vernimmt. Seinem Suchen nach den rechten Worten ist anzumerken, daß dieses Geschehen sich unseren Begriffen und Vorstellungen entzieht – und gleichwohl bezeugt werden muß. Paradoxe nicht scheuend, berichtet Patrick: »Ich sah ihn in mir beten. Ich war wie innerhalb meines Leibes und hörte ihn über mir, das heißt über dem inneren Menschen. Dort betete er machtvoll mit Seufzen. Die ganze Zeit über war ich erstaunt und verwundert und dachte bei mir, wer es sein könnte, der in mir betete. Am Ende des Gebets sprach er selber und sagte, er sei der (Heilige) Geist. So erwachte ich und erinnerte mich an das Apostelwort: ›Der Geist nimmt sich der Schwachheit unseres Gebetes an. Denn wir wissen nicht, worum wir in rechter Weise beten sollen; der Geist selber tritt jedoch für uns ein mit Seufzen, das wir nicht in Worte fassen können.‹ Und wieder: ›Der Herr, unser Fürsprecher, bittet für uns.‹«[63]

Mehr noch als vom Heiligen Geist ist in der altirischen Dichtung von *Jesus Christus* die Rede. Wie in Patricks Lorica steht er immer wieder im Zentrum. Er ist der allgewaltige *Herr* und zugleich unser allernächster *Bruder.* Zuerst schaut der Beter auf seinen Lebensweg von der Geburt bis zu seinem Kommen in Herrlichkeit. Dann vergegenwärtigt er sich seine Nähe und erbittet sich ihre Hilfe im Blick auf die ihn erwartenden Situationen und die ihm begegnenden Menschen:

»Heute gürte ich mich
in der Kraft von Christi Geburt und Taufe,
in der Kraft seiner Kreuzigung und Grablegung,
in der Kraft seiner Auferstehung und Himmelfahrt,
in der Kraft seiner Wiederkunft zum Letzten Gericht.«[64]

Nach der Erinnerung an die Stationen seines Weges wird Christus beschworen, die des Beters zu begleiten:

»Christus mit mir, Christus vor mir,
Christus hinter mir, Christus in mir,
Christus unter mir, Christus über mir,
Christus zu meiner Rechten,
Christus zu meiner Linken,
Christus, wo ich mich hinlege,
Christus, wo ich sitze,
Christus, wo ich mich erhebe.«[65]

Anschließend wenden sich Blicke und Bitten dem interpersonalen Bereich zu. Christi Gegenwart soll auch dort heilswirksam werden[66]. Ähnlich wie in der Lorica Patricks finden wir diese Intentionen in einem Gebetstext, der noch urtümlicher anmutet. Unschwer läßt er seine Verwurzelung in einem heidnischen Schutzzauber gegen Behexung erkennen. Während dieser auf die Macht magischer Beschwörung setzt, vertraut sich der Beter dem Herrn an, der allmächtig und zugleich barmherzig ist:

»Christi Schmerzen zwischen mir und jedem andren Schmerz.
Christi Liebe zwischen mir und jeder andren Liebe.
Christi Güte zwischen mir und jeder andren Güte.
Christi Sanftmut zwischen mir und jeder andren Sanftmut.
Christi Wunsch zwischen mir und jedem andren Wunsch.
Christi Willen zwischen mir und jedem andren Willen ...,
solcherart kann mich kein Gift versehren!

Christi Macht zwischen mir und jeder andren Macht.
Christi Recht zwischen mir und jedem andren Recht.
Des Heiligen Geistes Strömen zwischen mir und jedem andren Strömen.
Des Heiligen Geistes Waschen zwischen mir und jedem andren Waschen.
Des Heiligen Geistes Baden zwischen mir und jedem andren Baden ...,
solcherart kann mich kein Übel berühren!«[67]

Köstliche Frucht der persönlichen wie der gemeinschaftlichen Zuwendung zu Jesus Christus ist das Litaneigebet, das von den missionierenden Iren auf dem Festland verbreitet wurde. Ein Beispiel dafür ist in St. Gallen überliefert. Erneut zeigt es die Bildhaftigkeit wie die Dynamik irischen Denkens zusammen mit sympathischer Menschlichkeit. Persönliche Nähe und kosmische Weite, geschichtliche Verwurzelung und aktuelle Gegenwärtigkeit verbinden sich in den Anrufungen:

»O heiliger Jesus
o edler Freund
o Morgenstern
o herrliche Mittagssonne
o leuchtende Flamme der Gerechtigkeit und des ewigen Lebens
o immer neuer, immer lebendiger, immerwährender Quell
o Herzenssehnsucht der Patriarchen
o Verlangen der Propheten
o Meister der Apostel und Jünger
o Gesetzgeber
o Fürst des neuen Bundes
o Weltenrichter ...«[68]

Wie für den Völkerapostel ist für die altirische Dichtung die Christusbotschaft »Wort vom Kreuz«[69]. Auch hier finden wir die existentielle Betroffenheit wie die kosmische Sicht. Der weltweit sich öffnende Horizont nimmt dem Kreuz nicht seinen geschichtlichen Ort noch seinen Entscheidungsernst, der Blick auf den Gekreuzigten wiederum läßt die Welt nicht außer acht, sondern schließt die mit ein, für die Christus sein Leben hingibt. Für viele Texte mag ein Kreuzgebet aus dem 10. Jahrhundert sprechen. Es beginnt mit Worten, zu denen die entsprechenden Gesten gehören. Sie wollen Auge und Ohr, Nase und Mund, Gesicht und Hals, Bauch und Rükken von Christi Kreuz gezeichnet und beschützt sehen. Dann geht der Blick ins Weite:

»Christi Kreuz, komm mir vom Osten entgegen,
Christi Kreuz, mach mich vom Westen her stark,
Christi Kreuz geleite mich allzeit im Norden und Süden.
Christi Kreuz hoch am Himmel
Christi Kreuz tief in der Erde...
Christi Kreuz, sei über mir, wenn ich sitze.
Christi Kreuz, sei über mir, wenn ich liege.
Christi Kreuz sei meine ganze Stärke,
bis wir zum Allherrn des Himmels kommen.

Christi Kreuz, sei über meiner Gemeinschaft.
Christi Kreuz, sei über meiner Kirche.
Christi Kreuz in der künftigen Welt.
Christi Kreuz in dieser Welt.«[70]

Dieser Spiritualität entspricht die Notiz in der Passio Kiliani, daß am Anfang seines Weges ins Frankenland die Berufung zur Kreuzesnachfolge stand.[71]
Wie beim einzelnen Glaubenden wirkt sich Christi Kreuz im gesamten All heilbringend aus. Es ist der kosmische *Baum des Lebens,* dessen Zweige sich nach jeder Richtung ausstrecken, dessen Früchte allenthalben empfangen werden können. Mit bunten Farben stellt uns ein unbekannter Autor im Jahr 988 den Baum des Lebens vor Augen, indem er uns an seiner Christusbegegnung teilhaben läßt. Selbst unsere Ohren werden nicht nur durch Gebetsworte, sondern durch die zwitschernde Vielstimmigkeit des dort sich entfaltenden Lebens angesprochen:

»O König,
dein ist der Baum des Lebens
mit allen Blüten
und all den edlen Scharen,
die ihn rings umgeben.

Nach jeder Seite hin
erstrecken sich Äste und Wipfel
über die Felder und Flächen des Himmels.
Blätter und Früchte vergehen nicht,
verschenken sich vielmehr in nobler Großmut.

Lieblich ist der Schwarm der Vögel,
den er birgt.
Jeder der buntschillernden, guten Vögel
hat hundert Federn;
und ohne Falsch, strahlend und rein
singen sie hundert Lieder
für jede Feder.«[72]

Die »edlen Scharen«, von denen hier die Rede ist, begegnen uns in mannigfacher Weise. Daß der dreifaltige Gott Leben und Heil, Freiheit und Freude schenkt, schließt die *Hilfe durch seine Kreaturen* nicht aus. Es gehört vielmehr zu seiner Freigebigkeit, daß er seinen

IMAGO LEONIS

Geschöpfen die Möglichkeit eröffnet, frei sein freies Wirken mitzuvollziehen. So steht der beängstigenden Vielzahl feindlicher Mächte nicht nur einfachhin der eine Gott gegenüber, es gibt eine unübersehbare Fülle helfender Mächte, die nach dem Willen des Herrn und kraft seiner Gnade dem Menschen zur Seite stehen. Selbst die stumme Kreatur ist in diesen Dienst einbezogen. Am wirkmächtigsten nehmen ihn Engel und Heilige wahr. Zu den letzteren zählen auch die unauffälligen Glaubenden in unserer Mitte, die frommen Jünger, die stillen Bekenner, die tapferen Kämpfer, die unermüdlichen Pilger, die rechtlichen Menschen. So wendet sich ein Anonymus des 9. Jahrhunderts zuerst an den dreieinigen Gott; dann erfleht er den Beistand aller, die ihm verbunden sind:

Mir helfe
jeder lautere Segen, jedes reine Gebet
und jede Leiter, die zum Himmel reicht;
jeder gute Heilige, der hier auf Erden gelitten hat,
und jeder fromme Jünger, der je an Christus glaubte;
jeder demütige, jeder stille, jeder reine, jeder tadellose Bekenner
und jeder tapfere Kämpfer, den es unter der Sonne gibt;
jeder ehrwürdige, heilige Patron, der das Seine zum Rechten beiträgt,
jeder schlichte und jeder edle Mensch,
jeder Heilige, der das Kreuzesgeschick erduldet hat;
jeder glorreiche Pilger,
jeder Reiche mit seiner guten Macht,
jeder Mittellose mit seiner Armut,
jeder Heilige, der sein Land verlassen hat;
jede lautere Zunge, der Gnade geschenkt ist,
und jedes Herz in der weiten Welt, das keinen Verrat kennt;
jeder rechtliche Mann,
der unter dem strahlenden Himmel lebt,
vom Westen, wo die Sonne untergeht,
bis hin zum Osten, zum Sionsberg.«[73]

◁ Der Löwe, das Markussymbol (vgl. S. 60f. u. 76)
Evangeliar des hl. Willibrord, fol. 176 v

Selbst die alle menschlichen Möglichkeiten übersteigende fundamentale Befreiungstat, die *Sündenvergebung,* wird im Zusammenhang mit den Heiligen des Himmels und der Erde gesehen. Gott allein kann diese Hilfe schenken. Er tut es, indem er jene in sein Wirken einbezieht, denen er zuvor die Gnade der Verzeihung und des neuen Lebens gewährt hat. Von dieser Überzeugung ist die Vergebungsbitte geprägt, die 987 aufgezeichnet wurde. Strophe um Strophe wendet sie sich an den Herrn. Zunächst erinnert sie an das, was Jesus zeit seines Lebens getan hat. Dann nennt sie einzelne Gruppen erlöster Menschen. Auch hier geht es um Taten des Herrn, nämlich um sein früheres wie sein künftiges Heilswirken. Er hat die Genannten befreit, er wird gebeten, im Blick auf sie und mit ihrer Hilfe nun auch den Gnade suchenden Beter zu erhören:

»Durch die Gemeinschaft der wahren Propheten,
durch die lobwürdige Schar der Märtyrer,
durch die Versammlung der ehrwürdigen Väter
vergib mir jede Sünde, die mich beherrscht.

Durch die Gemeinschaft der sündelosen Apostel,
durch das Heer der reinen Jünger,
durch jeden mit göttlicher Gnade beschenkten Heiligen
vergib mir meine Untaten.

Durch jede heilige Jungfrau auf der weiten Erde,
durch die Versammlung der ausgezeichneten Frauen im weltlichen Leben,
durch die wunderbare Magd Maria
vergib mir jede Sünde unter dem Himmel.

Durch alle, die auf Erden wohnen,
durch alle, die im gesegneten, strahlenden Himmel wohnen,
gewähre mir die vollste Vergebung meiner Sünden,
denn ich bereue.«[74]

Die gottgeschenkte Befreiung beschränkt sich nicht auf die Tilgung des Vergangenen, sie eröffnet ganz und gar *neue Lebensmöglichkeiten.* Auf den verschiedensten Ebenen vollzieht sich, was das »Lied des Eremiten« aus dem 9. Jahrhundert anklingen läßt. Es weiß um die Nöte, die auf die Sünde zurückgehen, und ruft um Hilfe:

»Des Herzens Klage steigt empor
Zum Himmel, der von Wolken schwer;
Bekenntnis, wie's dem Sünder ziemt,
Mit heiliger Liebe Tränenflut.

Kalt ist mein Bett und furchtbeschwert;
Den Schuld'gen läßt die Angst nicht ruhn.«[75]

Trotz dieser Lage wagt der Eremit, den Herrn selbst zu sich einzuladen. Er hat die kühne Hoffnung auf einen heiligen *Tausch:* Wie Christus von ihm als Gast aufgenommen wird, wünscht er sich, dessen Gast im Himmel zu sein:

»Du, Gottes Sohn, sei nun mein Gast,
Mein Schöpfer du, mein höchster Herr!
Zieh meinen Geist an deinen Thron
Im Reich, wo du als König wohnst.«[76]

Schon auf Erden ist ein Austausch solcher Art möglich und wirklich: Der Herr nimmt unsere Finsternis an und gibt dafür Anteil an seinem Licht. Er liefert sich dem Haß der Welt aus und schenkt dafür seine Liebe. Er erleidet Sterblichkeit und Tod und vermittelt dafür ewiges Leben. Nicht nur beim Mahl erfüllt sich das Tischgebet:

»Möge dein Segen immerdar, o Gott,
wie ein lichtes Gestirn auf mir liegen,
wenn meine Hände dies Brot brechen,
o lebender und einziger Gott,
deiner guten, runden Sonne gleich...

Möge dein Segen immerdar, o Gott,
wie ein lichtes Gestirn auf mir liegen,
wenn mein Mund dies Mahl beendet,
o lebender und einziger Gott,
deinem guten, runden Monde gleich.«[77]

Der die Dunkelheit unserer Wege ertragen hat, ist bereit, sie mit seinem *Licht* zu erhellen. Die Bitte eines nur fragmentarisch erhaltenen Reisesegens geht nicht ins Leere: Schenke »das gute Licht deiner Wahrheit, o Jesu, auf allen Wegen des Leibes, auf den Wegen der Seele«[78].
Besonders innig erbeten und dankbaren Herzens angenommen ist die *Gabe des Friedens.* Sie wird durch Christus, mit ihm und in ihm

empfangen. Er ist die »pax verissima«, der allerwahrste, allerwirklichste, allerwirksamste Friede. Dies bekundet ein lateinischer Hymnus irischen Ursprungs:

»Wir bitten dich, Gott,
der du der allerwahrste Friede bist,
erhalte uns eine ruhige Seele
und einen friedlichen Geist.
Denn wo Frieden ist,
da bist du selbst zugegen.«[79]

In einem dynamischen Crescendo zielt ein inniges Gebet auf den Frieden des Herrn. Es spricht plastisch von den verschiedensten Dimensionen des Friedens, um im letzten Vers dessen Basis und Gipfel in den Blick zu rücken, den Frieden des Ewigen:

»Friede der Freuden,
Friede der Lichter,
Friede der Tröstungen,

Friede der Seelen,
Friede des Himmels,
Friede der Jungfraun.

Friede der Feengehege,
Friede der Friedfertigkeit,
Friede des Immerseienden.«[80]

Daß der Herr selbst uns in der *Eucharistie* das Mahl des Friedens bereitet, das Brot des Friedens bricht und den Auftrag des Friedens erteilt, kommt auf liebenswürdige Weise in einer Überlieferung zum Ausdruck, die im Vorwort zum Sechnall-Hymnus festgehalten wurde. Sie verbindet den Friedensschluß zwischen Menschen mit dem eucharistischen Geschehen und das Singen der Menschen mit dem der Engel und bekundet damit zugleich indirekt, welche Hochschätzung damals bestimmten Dichtungen entgegengebracht wurde. Wörtlich heißt es: »Patrick und Sechnall schlossen Frieden; und als sie nun auf dem Gottesacker herumwandelten, hörten sie einen Engelchor, der in der Kirche die Opfergaben umschwebte und sang: ›Sancti venite Christi corpus sumite‹ etc.; und seit jener Zeit wird der Hymnus in Irland gesungen, wenn jemand zum Tisch des Herrn geht.«[81] Vom Friedensopfer Christi bekennt dieses Lied:

»Der Spender des Heils,
Christus, Gottes Sohn,
hat die Welt erlöst
durch sein Kreuz und sein Blut.
Der für alle hingeopferte Herr
ist selber Priester und Opfergabe.«[82]

Dieses offenbar populär gewordene Kommunionlied wurde im Antiphonar von Bangor aufgezeichnet. Auf die Regel dieses im Nordosten Irlands gelegenen Klosters hat einer seiner Mönche eine strophen- und bildreiche Hymne gedichtet[83]. Bevor er den Refrain: »Gut bist du, Bangors Regel« am Schluß wieder aufnimmt, preist er diese und zugleich die Gemeinschaft, die ihr gemäß lebt:

»Spenderin reichen Lebens,
Unberührt und doch Mutter,
Fröhlich und dennoch zitternd
Unter dem Worte Gottes.

Dir hat ewiges Leben
Einst mit den Auserwählten
Gott der Vater bereitet,
Seligkeit ohne Ende.«[84]

Hier wie im Kommunionlied des Friedens ist prononciert vom ewigen *Leben* die Rede. Es ist die besonders erstrebte Gottesgabe, die von der allenthalben erfahrenen brutalen Macht des Todes befreit. Näherhin ist es nicht ein Geschenk, von dem der Herr sich trennt, um es uns zu verabreichen; es ist seine Mit-teilung, in der er uns Anteil gewährt an seinem Leben. Es ist ein wahres con-sortium, wie es der lateinische Text anklingen läßt, ein miteinander Teilhaben an einem Los, einem Gut, einem Geschick. So beginnt das Lied:

»Herr, Gott, Jesus,
Weg, Leben und Wahrheit,
gib uns, wir bitten dich,
Anteil am ewigen Leben.

Du, der vom Himmel kommt,
schenkst Leben der ganzen Welt,
bist Brot des Lebens, wir wissen es,
das die Herzen der Menschen stärkt...

Durch dieses heilige Geheimnis hast du vom Tod uns erlöst,
daß wir nüchtern und stark
in dir leben, Herr.«[85]

Wie aktuell das befreiende Handeln des Herrn gesehen, wie persönlich die Lebensgemeinschaft mit ihm verstanden, gesucht, gelebt und verkündet wurde, läßt bereits Patricks Lorica erkennen. Ihre Bitten können zusammenfassen, was es heißt: Gott befreit!

»Gottes Kraft, um mich zu tragen,
Gottes Weisheit, um mich zu leiten,
Gottes Auge, um für mich zu sehen,
Gottes Ohr, um für mich zu hören,
Gottes Pfad, damit ich ihn gehe,
Gottes Schild, damit er mich schütze.«[86]

Über das Erbetene hinaus schenkt der Herr eine unfaßbare Gnade, die mit dem biblischen Wort *Berufung* gekennzeichnet werden kann. Gott beläßt es nicht bei der Hilfe in der Bedrohung, er rettet und beruft den Geretteten in seinen Rettungsdienst, er befreit und beruft den Befreiten in sein Befreiungskommando. Auch davon spricht die altirische Dichtung in ihrer originellen Weise.

Berufen

Wiederum lohnt es sich, beim Patron Irlands anzuklopfen. In seiner Confessio spricht er wiederholt vom Geheimnis der Berufung und erschließt wichtige ihrer Komponenten. Ausdrücklich stellt er die Frage: »Wer bin ich, o Gott, und was ist meine Berufung, du, der du mir mit solcher Kraft beistehst?«[87] Drei innerlich zusammenhängende Elemente gehören zur Beantwortung dieser Frage: *Patrick* ist »zum Helfer erwählt«[88]; er ist »zum Lob seiner Herrlichkeit bestimmt«[89]; er weiß sich zum ewigen Leben berufen, zur Auferwekkung »in der Helle der Sonne, das ist in der Herrlichkeit unseres Erlösers Jesus Christus als Sohn des lebendigen Gottes und Miterben Christi.«[90]

Naturnah bezeichnet er seine Berufung als die des Fischers und Jägers. Den Abschnitt seiner Confessio, in dem er ausdrücklich die beiden synoptischen Missionsbefehle des Auferstandenen zitiert[91], beginnt er mit den Worten: »Wir müssen gut und sorgfältig fischen.« Prophetische Verheißungen aufnehmend, fährt er fort: »Siehe, ich sende viele Fischer und Jäger, sagt Gott. Daher mußten wir unbedingt unsere Netze ausspannen, so daß eine große Menge und Schar für Gott gefangen wurde.«[92] Ähnlich schreibt Patrick im offenen Brief an den Britenfürsten Coroticus, der bei einem Überfall auf Irland seine Täuflinge verschleppt und getötet hatte: »Ich verfechte nicht meine Angelegenheiten. Es ist nicht meine Gnade, sondern Gott, der mir die Sorge ins Herz gelegt hat, einer seiner Jäger oder Fischer zu sein, die Gott einst für die letzten Tage verheißen hat.«[93] Mit weiteren biblischen Begriffen beschreibt er seine Berufung als die des Dieners, des Gesandten[94] und des Zeugen[95]. In allem geht es darum, *mitzuteilen,* was die Gnade des Herrn geschenkt hat, seine Liebe weiterzugeben, zu helfen, wo immer Hilfe nötig ist. Durch Gottes unbegreifliche Gnade sieht Patrick sich ebenso berufen wie verpflichtet, den Menschen »demütig und wahrhaft zu dienen«: »Mich, einen Ausgestoßenen dieser Welt, hat er vor den anderen mit dem Geist erfüllt ..., daß ich in Furcht und Ehrfurcht und ohne Tadel treu dem Volk diene, dem die Liebe Christi mich zugesellt und für mein ganzes Leben mich hingegeben hat.«[96]

Ethos und Pathos dieses Zeugnisses haben in der altirischen Dichtung ein vielstimmiges Echo gefunden. Einen starken, unmittelbaren Widerhall vernehmen wir in dem Patrick-Hymnus, der St. Secundinus zugeschrieben wurde[97]. Die meisten seiner Strophen kreisen um das Geheimnis der Berufung und preisen die Art, in der Patrick ihr entsprochen hat. Alles, was zu Ehren des Heiligen gesagt wird, darf nicht verkennen lassen, daß zuerst Gott die Ehre gilt. Er erwählt, er beruft. »Gott hat ihn als Apostel zu den Heiden gesandt, wie er den Paulus gesandt hat, um sie zum Königreich Gottes hinzuführen.«[98] Wird beim Nennen Gottes auf das Reich Gottes verwiesen, so kommt beim Blick auf den Erlöser das Befreiungsgeschehen zur Sprache: »Christus hat ihn erwählt, daß er ihn auf Erden vertrete. Er befreit die Gefangenen aus der doppelten Knechtschaft: die großen Scharen, die er aus den Fesseln der Menschen befreit, und die Zahllosen, die er vom Joch des Teufels befreit.«[99] Die Priorität der Gnade wird erneut betont, wenn Patricks Redeweise vom Fischen und Jagen aufgegriffen wird: »Der Herr hat ihn erwählt, die heimischen Stämme zu lehren, zu fischen mit den Netzen der Lehre und die Gläubigen aus dieser Welt heraus in die Gnade hinein zu ziehen.«[100] Zum Jäger- und Fischerberuf gesellt sich der des Bauern, so daß drei Grundberufe der Menschheit aufgenommen werden, um die *Grundberufung zum apostolischen Dienst* zu umschreiben. Entsprechend heißt es von Gottes Gnadenwahl und von Patricks Wirken: »Ein treuer und berühmter Ackersmann des Evangeliumsfeldes, sind Christi Botschaften seine Saaten. Er sät sie aus seinem gottinspirierten Mund in die Ohren der Weisen und kultiviert ihre Herzen und Gemüter mit dem Heiligen Geist.«[101] Und wiederum: »Ein guter und getreuer Hirt der Herde, für das Evangelium geboren, hat Gott ihn erwählt, über Gottes Volk zu wachen und mit göttlicher Lehre sein Volk zu nähren, für das er nach Christi Beispiel sein Leben hingibt.«[102]

Nicht vorenthalten seien schließlich die Verse, die vom *Heroldsdienst* des Missionars handeln. Gern wird die Gelegenheit wahrgenommen, herzhaft vom Trinken beim himmlischen Hochzeitsmahl zu sprechen: »Er ist der Herold des Königs, der die Gläubigen zur Hochzeit lädt! Stattlich ist er mit dem Hochzeitsgewand bekleidet. Er trinkt himmlischen Wein aus himmlischen Bechern und gibt den geistlichen Becher Gottes Volk zu trinken.«[103]

Wir brauchen keinen weiten Weg zu gehen, um von diesen Aussagen zu der ansprechenden Kennzeichnung des missionarischen Auftrags zu kommen, die sich im Bericht I der Fünften Vollversammlung des Ökumenischen Rates der Kirchen findet. Unter der Überschrift »Bekenntnis zu Christus heute« lesen wir dort: »Evangelisation ist gleich einem Bettler, der einem anderen Bettler sagt, wo sie beide etwas zu essen finden können.«[104] Der Glaubende kann nicht aus seinem eigenen Schatz austeilen. Er ist selber ganz und gar auf Hilfe angewiesen. Gott schenkt sie ihm so, daß er ihn in sein eigenes Helfen hineinnimmt. Wer seine lebensrettenden Gaben empfängt, ist gehalten, sie denen mitzugeben, die sich in derselben Notlage finden wie er.

In diesem Licht ist auch das Phänomen der altirischen *Peregrinatio* zu sehen. Unterschiedliche Motive haben zu ihr geführt[105]. Zu ihnen gehört die Bereitschaft, aus Liebe zu Gott auch größte Opfer zu bringen. Dazu zählt, was sonst nur als Strafe für schwerste Verbrechen galt, die lebenslängliche Trennung von der Heimat. »Das altirische Recht kannte nämlich zwei Formen des Exulantentums: Die Verbannung aus dem Stamm und in noch radikalerer Form die Verbannung von der Insel.«[106] Alt- und neutestamentliche Motive haben zu diesem heroischen Opfer inspiriert: »Wie sich die irische Kirche überhaupt wörtlicher an das Alte Testament hielt als die kontinentale (zum Beispiel in der Beobachtung des mosaischen Gesetzes), so verstand man auch das Wort Gottes an Abraham ›Zieh fort aus deinem Lande, aus deiner Verwandtschaft und aus deiner Familie und gehe in das Land, das ich dir zeigen werde‹ (Genesis 12, 1) als einen wörtlich zu befolgenden Ruf zur Vollkommenheit«[107]. Letztlich ging es um die radikale *Nachfolge Jesu* gemäß dem Stoßgebet: »Auf Gottes Wegen geh ich, und Gott in meiner Spur.«[108] In der rechten Pilgerschaft kann sich die Gebetsbitte erfüllen: »Ich möchte die vollkommene Weggefährtenschaft mit dir, Christus, finden; mögen wir immer zusammensein!«[109] In dieser Linie liegt, was Bonifatius, der Gründer des Bistums Würzburg, im Zusammenhang mit seiner Bitte um Missionshilfe dem Abt Aldherius schreibt: daß der gütige Herr »die Ursache unserer Pilgerschaft ist«[110]. Auf ihn richtet sich der Blick des Pilgers. Daß dies in Treue geschieht, muß wiederum Gottes Gnade schenken. Von dieser Überzeugung bewegt, erfleht ein unbekannter irischer Beter:

»Sei du meine Vision, geliebter Herr,
kein anderer ist etwas außer dem König der sieben Himmel.
Sei du Tag und Nacht meine Meditation,
dich möchte ich immerzu in meinem Schlaf erblicken.
Sei du meine Rede, sei du mein Verstehen,
sei du für mich, ich möchte für dich sein.«[111]

Ein anderer beschließt seine Anrufung Gottes mit der Bitte: »Laß uns nicht hinter dir zurück, o Gott.«[112]

In der Zuwendung zum gegenwärtigen Herrn findet der Mensch nicht nur den Schutz, den er auf seinem Pilgerweg nötig hat, er kann so auch einer weiteren Berufungsgnade entsprechen, die ihm zugedacht ist. Sie ist ein Geschenk für den Weg und zugleich eine Gabe, die nach der Ankunft in der ewigen Heimat nicht entzogen wird. Erst dort kann sie voll zur Entfaltung gelangen. Die Rede ist von der Berufung zur *Verherrlichung* des dreifaltigen Gottes. Wer dieses Geschenk verkommen läßt, sinkt noch unter die Tiere ab:

»Es ist dumm für einen Menschen dieser Welt
vom Lobpreis Gottes abzulassen,
da doch der Vogel nicht einmal davon läßt.«[113]

Patricks gesamte Confessio zielt darauf ab, dieser Berufung Folge zu leisten und sie selbst noch nach dem Tode wirksam werden zu lassen. Gleich zu Beginn hält er fest: »Ich kann nicht schweigen, – noch wäre es ratsam, das zu tun – über die großen Gaben und die große Gnade, die mir der Herr hat gewähren wollen.«[114] Es genügt nicht, als einzelner für sich Gott zu loben. Die Verherrlichung muß möglichst viele erfassen. Wir alle müssen ihn »erheben und seine Wunder preisen vor jedem Volk, das irgendwo unter dem Himmel lebt.«[115] Daß dabei gelegentlich massive Widerstände zu überwinden sind, läßt die erregte Formulierung erkennen: »Lache und schmähe, wer will – ich will nicht schweigen noch die Zeichen und Wunder verbergen, die Gott mich hat sehen lassen.«[116] Dieser Einstellung entspricht es, wenn der Patrick-Hymnus des Secundinus im Motiv des Lobpreises gipfelt:

»Hymnen singt er und die Apokalypse und die Psalmen Gottes
und erschließt sie zur Erbauung von Gottes Volk...
Tag und Nacht mit Gottes Gürtel gegürtet,
betet er unaufhörlich zu Gott, dem Herrn.
Er wird den Lohn für seine übergroße Mühe erhalten,
heilig wird er mit den Aposteln herrschen über Israel.«[117]

Daß *Lob und Liebe* verschwistert sind und daß Verherrlichung in Wort und Tat gefordert ist, bezeugt ein Unbekannter mit den Bitten:

»Möge mein Wort dich preisen ohne Fehl,
möge mein Herz dich lieben, König des Himmels und der Erde.
Möge mein Wort dich preisen ohne Fehl,
mach es mir leicht, heiliger Herr,
für dich jeden Dienst zu tun und dich anzubeten.
Möge mein Wort dich preisen ohne Fehl,
o Vater aller Regungen,
hör mein Gedicht, hör mein Reden.«[118]

Wie Bedrohung, Befreiung und Berufung zum Lobpreis verbunden sein können, zeigt das Danklied, das Sedulius nach glücklich überstandener Lebensgefahr geschaffen hat. Angreifende Wikinger hatten das Volk bedroht. Der Sieg über sie war mehr als irgendein politischer Erfolg, er bedeutet Lebensrettung und Freiheit. Diese Verwurzelung in Not und Errettung ist zu beachten, wenn man erfassen will, was alles im dichterischen Lobpreis mitschwingt. Der Hymnus beginnt mit den Worten:

»Jubelt, Himmel, See und ihr Länder alle,
Juble, Christi Volk in der Jugend Blüte,
Staunend schaut des donnergewalt'gen Vaters
Herrliche Taten!
Quell der Güte, würdig des höchsten Preises,
Großer Vater, selig in großen Werken,
Der die ganze Schöpfung lenkt mit dem Wink des
Weltenbeherrschers,
Hoffnung, Heil der Welt, Du ihr heil'ger König,
Wirfst die Bosheit nieder, belohnst die Demut,
Deine hohe Macht läßt das Tal sich heben,
Senken die Berge.

Guten läßt Du strahlen das Licht der Wahrheit
Tief im Herzen und auf des Geistes Zinne,
Stets beschirmst Du, mächtig auf heil'gem Throne,
Schöpfer, die Deinen.«[119]

Es folgen Strophen, die auf die siegreiche Schlacht Bezug nehmen. Sie scheuen Ausdrücke über den Kampf und die Feinde nicht, die ein zartes Gemüt verletzen können. Um sie richtig einzuordnen, muß man sich das Faktum vergegenwärtigen, auf das Heinrich Böll in seinem Irischen Tagebuch anläßlich seiner Ankunft per Schiff hingewiesen hat. Im Blick auf die noch vom Morgendunst verhüllte Insel hielt er fest: Hier »also wohnt das einzige Volk Europas, das nie Eroberungszüge unternahm, wohl selbst einige Male erobert wurde, von Dänen, Normannen, Engländern – nur Priester schickte es, Mönche, Missionare«[120].
Den Letzteren gemäß lauten die letzten Strophen des Danklieds:

»Fürst der Schöpfung des hohen Vaters, alles
Ist Dein eigen, Jesus im Königspurpur,

S. 44/45: Der Adler, das Johannessymbol / Initiale Joh. 1, 1–10 ▷
(vgl. S. 60f. u. 76ff.) Evangeliar des hl. Willibrord, fol. 176 v. / 177 r

IMA GO
AQVI LE

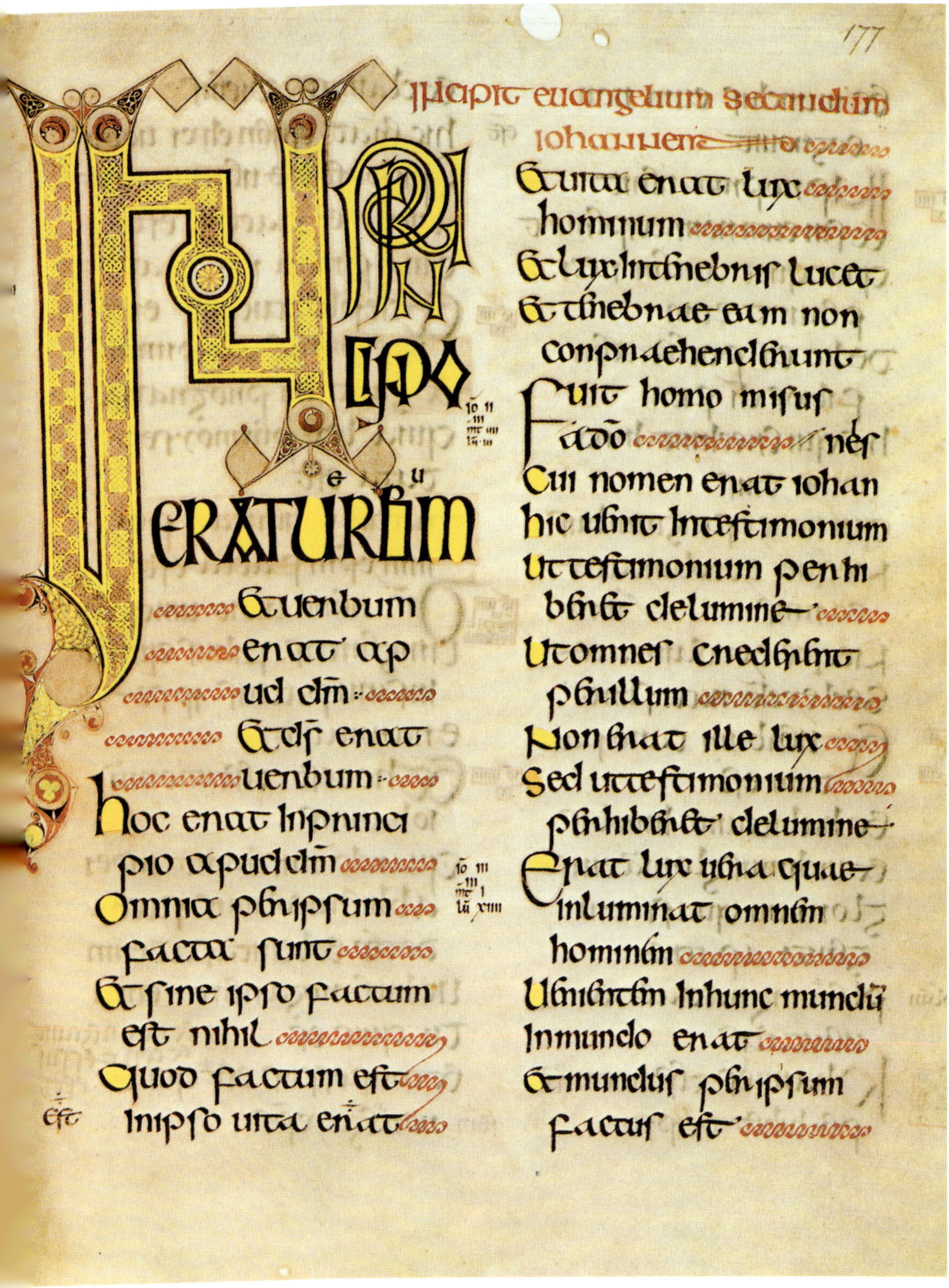

Incipit euangelium secundum
iohannem

IN PRINCIPIO
ERAT UERBUM
Et uerbum
erat apud
deum
Et ds erat
uerbum
hoc erat in princi
pio apud dm
Omnia per ipsum
facta sunt
Et sine ipso factum
est nihil
Quod factum est
est in ipso uita erat

Et uita erat lux
hominum
Et lux in tenebris lucet
Et tenebrae eam non
conpraehenderunt
Fuit homo missus
a dō nes
Cui nomen erat iohan
hic uenit in testimonium
ut testimonium perhi
beret de lumine
Ut omnes crederent
per illum
Non erat ille lux
Sed ut testimonium
perhiberet de lumine
Erat lux uera quae
inluminat omnem
hominem
Uenientem in hunc mundū
In mundo erat
Et mundus per ipsum
factus est

O gesegneter Sproß aus Davids Hause,
  Du unsere Ehre,
Laß das Räucherwerk, das wir einst gelobten,
Laß gefallen Dir unsres Dankes Feier
Und das Lied, das, König, zu Deiner Ehre
  Tönt auf der Flöte.
Schallend Gloria, Chöre von Osanna,
Preist den Vater und Christus, den Er zeugte,
Preist den Heiligen Geist: Meer, Land und Himmel,
  Rühmt Seine Ehre!«[121]

Eine Gefährdung anderer Art gehört zum Kontext einer Oratio Sancti Columbae[122]. Hier ist das Gotteslob nicht als Dank nacherlebter Befreiung konzipiert, sondern als *akute Nothilfe.* Eine alte Überlieferung berichtet von einer Feuersbrunst in dem Waldgebiet, das der König dem Heiligen und seinen Gefährten geschenkt hatte. In höchster Not sprach Columcille das Gebet, das fortan als Wettersegen und Feuerschutz angesehen wurde. Ein mittelalterliches Begleitwort zu diesem Gebet weist auf diese Erwartung hin und bezieht überdies in sympathischer Weise die ein, die dem Beter besonders nahestehen. Wörtlich heißt es: Dieser Hymnus »wird gesungen gegen jedes Donnerwetter; und wer immer ihn beim Schlafengehen und Aufstehen betet, der ist gefeit gegen alle Gefahr von Feuer und Blitzstrahl, und ebenso auch die neun ihm teuersten Personen seines Gesindes.«[123] Beachtung verdient, daß im Ganzen des Textes dem Lob Gottes entschieden größeres Gewicht gegeben wird als der Bitte angesichts der konkreten Bedrohung; mehr noch: Die gefährlichen Blitze selber werden als Element der Verherrlichung gedeutet:

»Dir singen alle Scharen der Engel
mit allen ihren Liedern.
Dich preisen die Himmelshöhen
mit ihren ungebundenen Blitzen.«[124]

Der verhaltene letzte Doppelvers spricht vom Innersten des Menschen. Er bittet:

»In meinem Herzen bleibe die Flamme der Liebe Gottes
wie ein gold'nes Geschmeide in einem Silbergefäß.«[125]

Das könnte als Rückzug in die private Intimsphäre gedeutet werden, als ein Fluchtversuch heraus aus der bedrängenden Welt. In

Wahrheit dreht sich alles um den Punkt, an dem die das Weltgeschick entscheidenden Schlachten geschlagen werden. Im menschlichen Herzen findet sich nicht nur die Pforte zu einem realistischen Verständnis der Welt, es eröffnet auch fundamentale Möglichkeiten zu deren Gestaltung. Wird es von der Glut der Gottesliebe erfaßt, ändert sich mit dem betroffenen Menschen auch die Welt von Grund auf. Wirkprinzip der so beginnenden neuen Schöpfung ist der Heilige Geist. Wie Patrick es bezeugt, spricht und handelt er in den Menschen, die ihn aufnehmen[126]. Er allein kann die Bitte erfüllen, mit der eine mittelalterliche *Einübung ins Sterben* beginnt: »Lob sei Gott am Anfang und am Ende.«[127] Der Mensch hat weder den Beginn noch den Schluß seines Lebens in seiner Hand. Daher kann er beides nicht aus eigener Kraft zu einem Lob Gottes gestalten. Erst wenn der Heilige Geist sich des Anfangs und des Endes annimmt, kann beides Gott verherrlichen, kann der Anfang vollendet werden, kann aus dem menschlichen Ende ein neuer, göttlicher Anfang erwachsen. Der Schluß des ebenso not- wie hoffnungsvollen Gebetes lautet: »Sieben und sieben mal zwanzig und sieben mal hundert Heilige sind vor den einen Richtstuhl getreten. In der Gegenwart des gebenedeiten Christus haben sie keine Furcht mehr gehabt. Möge meine Bitte nicht abgeschlagen werden, die Bitte um Frieden zwischen mir und Gott; möge ich den Weg zum Tor der Herrlichkeit finden, o Christus; möge ich nicht traurig sein vor deinem Thron.«[128]
Inmitten der existentiellen Gefährdung, die gerade angesichts des Todes verspürt wird, kündet sich eine weitere Komponente der Berufung an, die in der altirischen Dichtung verschiedentlich zur Sprache kommt: Weder das Lieben noch das Loben sollen ein Ende nehmen. Wir sind *zum ewigen Leben berufen!* In dieser Gewißheit ist Patrick zum Martyrium bereit. Er weiß, daß auch dieses nicht menschliche Leistung, sondern Gottes Geschenk ist. Deshalb bittet er ausdrücklich um die Gabe, mit den Fremdlingen und Gefangenen für den Namen Gottes sein Blut vergießen zu dürfen. Wird ihm diese Gnade gewährt, dann mag sein Leib elend, Glied um Glied, in Stücke gerissen oder von Hunden oder wilden Tieren oder von Vögeln gefressen werden, er selbst wird gerettet. Er wird in die Lichtglorie des Herrn aufgenommen und »seinem Bild gleichgestaltet werden, denn für ihn und durch ihn und in ihm sollen wir herrschen.«[129] Wie Christus, die wahre Sonne, »niemals untergeht, so

auch nicht, wer seinen Willen tut«: »Er wird in Ewigkeit bleiben;«[130] mit Worten der uns vertrauten Patrickshymne gesagt: »Sein wird die Freude des himmlischen Königreichs in der Einheit mit Christus sein.«[131]
Diese Frohbotschaft ging auf die Frage ein, die bereits in uralten irischen Erzählungen begegnet. Es ist eine der *Urfragen der Menschheit.* Mag sie noch so oft verdrängt werden, sie bricht immer wieder auf und läßt den Menschen nicht zur Ruhe kommen bis er eine Antwort findet, die ihn so überzeugt, daß er daraufhin leben und sterben kann. Ein ergreifendes Zeugnis unbändigen Verlangens nach uneingeschränktem Leben ist uns in der *Conle-Sage* tradiert[132]. Wer sich von ihren märchenhaften Zügen nicht auf eine falsche Fährte verlocken läßt, kann in ihr eine Wegweisung zu fundamentalen Wahrheiten finden. Die Sage berichtet von einer schicksalhaften Begegnung Conles des Rothaarigen. Als er eines Tages mit seinem Vater Conn der hundert Schlachten unterwegs ist, sieht er eine geheimnisvolle Frau. Auf seine Frage nach ihrer Herkunft antwortet sie: »Ich komme aus dem Land der Lebenden, wo es weder Tod noch Sünde, noch Verfehlungen gibt. Wir erfreuen uns unaufhörlicher Feste... Wir sind voll guten Willens ohne Streit.« Während der Vater nichts wahrnimmt, lädt die feenhafte Erscheinung Conle ein, mit ihr ins Land des Lebens zu kommen und ewige Jugend zu empfangen. Der Vater nimmt zu einer Druide Zuflucht. Sie spricht einen Zauber gegen die Erscheinung aus, so daß diese Blicken und Ohren entschwindet. Bevor das geschieht, kann sie Conle einen Apfel zuwerfen. Dieser gerät in eine schwere Krise. Einen Monat lang ißt und trinkt er nichts. Seine einzige Nahrung ist die Gabe der geheimnisvollen Frau. Sie ist ein Symbol des verheißenen Lebens ohne Ende: Soviel er auch von dem Apfel ißt, er wird nicht weniger, er bleibt unversehrt. Als die Zauberkraft der Druide nachläßt, macht die geheimnisvolle Frau Conle erneut seine Lage bewußt: »Auf einem hohen Thron sitzt Conle inmitten der vergänglichen Toten und wartet auf den furchtbaren Tod.« Um so tiefer trifft ihn die Botschaft: »Die unsterblich Lebenden laden dich ein!« Conle soll einer der Ihren werden. Der Preis ist die Trennung von den Seinen. Nach innerem Ringen entscheidet sich Conle für das verheißene ewige Leben. Er springt in das kristallene Boot der geheimnisvollen Frau und ist flugs allen Blicken entschwunden.
Welch ein großartiges Gemälde altirischen und zugleich gemein-

menschlichen Sehnens und Suchens! Welch eine adventliche Vorbereitung auf die christliche Botschaft! Anders als es hier erzählt wurde, konnten für jeden sichtbare Missionare jedermann den Weg zum ewigen Leben zeigen; sie konnten versichern, daß dieser nicht von den Angehörigen trennen muß, sondern enger mit ihnen verbindet. Gewiß fordert er eine radikale Entscheidung; sie ist von der Art, wie sie die Sage geschildert hat, und doch ist sie ganz anders: Sie gilt nicht einer Feengestalt, sondern dem dreifaltigen Gott, der sich in Jesus Christus offenbart. Das von ihm verheißene ewige Leben verbleibt nicht jenseits der Todesgrenze, es kann bereits in der irdischen Heimat empfangen werden, damit es zu Hause möglichst vielen zuteil wird und möglichst alle sich miteinander auf den Weg zur ewigen Heimat machen.
Von der unvorstellbaren Schönheit und Vollkommenheit des himmlischen Lebens erzählte man sich im alten Irland eine kindliche *Legende.* Sie ist mit der Gestalt des heiligen *Senan* verknüpft, der im 6. Jahrhundert als Mönch und Bischof in Irland wirkte. Er mußte eingreifen, als einer seiner Jünger in ein großes Unglück verwickelt war. Zwei seiner Schüler waren in seiner Gegenwart bei einer Bootsfahrt ertrunken. Am Tag darauf wurden ihre Leichen am Strand gefunden. In ihrem Schmerz verlangten die Eltern ihre Kinder lebend zurück. Auf Geheiß Senans geschah das Wunder. Ins irdische Leben zurückgekehrt, beklagten die beiden ihr Los. Auf die erstaunte Frage der Mutter antworteten sie: »Würdest du uns Macht über die ganze Welt und alle ihre Genüsse und Freuden geben, würden wir das für ein Eingekerkertsein ansehen, verglichen mit dem Dasein im Leben und in der Welt, in die wir gekommen sind. Haltet uns nicht auf, denn es ist höchste Zeit für uns, wieder in das Land zurückzukehren, aus dem wir gekommen sind. Gott möge es uns zuliebe gewähren, daß ihr uns nicht nachtrauert.« Daraufhin sprachen die Eltern ihr Ja zum Geschick und zum Wunsch ihrer Söhne. Mit Senan gingen sie gemeinsam in seine Kapelle. Die beiden empfingen die heilige Kommunion, »und sie gingen zum Himmel, und ihre Leiber wurden vorn in Senans Kapelle bestattet.«[133]
Die Sehnsucht der Sage und die frohe Gewißheit der Legende haben in altirischen Texten vielfältigen Ausdruck gefunden. Sie prägen menschliche Pläne und Aktionen, sie stehen hinter innig vorgebrachten Gebetswünschen. In ihrem Sinne fordert Kolumban seine

zwölf Gefährten auf: »Wie Fremdlinge laßt uns immer die Heimat ersehnen, immer die Heimat erstreben. Das Ziel des Weges ist des Reisenden Wunsch und Streben. Darum laßt uns, weil wir Reisende und Fremdlinge in der Welt sind, immer über das Ende des Weges – unseres Lebensweges – nachdenken. Das Ende unseres Weges ist unsere Heimat.«[134] Nicht Geringschätzigkeit oder gar Verachtung der Welt, sondern Liebe zu ihrem Schöpfer und Glaubenswissen von der Berufung zum ewigen Leben stehen hinter diesem Appell. Die hier zutage tretende aktive Zielstrebigkeit schließt die Einsicht nicht aus, daß das ewige Leben *Geschenk* der Güte Gottes ist. Selbst der vom Menschen geforderte Einsatz ist göttliche Gabe. Das Gebet und seine Erhörung wollen erbeten sein: »Zum König von allem möge ich kommen nach vollbrachter Tat der Gottesverehrung; möge ich im Königreich des Himmels im Lichtglanz der Sonne sein.«[135] Lebendiges Bindeglied zwischen dieser und jener Welt ist die gottgeschenkte *Liebe.* Sie kann die irdische Wirklichkeit verwandeln, sie kann auf die himmlische Herrlichkeit vorbereiten, sie soll dort zur Erfüllung kommen. Im Liebenden nimmt das ewige Leben bereits in dieser Welt Gestalt an. Es hat seinen tiefen Sinn, wenn Liebe und ewige Seligkeit gleichsam in einem Atemzug erbeten werden; sie leben beide von dem einem Heiligen Geist, dem Odem Gottes, dem Band der Liebe, dem Jubilus der göttlichen Seligkeit. Erst wenn wir uns diese Zusammenhänge bewußt machen, können wir die dringende Bitte verstehen:

»Das ist's, was ich hoffe und suche,
die Liebe zu dir in dieser Welt,
die Liebe zu dir in jener Welt...
Ich suche, ich erbettle, ich erbitte von dir,
  daß ich in den Himmel komme, teurer Sohn Gottes.
Daß ich in den Himmel komme,
  suche ich, erbettle ich, erbitte ich von dir.
Mein Gott, hör mich!
  Möge meine Seele, o Gott, voller Liebe zu dir sein.«[136]

Damit stehen wir am Ende eines langen Weges. Vergegenwärtigen wir uns, was wir von der Stimme der Iren vernommen haben, dann kann uns das mit Hochachtung und Respekt erfüllen. Es läßt uns an die Worte denken, die Reinhold Schneider an den Anfang seines Werkes »Das Inselreich« gestellt hat: »Die entscheidende Frage an

Menschen und Völker ist die: ob es ihnen gelungen ist, sich mit dem Ewigen zu erfüllen oder, demütiger gesprochen, ob sie das Ewige wirksam werden ließen in ihrem Innern, ob sie seine Macht durch ihr Schicksal und ihre Werke bezeugten«[137]. Die Stimme der Iren hat in der altirischen Dichtung polyphon und zugleich homogen eine eindrucksvolle Antwort auf diese Frage gegeben. In ihr ist in bewegender Weise inmitten aller Bedrängnisse jener Zeit Ewiges wirksam geworden.

Kilian und seine Gefährten haben diese Stimme unmittelbarer vernommen, als wir es heute können. Wo und wie das geschah, wissen wir so wenig, wie wir mit Sicherheit sagen können, sie hätten diesen oder jenen Text gekannt. Wir können indes Wichtigeres festhalten: Sie haben in ihrer Mission die Stimme der Iren unter unseren Vorfahren und so unter uns laut und mächtig werden lassen. Der Dreiklang: »bedroht, befreit, berufen« hat in den beiden ältesten Lebensbeschreibungen einen deutlich auszumachenden Widerhall gefunden. Wie immer man deren Einzelaussagen im Blick auf den historischen Ablauf werten mag, unstrittig bezeugen sie, daß in ähnlichen Bedrängnissen, wie die Iren sie in ihrer Heimat erlebten, auch bei uns die Botschaft von der befreienden Gnade und der Berufung zum ewigen Lieben, Loben und Leben angenommen wurde und weiter gewirkt hat.

Was bedeutet das alles für unser *Leben*? Die Antwort kann nicht pauschal gegeben werden. Jeder einzelne ist hier gefragt. Was die *Kunst* betrifft, so gilt Ähnliches. Vielleicht hilft es bei der Antwortsuche, wenn wenigstens auf *ein Beispiel* verwiesen wird, das die Aktualität des altirischen Zeugnisses für diese erkennen läßt. Beredt, klang- und sinnvoll bekundet es die Präsenz des Grundakkords »bedroht, befreit, berufen« für mehrere Künste und so ein Stück weit für die Kunst insgesamt. Gemeint sind die *»Acht Fragmente aus Briefen von Vincent van Gogh für Bariton und Streichquartett op. 84«*, die am 60. Geburtstag ihres Komponisten *Bertold Hummel* am 2. Dezember 1985 in Würzburg uraufgeführt wurden. Hier spricht ein begnadeter Maler, der sich in seinen Briefen auch als Meister des Wortes erweist, wenngleich er in ihnen alles andere im Sinn hatte als anderwärts zu publizierende literarische Äußerungen. Schon gar nicht hätte er sich träumen lassen, daß seine Worte irgendwann einmal im Konzertsaal gesungen würden. Das ist nun geschehen und wird sich immer wieder aufs neue ereignen. So vertritt

das opus 84 von B. Hummel auf seine Weise Malerei, Dichtung und Musik. Ohne näher auf das Werk eingehen zu können, sei darauf hingewiesen, daß sein Duktus von Bedrohung, Befreiung und Berufung spricht, ohne daß diese Worte gebraucht werden.
Der erste Brief läßt die *Gefährdung* spüren, der sich der Künstler ausgesetzt sieht. Selbst die ihm verliehene Kraft, das »Feuer«, das nicht ausgelöscht werden darf, kann zu einem düsteren Ende führen[138]. Das sich anschließende Stimmungsbild vom Neujahrstag 1885 läßt in der freien Natur beobachtete und präzise wiedergegebene Phänomene wie ein unheimliches Crescendo des Schreckens wirken[139]. Um so beglückender ist, was von der *Macht des Lichtes und der Musik* gesagt, gesungen und gespielt wird. Das Satzfragment »... Menschen, die nicht an die Sonne glauben, sind fast wie Gottlose ...«[140] ist im besten Sinn »Bruchstück einer großen Konfession«[141]. Es läßt im geschauten und so oft gestalteten Phänomen Sonne an die göttliche Ursonne denken, auch wenn die indirekte Redeweise nur zurückhaltend in diese Richtung weist. Gerade die Tatsache, daß van Gogh die bis ans Lebensende erlittene Not weder im Wort noch im Werk verschweigt, macht seine Zeugnisse vom rettenden, beseligenden Licht und von der in allem Aufruhr erfahrenen inneren Harmonie ebenso eindrucks- wie wirkungsvoll[142].
Von seiner *Berufung* spricht van Gogh im Bild des großen Feuers in der Seele. Zu den Bitternissen seines Lebens gehört, daß dieses Feuer verkannt wird: »niemand kommt jemals, sich daran zu wärmen; und die Vorübergehenden gewahren nur ein klein wenig Rauch oben über dem Schornstein und gehen ihres Weges von dannen ...«[143] Ungezählte verdanken seither diesem Feuer licht- und glutvolle Lebenshilfe. Daß es den Künstler buchstäblich verzehrt hat, ist für viele ein Segen geworden. Bedrohung, Befreiung und Berufung vermitteln auf unterschiedliche Weise substantielle Grenzerfahrungen. Wer sich ihnen gegenüber groß vorkommt, hat weder erkannt, was Bedrohtsein noch was Befreit- und Berufensein heißt. Im Blick auf alle drei Gegebenheiten hat der Maler recht, wenn er schreibt: »Ein Mensch, der sich nicht klein fühlt, der nicht erfaßt, daß er ein Stäubchen ist, wie irrt er sich im Grunde.«[144] Das abschließende achte Fragment läßt noch einmal alle drei Motive erklingen. Das Bild des Schnitters im Kornfeld wird transparent für letzte Wirklichkeiten: Die Bedrohung durch Tod und Teufel und die ersehnte, erhoffte und geglaubte Befreiung, die alles in Licht-

und Goldglanz taucht, werden angesprochen. Zugleich kommt der Künstler seiner Berufung nach, diese unsere Welt mit ihren Abgründen und ihrem Unter- und Hintergrund so wiederzugeben, daß sie als Aufruf zur Liebe und als Zeichen der Hoffnung auf die kommende Herrlichkeit gesehen werden kann: »Ich sah in diesem Schnitter eine vage Figur, wie ein Teufel, der in Gluthitze kämpft, um mit seiner Arbeit zuende zu kommen – ich sehe darin das Bild des Todes, die Menschheit ist das Korn, das gemäht wird. Aber in diesem Tode liegt nichts Trauriges, es geschieht am hellen Tag, mit einer Sonne, die alles mit Licht und überreichem Gold überstrahlt.«[145]

Die innere Verbundenheit der Gedanken von Goghs mit der Stimme der Iren kann etwas von der großen, Länder- und Zeitgrenzen übersteigenden *Weggemeinschaft* anzeigen, die uns geschenkt ist; sie kann überdies das *Ziel* unseres Weges in den Blick rücken. Was der impressionistische Maler zu einem seiner Briefe festgehalten hat, mag abschließend dartun, was die Stimme der Iren zu sagen und zu geben vermag, und was jeder von uns, wo immer er steht, auf seine Weise weiterzusagen und weiterzugeben hat. Vincent van Gogh schreibt: »Laß uns ruhig weitergehen, jeder auf seinem Weg, auf das Licht zu, ›sursum corda‹, als Menschen, die wissen, daß wir sind, was andere sind, und daß andere sind, was wir sind, und daß es gut ist, einander zu lieben.«[146]

Anmerkungen

1 Apg 16,9–11.

2 Patrick, Confessio n. 23, in: L. Bieler (Hg.), The Works of St. Patrick. St. Secundinus Hymn on St. Patrick, Westminster u. London 1953, 28 (zit.: WP).

3 W. Levison, Passio Kiliani martyris Wirziburgensis, in: Monumenta Germaniae Historica, Scriptores Merovingicorum V, Hannover u. Leipzig 1910, 711–728 sowie F. Emmerich, Der heilige Kilian, Regionarbischof und Martyrer, Würzburg 1896, 3–10 (zit.: E). Die Passio minor wird in der Folge mit p, die Passio maior mit P zitiert.

4 Vgl.A. Bigelmair, Die Passio des heiligen Kilian und seiner Gefährten, in: WDGBl 14/15 (1952/53) 1–25 u. 16/17 (1954/55) 104–130 (zit.: B) sowie K. Wittstadt, Sankt Kilian. Leben – Martyrium – Wirkung, Würzburg 1984, 11–13 (zit.: W).

5 p 2.

6 p 4.

7 Z. B. P. Th. Hoffmann, Das Göttliche. Eine Sammlung religiöser Stimmen der Völker und Zeiten, München 1925; J. v. Guenther, Religiöse Lyrik des Abendlandes, Berlin 1958; G. Britting u. a., Lyrik des Abendlandes, München 1978.

[8] Vgl.K. H. Jackson, A Celtic Miscellany, Harmondsworth [8]1980,61f.(zit.: CM).
[9] In: H. C. Artmann, Der Schlüssel des heiligen Patrick, Salzburg 1959, 62 (zit.: SP). Artmanns Übersetzungen werden in der heute üblichen Schreibweise wiedergegeben.
[10] W. Shakespeare, Hamlet III, 1; Ü: A. W. v. Schlegel u. L. Tieck, Berlin 1872, 71.
[11] CM 63; vgl. 307 f.
[12] L. Bieler, Irland. Wegbereiter des Mittelalters, Olten, Lausanne u. Freiburg i. Br. 1961, 65 (zit.: BI).
[13] A. a. O. 20.
[14] F. Hölderlin, Gedichte, hg. v. H. Kasack, Berlin 1943, 235.
[15] D. Greene u. F. O'Connor (Hg.), A golden Treasury of Irish Poetry, London 1967, 30f. (zit.: GO).
[16] BI 127.
[17] P. Chr. Jacobsen, in: H. Löwe (Hg.), Die Iren und Europa im früheren Mittelalter, Stuttgart 1982, 460 (zit.: L).
[18] BI 97.
[19] C. Blume (Hg.), Die Hymnen des Thesaurus Hymnologicus H. A. Daniels und anderer Hymnen-Ausgaben, 1. Teil (G. Dreves u. C. Blume [Hg.], Analecta Hymnica Bd. 51) Leipzig 1908, 275–278 (zit.: AH 51).
[20] AH 51, 282.
[21] AH 51, 281.
[22] AH 51, 281 f.
[23] AH 51, 282.
[24] L 26–51.
[25] L 51.
[26] CM 284.
[27] CM 283 f; G. Murphy (Hg.), Early Irish Lyrics. Eigth to twelfth Century, Oxford [4]1977, 27f. (zit.: M).
[28] Vgl. CM 63f., 69f., 125, 172–174, 178, 249.
[29] BI 66.
[30] Conf. n. 55–59: WP 38 f.
[31] WP 70 f.; G 31.
[32] M 22–27.
[33] BI 126 f.
[34] H. Schlier, Mächte und Gewalten im Neuen Testament, Freiburg [3]1963, 7.
[35] 2 Kor 4, 4.
[36] M 22 f.
[37] M 58 f.
[38] Passio maior S. Kiliani, in: E 11–25; hier: n. 13.
[39] WP 70 f.; G 30f.
[40] SP 11.
[41] SP 23.
[42] M 38f.
[43] M 40 f.; vgl. G 146 f.
[44] CM 133.
[45] CM 247.
[46] Conf, n. 12: WP 24.
[47] Ebd.
[48] M 58–61.
[49] Conf. n. 1: WP 21.
[50] Conf. n. 16: WP 25. [51] Conf. n. 5: WP 22.

[52] Conf. n. 21: WP 27.
[53] Frg. 465, in: B. Pascal, Über die Religion und über einige andere Gegenstände (hg. v. E. Wasmuth), Tübingen [4]1948, 218.
[54] SP 11.
[55] Im Anschluß an SP 11.
[56] SP 28.
[57] SP 26.
[58] SP 27.
[59] AH 51, 303.
[60] Ebd.
[61] Conf. n. 24: WP 28.
[62] Apg 9, 4.
[63] Conf. n. 25: WP 28 f.
[64] G 30; vgl. auch M 36–39 sowie die Oratio sancti Columbani »Ad Christum«: AH 51, 285 f.
[65] G 31.
[66] Ebd.
[67] SP 12.
[68] L 546, Übersetzung nach F. Heiler, Altkirchliche Autonomie und päpstlicher Zentralismus, München 1941, 143.
[69] 1 Kor 1, 18.
[70] M 34 f.
[71] p 2; P 2.
[72] CM 295 f.
[73] M 24–27.
[74] M 38 f.
[75] WP 64.
[76] Ebd.
[77] SP 15.
[78] SP 23.
[79] AH 51, 298.
[80] SP 42.
[81] AH 51, 299.
[82] AH 51, 298 f.
[83] BI 69 f.
[84] BI 70.
[85] AH 51, 297.
[86] G 31.
[87] Conf. n. 34: WP 31.
[88] Conf. n. 46: WP 36.
[89] Eph 1, 12.
[90] Conf. n. 59: WP 39.
[91] Mt 28, 19f. u. Mk 16, 15 f.
[92] Conf. n. 40: WP 33.
[93] Cor. n. 11: WP 44.
[94] Conf. n. 56: WP 38 f.
[95] Conf. n. 58: WP 39.
[96] Conf. n. 13: WP 24 f.
[97] WP 61–65. [98] WP 62.
[99] WP 64. [100] WP 61.
[101] WP 64. [102] WP 63.

[103] WP 64.

[104] Bericht I, n. 56, in: H. Krüger u.W. Müller-Römheld (Hg.), Bericht aus Nairobi 1975, Frankfurt 1976, 16.

[105] Vgl. W. Fritze, Universalis gentium confessio, Formeln, Träger und Wege universalmissionarischen Denkens im 7. Jahrhundert, in: Frühmittelalterliche Studien 3 (1969) 78–130; F. Fritze, Peregrinatio, Mönchtum und Mission, in: K. Schäferdiek (Hg.), Die Kirche des frühen Mittelalters, München 1978, 445–465; A. Angenendt, Die irische Peregrinatio und ihre Auswirkungen auf dem Kontinent vor dem Jahre 800, in: L 52–79.

[106] Angenendt, in: L 54.

[107] BI 16.

[108] SP 11.

[109] M 42 f.

[110] Brief 38, in: R. Rau (Hg.), Briefe des Bonifatius. Willibalds Leben des Bonifatius, Darmstadt 1968, 118 f.

[111] M 42 f.

[112] M 36 f.

[113] CM 136.

[114] Conf. n. 3: WP 21.

[115] Conf. n. 3: WP 22.

[116] Conf. n. 45: WP 35.

[117] WP 64 f.

[118] M 64 f.

[119] BI 128.

[120] H Böll, Irisches Tagebuch, München 1963, 14.

[121] BI 129.

[122] AH 51, 286–288.

[123] AH 51, 287.

[124] AH 51, 286.

[125] Ebd.

[126] Conf. n. 24 f.: WP 28 f.

[127] CM 298.

[128] CM 299.

[129] Conf. n. 59: WP 39.

[130] Conf. n. 60: WP 39 f.

[131] WP 61.

[132] CM 143–145. [133] CM 285 f.

[134] Columban, Instructio VIII 1, in: L 53.

[135] M 44 f.

[136] M 54 f.

[137] R. Schneider, Das Inselreich, Frankfurt 1979, 22.

[138] Brief Nr. 242 vom 5. November 1882 aus Den Haag.

[139] Brief Nr. 391 vom 1. Januar 1885 aus Nuenen.

[140] Brief Nr. 520 vom 11. August 1888 aus Arles.

[141] Vgl. J. W. v. Goethe, Dichtung und Wahrheit, Aus meinem Leben II, 7 (Werke Bd. 8) hg. v. Th. Friedrich, Leipzig o. J., 287.

[142] Brief Nr. 218, ca. vom 20. Juli 1882 aus Den Haag.

[143] Brief Nr. 133, vom Juli 1880 aus der Borinage.

[144] Brief Nr. 336, vom 4. November 1883 aus Drenthe.

[145] Brief Nr. 604, vom 4. oder 5. September 1889 aus Saint-Remy.

[146] Brief Nr. 121, vom 3. April 1878 aus Amsterdam.

Schöpfung, Menschwerdung und Kreuz

Irische Miniaturen aus der Zeit Kilians

Karl Jaspers, wie wenige mit der geistigen *Situation des modernen Menschen* vertraut und bemüht, sich ihren Herausforderungen zu stellen, erinnert in einem seiner Hauptwerke an ein *Ereignis aus der Zeit Kilians.* Offenkundig ist er der Überzeugung, daß es auch den Menschen des 20. Jahrhunderts Wichtiges zu sagen hat. In der Tat kann es blitzartig auch unsere Situation erhellen. Jaspers zitiert den nordenglischen Historiker *Beda.* Dieser war 17 Jahre alt, als Kilian das Martyrium erlitt; er schildert in seiner Kirchengeschichte eine Begebenheit, die sich zwei Generationen vor dem Wirken der Frankenapostel zugetragen hat. »Beda erzählt (Kirchengeschichte 2. Buch, Kap. 13): Im Rat eines angelsächsischen Königs, der 627 n. Chr. über Annahme oder Ablehnung des Christentums entscheiden sollte, sprach einer der Fürsten: Mein König, das gegenwärtige Leben der Menschen auf Erden scheint mir im Vergleich zu jener Zeit, die uns unbekannt ist, so zu sein, wie wenn du dich zur Winterszeit mit deinen Fürsten zu Tisch setzest. Mitten auf dem Herde brennt das Feuer und wärmt den Saal, draußen aber tobt der Sturm des Schneegestöbers. Da kommt ein Sperling herangeflogen und durchfliegt schnell, an der einen Tür herein, an der andern hinaus, den Saal. Während des Augenblicks, wo er drinnen ist, bleibt er vom Wintersturm verschont. Hat er jedoch rasch den kleinen Raum, wo es angenehmer ist, durchflogen, so entschwindet er deinen Augen und kehrt aus dem Winter in den Winter zurück. So ist auch dieses Menschenleben nur wie ein einziger Augenblick. Was ihm vorangegangen ist und was ihm folgt, wissen wir nicht. Wenn uns also diese neue Religion größere Gewißheit darüber verschafft, so ist es meines Dafürhaltens recht, ihr zu folgen.«[1] Zweifellos sind die hier artikulierten *Grundfragen* auch die unseren. Selbst wenn sie zeitweise verdeckt sein können, bewegen sie uns und brechen immer wieder auf. Wie die Menschen jener Zeit fragen wir: »Was sind wir? Wer sind wir? Wie finden wir uns in der Welt?«[2] »Woher kommen wir?«[3] »Wohin gehen, wohin fallen wir?«

Die *Antwort der irischen Missionare* auf diese Fragen hat eine ein-

drucksvolle Verkörperung gefunden. Eine gute Fügung hat diese vor allen Zerstörungen bewahrt und uns als kostbares Erbe anvertraut. Aus der Zeit und dem Umfeld Kilians und Bedas sind uns einige Codices überliefert, die in eindrucksvoller Weise das bezeugen, was die Missionare zu verkündigen hatten. Es sind *Evangeliare,* in denen die Frohbotschaft mit den Worten aufgezeichnet sind, die für alle Länder und für alle Epochen dieselben sind. Zugleich verkünden sie das Evangelium in Formen und Farben, die ganz im irischen Leben jener Zeit verwurzelt und von diesem geprägt sind. So verbinden sie das Zeugnis von der *Inkarnation* des Gottessohnes und seinem Wirken mit einer spezifischen Konkretisierung seiner *Inkulturation.* Überdies bilden sie eine *Brücke* von uns heute zu den Missionaren unserer Väter. Die illuminierten irischen Schriften aus der Zeit Kilians geben uns einen tiefen Einblick in die Welt, in der er lebte. Natürlich können wir nicht behaupten, er habe dieses oder jenes Buch oder Bild gesehen. Wohl aber spricht vieles dafür, daß der sich in diesen Dokumenten bekundende Glaube und das ihm gemäße Leben zu dem Boden gehörte, auf dem er aufgewachsen ist, zu der Luft, die er atmete, zu dem Auftrag, der ihn bewegte, zu dem Schatz, den er ins Frankenland brachte. Es ist verwunderlich, daß man die so sich darbietende Brücke als solche bislang kaum wahrgenommen und noch weniger beschritten hat. Das ist um so erstaunlicher, als sie von faszinierender Schönheit ist. So haben wir viele Gründe, näher ins Auge zu fassen, was uns in den Büchern und Bildern aus der irischen Heimat der Frankenapostel begegnet. Im Vordergrund sollen dabei die Werke stehen, die nach den Ergebnissen der Forschung unmittelbar zu ihrer Epoche gehören. Einige jüngere Zeugnisse werden hinzugenommen. Sie können das fragmentarische Mosaik ergänzen und die aufzunehmenden Impulse verstärken. Angesichts der das alte Irland geradezu kennzeichnenden Kontinuität[4] bieten uns auch spätere Zeugnisse Erkenntnishilfen, auf die wir nicht verzichten sollten.
Bevor wir die einzelnen Seiten aufschlagen und betrachten, ist es angebracht, sich kurz über die einzusehenden Bücher und die anzuschauenden Bilder zu informieren. Der zwischen ihnen und ihren Zeitgenossen bestehende vielfältige Zusammenhang ist auch für ihren Zusammenhang mit uns heute bedeutsam.

Kreuzseite (vgl. S. 88 f.), Book of Lindisfarne, fol. 2 v ▷

»Das Book of Armagh berichtet, daß der heilige Patrick Gesetzbücher und Evangelienbücher an seine neugegründeten Klöster schenkte. Bald darauf gehörte das Abschreiben und Ausmalen zweifellos zu den den Mönchen in ihren Regeln vorgeschriebenen Arbeiten.«[5] Vom heiligen Columcille wird überliefert, er habe mit eigener Hand 300 Manuskripte angefertigt. Er gründete im Laufe des 6. Jahrhunderts mehrere Klöster, darunter im Jahre 533 *Durrow* nahe Tullamore im Zentrum Irlands. Ein altes Gedicht über dieses Kloster beschwört ein Bild herauf, das »von Kreuzen wimmelt:

›O Cormac, schön ist deine Kirche,
mit ihren Büchern und ihren Studien;
eine fromme Stadt bist du, mit hundert Kreuzen.‹«[6]

Hier hütete man zumindest seit dem 11. Jahrhundert eine kostbare Handschrift.[7] Eine alte Notiz hält die Überlieferung fest, Columcille habe sie innerhalb von zwölf Tagen erstellt. In Wort und Bild gab sie die Botschaft vom Kreuz wieder, wie es von der ersten, ziemlich lädierten Seite an (f. 1 v) zu erkennen ist. Nach der Auflösung des Klosters im 16. Jahrhundert kam das Buch von Durrow in den Besitz der Familie Mac Geoghegan. In ihr passierte es, daß man die Handschrift ins Wasser steckte, um dieses dann zur Heilung kranker Tiere zu verwenden. 1661 nahm Henry Jones das Buch an sich, ein Offizier der Armee Cromwells. Als er später evangelischer Bischof und Vizekanzler von Trinity College in Dublin wurde, gab er den Schatz an dessen Bibliothek weiter, die ihn bis zur Stunde bewahrt.

Die Angaben der heutigen Forschung über die genaue Entstehung des Werkes schwanken zwischen 630 und 700. Die Mehrheit der Forscher ordnet es der Lebenszeit Kilians zu.

Eine weitere Handschrift aus jener Epoche ist mit dem Namen eines Heiligen verbunden, der eine Zeitlang im Raum der Diözese Würzburg gewirkt hat und ein wichtiges Bindeglied zwischen Kilian, Bonifatius und Burkard darstellt: das *Evangeliar des heiligen Willibrord*. »Als bahnbrechender Pionier überragte er alle anderen berühmten Angelsachsen, die als Glaubensboten auf dem Festland wirkten.«[8]. Der 658 in Northumberland Geborene war maßgeblich von der geistig-geistlichen Welt Irlands geformt worden. Wie sein großer Lehrer, der heilige Egbert, kam er als junger Mann zur Grünen Insel. Er verbrachte dort zwölf Jahre, bevor er – wie vor ihm Kolumbanus und Kilian – mit zwölf Gefährten zur Mission aufbrach. Sein Hauptarbeitsfeld war Friesland. Er gründete die Metropole Utrecht und das Kloster Echternach. Nach dem Tod Pippins des Mittleren wandte sich Willibrord Franken und Thüringen zu. 704 wurde ihm »in castello Virteburch« eine Schenkung von Herzog Heden II. zuteil. In dem diesbezüglichen Dokument liegt die erste urkundliche Erwähnung der späteren Stadt Würzburg vor[9]. Am 16. April 716 erhielt Willibrord vom ostfränkischen Herzog dessen Schloß ad Hamulo (= Hammelburg) sowie Besitz an der fränkischen Saale zur Gründung eines Klosters geschenkt[10].

In Rückschau auf dessen missionarischen Aufbruch schreibt Carl Nordenfalk mit aller Entschiedenheit: »Es dürfte keinem Zweifel unterliegen, daß Willibrord sein noch erhaltenes Evangelienbuch auf diese Expedition mitgegeben wurde«[11]. Die Rede ist von dem Echternacher Evangeliar, das heute zu den Schätzen der Pariser National-Bibliothek gehört[12]. Vielleicht hängt es mit dem Zeitdruck vor dem Start zusammen, daß der Schreiber die meisten Texte in der schnelleren Minuskelschrift festhielt und die Majuskel lediglich bei den Vorreden gebrauchte, während man es damals normalerweise umgekehrt praktizierte[13]. In der Gestaltung des Evangeliars vereinen sich irische Elemente mit solchen aus der northumbrischen Heimat Willibrords.[14]

Dieses spannungsreiche Miteinander findet sich auch im *Book of Lindisfarne*[15], das ebenfalls im missionarischen Kontext zu sehen ist. Françoise Henry hat das Kloster Lindisfarne als »auswärtiges Fragment Irlands« gekennzeichnet, so wie Iona es war[16]. Von dieser Klosterinsel Columcilles her ist es errichtet und geprägt worden. Voraufging das Exil Oswalds, der in Iona getauft wurde. Bald nach seinem Amtsantritt im Jahr 635 erbat er von den irischen Mönchen Missionare für seine Untertanen in Ost-Anglia. Der daraufhin entsandte Bischof Aidan gründete gegenüber dem Königssitz von Bamborough auf einer kleinen Insel das Kloster Lindisfarne. Auch sein Nachfolger Finan stammte von Iona. Neun Jahre nach dem Martyrium Kilians wurde Eadfrith Bischof von Lindisfarne. Er nahm dieses Amt bis zum Jahr 721 wahr. Ein Kolophon aus dem 10. Jahrhundert sagt von ihm: Er »schrieb dieses Buch zuerst für Gott und den heiligen Cuthbert und alle auf der Insel befindlichen Heiligen«[17]. Diese Eintragung wird von den meisten Experten als zuverlässig angesehen. Strittig ist, ob Eadfrith das Werk vor oder während seiner Amtszeit geschaffen hat. Entsprechend bewegt sich die Datierung im Zeitraum von 695 bis kurz vor 720. Eadfrith, der sechs Jahre in Irland verbrachte[18], stand voll in der irischen Tradition. Zugleich nahm er thematische und formale Anregungen aus dem Mittelmeerraum auf. Einiges spricht dafür, daß dazu der Besuch des päpstlichen Legaten Theodor von Tarsus beigetragen hat, der 690 die Kirche in Lindisfarne geweiht hat.[19]

Mit einem aus Lindisfarne stammenden Heiligen wird das *Buch von St. Chad*[20] in Verbindung gebracht, das im Domschatz von Lichfield gehütet wird. Bischof Ceadda, neuenglisch Chad genannt, war ein Schüler Aidans. Etliche Jahre hat er in Irland verbracht, bevor er Bischof von York und später von Mercia mit dem Sitz in Lichfield wurde. Dort starb er im Jahr 672, also lange Zeit vor der Vollendung des nach ihm benannten Buches. Bezeichnet der Name somit nicht den Autor, so läßt er jedoch an die geistig-geistlichen Zusammenhänge denken, in denen das Werk entstanden ist. Formal sind die Beziehungen der Bücher von Lindisfarne und Lichfield offenkundig, auch wenn von dem ursprünglichen Prachtband nur ein Fragment erhalten geblieben ist. Kontrovers wird diskutiert, welches Werk dem anderen voraufging und es entsprechend beeinflußt hat[21]. Von der jeweiligen Einordnung hängt unter anderem ab, ob man die größere Nähe der Evangelistenporträts zu denen der Bücher von Durrow und Echternach als Indiz für die Priorität des Book of St. Chad gegenüber dem von Lindisfarne ansieht, oder ob man diese als eine bewußte Abkehr von der Zuwendung Eadfriths zu südländischen Formen versteht[22].

Unterschiedlich beantwortete Fragen wirft auch das *Evangelienbuch von St. Gallen (Ms. 51)* auf[23]. Wurde es in der Mitte des achten Jahrhunderts in Irland geschrieben und später in das Kloster gebracht, dessen Namenspatron ein Schüler Kolumbans war[24]? Haben Iren es auf dem Kontinent erstellt[25]? Für das letztere wird unter anderem geltend gemacht, daß am Ende des Johannesevangeliums nach dreizehn Zeilen in irischen Halbunzialen die beiden Schlußverse in karolingischen Minuskeln aufgezeichnet sind und daß in lateinischer Sprache hinzugefügt wird: »Amen, amen, der Arbeiter ist seines Lohnes wert«[26]. Da die Datierung dieser anders geschriebenen Zeilen unklar ist, haben sie nur eine begrenzte Beweiskraft.

Unbestritten sind die Kennzeichen irischer Text-, Schrift- und Miniaturtradition. Unter anderem sind wichtige Gemeinsamkeiten mit dem Buch von Lichfield festzustellen. Was den Bildern an künstlerischer Perfektion fehlt, wird durch die Wucht und Dramatik der Aussage mehr als wettgemacht. Das den Codex abschließende Doppelbild, das auf den Herrn am Kreuz und beim Jüngsten Gericht hinweist[27], bildet ein bewegendes Finale, das nochmals alle Motive des Buches und viele der voraufgegangenen altirischen Kunstwerke in origineller Weise vereint.

Über die Epoche Kilians hinausgehend und zugleich auf mannigfache Weise mit ihr verbunden, bildet das *Book of Kells*[28] den strahlenden Höhepunkt der altirischen Buchkunst. Auf diesen Gipfel laufen verschiedene Entwicklungslinien zu, die sich in früheren Werken angekündigt und abgezeichnet haben, und vereinen sich in einer einzigartigen Gestalt[29]. Von diesem Gipfel aus läßt sich in der Rückschau mancher Zusammenhang erfassen, der zunächst nicht zutage trat; zugleich eröffnen sich neue Perspektiven, die einem tiefe Einblicke in die geistige Welt bieten, um die es letztlich in allem künstlerischen Schaffen geht.

Nach wie vor gibt es viele offene Fragen hinsichtlich des Ortes und der Zeit der Entstehung wie in bezug auf die Deutung einzelner Elemente und ganzer Bildseiten. Frühere Generationen hielten das Book of Kells für ein Werk Columcilles und sahen in dem von ihm gegründeten Inselkloster Iona den Entstehungsort. An diesem hielt man auch dann noch fest, als die Urheberschaft Columcilles immer unwahrscheinlicher wurde. In der Tat spricht vieles dafür, daß das Book of Kells zuerst ein Buch von Iona war. Dort befand sich ein bedeutendes Skriptorium, bevor die Mönche vor den Wikingern im Landesinneren von Irland Zuflucht suchten. Nach Abklingen der akuten Gefahr riskierte man es, nach Iona zurückzukehren. Das gelang nur für kurze Zeit. Nach einigem Hin und Her wurde die Tradition dieser Insel in Kells fortgesetzt. Diesem Befund entspricht auch die zeitliche Einordnung: Als erste Phase der Entstehung nimmt man die Zeit vor 806 an, also vor dem Überfall, bei dem 68 Mönche umkamen. Nachdem das Kloster bis 814 fest in Kells eingerichtet war, konnte dort die zweite Phase beginnen. Andere sind der Überzeugung, »daß das ganze Werk in seiner heutigen Gestalt auf Iona geschaffen wurde und daß der unvollendete Zustand der Handschrift auf die Zerstörung des Klosters durch die Wikinger und die dadurch ausgelöste Flucht nach Kells zurückzuführen ist«[30].

Einer späteren Attacke auf das Buch verdanken wir seine erste urkundliche Erwähnung. Die Annalen von Ulster berichten, daß im Jahre 1007 Verbrecher »das große Evangeliar von Columcille, die Hauptreliquie der westlichen Welt«, wegen ihres goldenen Schreines gestohlen hätten[31]. Weder zum ersten- noch zum letztenmal wurde ein kostbarer Schrein, der die Bücher schützen und zugleich ehren sollte, diesen zum Verhängnis. So unterschiedlich die Herkunft der diversen Räuber im Laufe der Zeit war, so stimmten sie offenbar darin überein, daß sie den Goldschmuck höher einschätzten als die Buchseiten, jedenfalls sind im ganzen nur die Reste von acht irischen Buchreliquiaren erhalten geblieben, während der Handschriftenschatz Gott sei Dank größer ist. Das nach dem Diebstahl von 1007 in einer Wiese vergrabene Book of Kells kam nach weiteren Abenteuern schließlich in das Trinity College in Dublin. Mit seinem wechselvollen Geschick hängt es zusammen, daß einige Blätter fehlen. Immerhin haben 678 Seiten die Jahrhunderte überdauert. Nur zwei von ihnen sind nicht farblich gestaltet. Auf den anderen entfaltet sich eine phantastische Fülle der unterschiedlichsten Bilder. Der bunte Bogen reicht von kleinen, köstlichen Initialen über lustige Zeilenfüller bis hin zu eindrucksvollen ganzseitigen Kompositionen; »sämtliche Schmuckmotive der berühmten irischen Schule« sind in dem Buch vereinigt. »Neue Motive kommen hinzu, die oftmals auf die ersten Kunstwerke am Hof Karls des Großen zurückgehen. Alle diese Elemente verbinden sich zu einer Synthese, die in ihrer bewundernswerten Klarheit, Schärfe, Finesse und Leuchtkraft ihresgleichen sucht.«[32]

Mancher hat angesichts all der Herrlichkeiten ähnliches wie Giraldus erfahren. Begeistert schreibt er 1187 in seiner Topographia Hibernica: »Je häufiger ich das Buch sehe und je sorgfältiger ich es studiere, um so mehr bin ich wie verloren in immer frischer Freude, und ich entdecke mehr und mehr Wunder in dem Buch.« Wir tun gut daran, seinem Appell zu folgen: »Untersuche es sorgfältig, und du wirst bis zu dem wahren Heiligtum der Kunst vordringen.«[33]

Machen wir uns in diesem Sinne nunmehr daran, nach dem zu fragen, was uns die Bilderwelt der altirischen Miniaturen über das Weltbild ihrer Schöpfer zu erkennen gibt.

Friedrich Rückert hat gelegentlich sein Leben und Wirken im Bild eines Teppichs geschildert. Er schreibt:

»Ein Teppich scheinet mir mein Leben,
Und immer sticket meine Hand;
An welcher Stell' ich auch mag weben,
Am obern oder untern Rand –
Zuletzt, wo so viel Kleinstes
Sich still verband, entstand
Ein Großes, Allgemeinstes.«[34]

Läßt man altirische Miniaturen auf sich wirken, drängt sich nicht selten das Bild eines prächtigen Teppichs auf. So wundert es einen nicht, daß wiederholt der Begriff »carpet-page«, »Teppichseite« auftaucht. Schweift der Blick vom oberen bis zum unteren Rand, entdeckt er »viel Kleinstes«. Beim gründlicheren Anschauen zeigt sich in allem »ein Großes, Allgemeinstes«. Die verschiedensten Formen und Farben weisen über sich hinaus und lassen erkennen, was den anonymen Künstlern wichtig war, nicht zuletzt, welche Antworten sie auf die Grundfragen des Lebens gefunden haben. Im Medium ihrer Kunst erscheint dieses »Große, Allgemeinste« zugleich als Persönlichstes. Sie bekunden ihre Überzeugung nicht distanziert, sondern engagiert, nicht abstrakt, sondern konkret, nicht sachhaft noch neutral, sondern existentiell.

Ein *Bildsymbol* dieser Künstler, ihres Fragens und ihrer Grundhaltung begegnet uns am Anfang des Book of Durrow in der Gestalt, die dem Evangelium nach Matthäus voraufgeht und zunächst auf diesen hinweist (f. 21 v).[35] Unwillkürlich erinnert man sich an die Skizzierung der menschlichen Grundsituation im Rat des Königs Edwin: Findet sich der Mensch nicht in der Tat einsam in einem unbegrenzten Raum wie der Sperling, der für wenige Augenblicke in der warmen und hellen Halle sein kann und dann wieder ins Dunkel fliegt? Erscheint der Mensch nicht geradezu lebendig begraben in der Welt, die ihn machtvoll von allen Seiten umgibt? Wohin geht der Weg, den die Füße einschlagen, die quer zur ganzen Gestalt stehen? Sind sie nicht viel zu klein, angesichts des übergroßen Körpers, können sie ihn überhaupt tragen, geschweige denn wegbewegen? Fragen über Fragen provoziert die geheimnisvolle Gestalt,

imago homi nis
O AGIOS
MATT
HEUS

die uns mit weit offenen Augen anschaut. Unschwer kann man sich Fragen dieser Art bei dem Dargestellten selber sowie bei dem, der ihn so geformt hat, vorstellen. Dieser Mensch ist ganz Ohr und Auge. Allein die Ohren und Augen sind frei von den feinen Punkten, die an allen anderen Stellen des Gesichts zu sehen sind. Zudem sind sie offen für das, was ihnen begegnet. Sie lassen an die Seligpreisungen Jesu denken, die Matthäus aufgezeichnet hat: »Ihr aber seid selig, denn eure Augen sehen und eure Ohren hören.«[36]

Wer so lebt, hat etwas zu sagen. Darauf verweist der geöffnete Mund des Evangelistensymbols, das zeigt aber auch sein Kleid. Es sieht aus wie eine große, reich geschmückte Glocke. Das entspricht zunächst der damals üblichen Mönchskleidung. Diese ist Ausdruck des neuen Gewandes, das der Jünger Jesu empfängt, und des neuen Auftrags, der ihm zuteil wird. Mit dem Propheten Jesaja kann er jubeln: »Er kleidet mich in Gewänder des Heils, er hüllt mich in den Mantel der Gerechtigkeit, wie ein Bräutigam sich festlich schmückt und wie eine Braut ihr Geschmeide anlegt.«[37] Paulus personalisiert dieses Bild; er schreibt seinen Galatern: »Ihr alle, die ihr auf Christus getauft seid, habt Christus (als Gewand) angelegt.«[38] Das vielgliedrige Muster auf dem Gewand des Matthäussymbols nimmt Motive der Einlegearbeiten auf und überträgt deren Sprache in die der Malerei. Die gleichmäßig verlaufende helle Umrahmung des gesamten Gewandes, die nicht durch Arme unterbrochen wird, unterstreicht nochmals den Glockencharakter. Dabei muß man sich vergegenwärtigen, daß Glocken zum Dienst der damaligen Mönche gehörten. Mit Glocke und Stab gingen sie ihren Weg. 41 bronzeüberzogene Eisenglocken aus dem alten Irland haben die Jahrhunderte überdauert[39]. Unter ihnen nimmt die Glocke Patricks samt dem zu ihr gehörigen Reliquiar einen herausragenden Rang ein. Das letztere hat übrigens wie auch das des heiligen Senan dieselbe Grundform wie die Kleidung unseres Evangelisten[40]. Wer die Frohbotschaft zu bezeugen hat, soll selber wie eine lebendige Glocke sein.

Wenden wir uns mit den Fragen, der Offenheit und der Gläubigkeit, auf die uns die Menschengestalt am Anfang der altirischen

◁ Der Evangelist Matthäus (vgl. S. 96–99)
Book of Lindisfarne, fol. 25 v.

Buchkunst verweist, deren einzelnen Aussagen zu, dann können wir eine erstaunliche Entdeckung machen: Wir erhalten Auskünfte über dieselben Grundgegebenheiten, die in der jüngeren Passsio Kiliani ausdrücklich zur Sprache kommen: Schöpfung, Menschwerdung und Kreuzesgeschehen.[41] Was dort weithin mit den überlieferten Begriffen der Glaubensgeschichte formuliert ist, finden wir hier in der Sprache der Farben und Formen.

Schöpfer und Schöpfung

Vieles von dem, was über die Welt zu sagen ist, drücken die irischen Miniaturenmaler in Formen aus, die wir *Ornamente* zu nennen pflegen. Diese Bezeichnung kann auf eine falsche Spur führen, denken wir in der Regel dabei doch lediglich an schmückendes Beiwerk, an eine Verzierung, die im Grunde mit dem, worauf es ankommt, nichts zu tun hat. Von dieser Vorstellung müssen wir uns frei machen, wenn wir die altirischen Meister verstehen wollen. Sie griffen Formen auf, die zum Teil Jahrhunderte, wenn nicht gar Jahrtausende alt waren, und suchten durch sie Wesentliches zum Ausdruck zu bringen. Sie wurden dabei von einer lebendigen Überlieferung getragen, in der man gewohnt war, »in einer vorgeprägten Form das sichtbare Zeichen einer Idee zu suchen«, und sie wie »die kunstvollen Worte einer mystischen Sprache« zu verwenden[42]. Zu den in diesem Sinn gebrauchten Ur-Zeichen bzw. Ur-Worten gehören Welle und Wirbel. Vom Book of Durrow an finden sie sich in allen möglichen Varianten in den verschiedensten Handschriften. *Wellen* dominieren in dem gewichtigen Rahmen, der das Matthäussymbol umgibt (f. 21 v); Wellen fallen bei der Komposition ins Auge, die dem Anfang des Johannesevangeliums voraufgeht (f. 192 v)[43] und mit diesem zusammengesehen werden will. Um das Evangelistenbild herum bewegen sich die parallelen Wellenlinien im Wechsel von Rot, Gelb und Grün; über und unter dem zentralen Kreis mit dem Kreuz in der Mitte sehen wir ein Auf und Ab von langgestreckten, ineinander verflochtenen Tierleibern. Die Wellenbewegung herrscht nicht nur im Wasser und in der Luft, sie erfaßt auch Tiere. Eigentlich braucht es uns nicht zu wundern, daß wir auf der grünen Insel so häufig dem Wellenmotiv begegnen. Wer um sich schaute, konnte es in allen Varianten sehen; im munteren, wechselvollen Spiel der Bäche wie der leichtbewegten

See und im unbändigen Heranstürmen hoher Wogen. Von Wellen redet die alte Frau von Beare ebenso wie der heilige Abt auf Iona. Im elegischen Lied aus dem 9. Jahrhundert auf die gute alte Zeit[44] wird die Klage laut:

»Ich höre den düsteren Schrei der Wellen
Gepeitscht vom winterlichen Winde.«

Am Anfang wie am Ende spiegelt die See das menschliche Geschick:

»Die Ebbe ist für mich gekommen,
Das Leben weicht zurück,
so wie das Meer nach der Flut,
Doch füllt sich's nicht wieder mit Glück.

Auf dieser Erde habe ich
Nicht lange mehr meinen Ort,
Was in des Lebens Fluten war,
Reißt die Ebbe jetzt mit sich fort.«[45]

In anderem Licht erscheinen die Wellen in den Versen, die ein Poet des 12. Jahrhunderts Columcille in den Mund legte:

»Auf einer Insel wär' ich gerne,
von Felsgestein, und blickte
über Wellenkräusel in die Ferne.

Und säh', wie Zeile um Zeile
jede Woge im schimmernden Meer
den Schöpfer rühmte Meile um Meile.

Und sähe gelassen zum Strand,
wo sich Vögel im Winde wiegen,
und die Muscheln leuchten im Sand.

Und lauschte dem rhythmischen Schlagen
der Wellen am Stein, dem endlosen Ton,
wie ewige Totenklagen.«[46]

Vielfältig wie ihre Gestalt ist ihre Bedeutung: Sie können – mit Franz Grillparzers Worten gesagt – als »des Meeres und der Liebe Wellen« verstanden werden, sie können dem strahlenden Lobpreis des Schöpfers dienen und der dumpfen Totenklage des Menschen. Ähnlich vielschichtig ist das Zeichen der *Wirbel.* Wie ein Leitmotiv steht es am Anfang des Book of Durrow (f. 3 v)[47]. Wirken die Wir-

bel in den vier kleinen und zwei großen Kreisen wie durchdringende Trompetenstöße, so nehmen wir sie später in allen möglichen Modulationen und Instrumentationen wahr. »Mit scheinbar unerschöpflicher Phantasie wird ein genau begrenzter Vorrat von Elementarmotiven ins Unabsehbare variiert und kombiniert.«[48]
In der Inkarnations-Initiale des Book of Lindisfarne (f. 29 r)[49] werden die liebevoll gestalteten Anfangsbuchstaben des Christusnamens von vielen Kreis- und Doppelwirbeln flankiert. Das in Durrow für sich stehende Wirbelmotiv wird hier in einen neuen, fundamentalen theologischen Zusammenhang gebracht: Die kosmischen Zeichen werden dem zugeordnet, durch den und auf den hin alles geschaffen ist. Noch dichter und dynamischer ist die Gestaltung desselben Themas im Book of Kells (f. 34 r)[50]. Dort sind mehr als fünfzig Wirbel zu einer polyphonen Komposition vereint, die sich über die ganze Seite erstreckt und selbst noch über deren Grenzen hinausdrängt. Im Doppelkreuz, das sich in diesem Werk an das ganzseitige Christusbild anschließt (f. 32 v und 33 r)[51], sind große und kleine Wirbel in den acht Medaillons harmonisch miteinander und mit dem Kreuz verbunden. Erscheinen sie in der Inkarnations-Initiale wie schwungvoll in die Welt hineingestreutes Saatgut, so wirken sie im Doppelkreuz wie energiegeladene Zentren eines wohlgeordneten Alls, dessen Schöpfer das Lob gebührt: »Du hast alles nach Maß, Ziel und Gewicht geordnet.«[52] Dreigliedrige und dreifarbige Wirbel bilden schließlich die Basis und die Bekrönung des großen IN, mit dem das Markusevangelium im Codex 51 aus St. Gallen beginnt (p. 79). Diese Seite steht dem Bild des Evangelisten gegenüber, zu dem wiederum Spiralen gehören (p. 78).[53]
Kunstvolle Vorbilder für die Wirbel und Spiralen hatten die Miniaturmaler in altirischen Goldschmied- und Emailarbeiten. Die Wurzeln dieser Motive lassen sich bis in die La-Tène-Zeit verfolgen, die vor allem von den Kelten geprägte kreative Periode der Jüngeren Eisenzeit, deren Beginn etwa 450 vor Christus anzusetzen ist. Darüber hinaus gibt es eine frappierende Nähe zu vorkeltischen Zeugnissen aus der Jüngeren Steinzeit. So finden wir in der monumentalen Grabanlage von Newgrange/County Meath, die noch vor den ägyptischen Pyramiden entstanden ist, auf dem Eingangsstein fünf große Spiralwirbel und in der innersten Grabkammer eine in Fels geschlagene Tripelspirale. Die zeitliche Distanz der Miniaturmaler zu den Menschen, die in Newgrange das Wirbelmotiv in Steinen ge-

staltet haben, war wenigstens dreimal so groß wie ihr Abstand von uns am Ausgang des 20. Jahrhunderts, und dennoch erscheinen sie uns alle wie nahe Verwandte. So markiert das Wirbelmotiv einen durch Jahrtausende führenden langen Weg und ist zugleich ein Symbol des aktuellen Geschehens, das sich in jedem Augenblick in unserer Welt zuträgt. Uralte Überlieferungen und jetziges Ereignis kommen in ihm gleicherweise zur Darstellung.

Dem je neu sich vollziehenden Schöpferhandeln Gottes verdankt die Schöpfung einen Grundzug, der in den altirischen Miniaturen eindringlich zutage tritt: die *Zusammengehörigkeit* aller Kreaturen. »Alle Dinge, die aus Gott kommen, haben eine Beziehung zueinander und zu Gott. Darum gehören alle Dinge notwendig zu einer Welt.«[54] Der geniale französische Schriftsteller Ernst Hello sagt hinsichtlich der existentiellen Bedeutung dieser Vorgegebenheit: »Nichts besteht für sich abgesondert, weder in dieser noch in der anderen Welt. Der elektrische Strom der Gemeinschaft bringt die ganze Kette der Wesen bei jeder Bewegung auch des geringsten Gliedes zum Erzittern. Alles gibt und alles empfängt. Alles handelt mit Wirkung und Gegenwirkung.«[55]

Die altirischen Bücher sind voll von Bildern solcher Wesens- und Wirkensketten. So entspricht es der Mentalität in ihrer Entstehungszeit, von der Françoise Henry schreibt: »Für einen Iren des achten Jahrhunderts existierten Beziehungen zwischen den verschiedenen Teilen der Welt, zwischen den Lebewesen aller Art und sogar den leblosen Dingen, Beziehungen, die wir mit unseren wissenschaftlichen Kategorien nicht mehr zu verstehen vermögen.«[56]

Spezifischer Ausdruck der Allverbundenheit sind die vielfältigen Bandgeflechte und Tiergeschlinge. Beide begegnen uns auf der uns bereits bekannten Kreuzseite des Book of Durrow, die zum Kontext des Johannisevangeliums gehört (f. 192 v)[57]. In der Kreisscheibe im Zentrum des Bildes windet sich ein endloses Band um das Kreuz. Im Wechsel von Rot, Gelb und Grün bildet das Geflecht ein großes Ganzes, das wiederum aus verschiedenen Einzelgestalten besteht, die alle miteinander verbunden sind. Oben und unten, rechts und links sind diverse Tiere, teils ruhig verharrend, teils heftig bewegt, unlösbar vereint. Wie ein dichtes Wurzelgeflecht erscheint wiederum die Kreuzseite, die im Book of Lindisfarne am Anfang des Matthäusevangeliums steht (f. 26 v).[58] Erst bei genauerem Hinsehen entdeckt man im Kreuzinnern Köpfe und Beine von Vierfüßern. Im gesamten übrigen Feld gesellen sich zu diesen noch langgestreckte Vögel. Durch »ein unsichtbares Netz von Koordinatenlinien gehalten«, ordnen sich alle Tiere »in einer leicht überblickbaren Anzahl symmetrischer Einheiten zusammen. Trotz der Verwicklung ihrer stark bewegten Formen bestimmen Gesetz und Ordnung die Zeichnung – eine wahre Tour de force dekorativer Erfindungsgabe.«[59] Ähnliches gilt von der einzigen im Buch von St. Chad noch erhaltenen Kreuzseite (p. 220). Verschiedene Entsprechungen lassen vermuten, daß sie direkt von der eben betrachteten Lindisfarne-Miniatur abhängt. Anders als in dieser tritt das Animalische stärker hervor, ohne daß die wechselseitige Verflochtenheit gemindert wird. Diesmal haben die Vögel im Innern des Kreuzes und in der unteren Hälfte ihren Platz gefunden, während die anderen Tiere sich im oberen Feld tummeln.

Es versteht sich, daß bei dieser Sicht der Verbundenheit auch die unauflösliche Zusammengehörigkeit der Menschen beachtet und hochgeschätzt wird. Zeugnisse dafür vermitteln uns das Book of Kells und der Codex 51 von St. Gallen. Im Bild der Versuchung Jesu (f. 202 v)[60] begegnen wir gleich zweimal einer innig verbundenen Gemeinschaft. Neun Männer, die im Profil zu sehen sind, stehen geschlossen hinter dem Heiland, während der Teufel vor ihm, dünn und düster gezeichnet, allein ist, einsam und verlassen. Eine größere Schar noch zeigt sich in der Basisleiste: Zwei Gruppen von je dreizehn Männern sind von beiden Seiten her auf die im Tempelportal erscheinende Gestalt ausgerichtet und sehen zugleich einander an. Eine kleine, ähnlich gestaltete Sechsergruppe ist in den Rahmen des Muttergottesbildes von Kells eingefügt (f. 7 v).[61]

Im Bild vom Jüngsten Gericht, das in St. Gallen aufbewahrt wird (p. 267), sind die zwölf Apostel zu einer festen Gemeinschaft vereint. Nichts kann sich zwischen sie und das Buch drängen, das sie in ihren Händen halten. Einmütig schauen sie zu ihrem Herrn auf, der erscheint, um Gericht zu halten über Lebende und Tote. Der Maßstab der Nächstenliebe, den er seinem Wort gemäß dort anlegt[62], gilt nicht nur individuellem Wohlverhalten, er betrifft zugleich die gelebte oder verweigerte universale Solidarität. Vor mehr als hundert Jahren hat Wladimir Solowjew sie als Sinn und Ziel der Welt herausgestellt. Das russische Wort »mir« gebrauchend, das »Welt« und auch »Frieden« bedeutet, schreibt er: »Der Sinn der Welt ist Friede, Übereinstimmung, Einmütigkeit aller. Das höchste

Gut ist, wenn alle vereint sind in *einem* allumfassenden Willen, alle solidarisch in *einem* gemeinsamen Ziel. Das ist das höchste Gut, und darin liegt die ganze Wahrheit der Welt.«[63] Zweifellos haben diese Worte durch alles, was in dem verflossenen Jahrhundert geschehen ist, eine noch größere Dringlichkeit bekommen. Dasselbe gilt für die Botschaft von unserer einschränkungslosen Zusammengehörigkeit, die uns durch die altirischen Miniaturen vermittelt wird.

Um Mißverständnissen vorzubeugen, sei betont, daß Geschlossenheit keineswegs Verschlossenheit bedeutet. Es ist geradezu ein Spezifikum der altirischen Miniaturkunst, daß sie immer wieder buchstäblich den Rahmen sprengt. Einzelne Figuren ragen über die Bildleiste hinaus – als wehre sich die irische *Freiheitsliebe* gegen unliebsame Einschränkungen. Ornamente an den Kanten der gemalten Rahmen erscheinen nicht wie Schmuck, der von außen aufgesetzt wurde; sie wirken wie Gebilde, die aus dem Bildinneren erwachsen und von dort nach außen gedrungen sind[64]. Herausragender Ausdruck eines wesenhaft *offenen Systems* sind »die reich ornamentierten Rahmen, die die Seite lediglich auf zwei oder drei Seiten einfassen.«[65] Peter Meyer, der dieses Phänomen präzise beschrieben hat, weist darauf hin, daß dazu keine Parallelen bekannt sind: »In der gesamten antiken Kunst, einschließlich ihrer provinziellen Abarten, und in der ganzen neueren Kunst seit der Renaissance gibt es (mit bestimmten Ausnahmen im Groteskenornament der Renaissance und im Rokoko) wohl nicht einen einzigen Rahmen, der sein Blickfeld nicht auf allen vier Seiten rundum einschließen würde.«[66] Demgegenüber sind in der irischen Buchmalerei »Rahmen, die alle vier Seiten umfassen, die Ausnahme; in der Regel erscheinen bloße Rahmenfragmente, Winkel, die die rechte Seite oder die rechte untere Ecke einer Rectoseite einnehmen, während das große Initial links und oben den Rahmen durchbricht, so daß dieser die Komposition der Seiten lediglich stützt, nicht aber einschließt.«[67]

Aus der Fülle der Beispiele seien Seiten herausgegriffen, die dem Anfang des Matthäusevangeliums gewidmet sind: Im Buch von Lindisfarne (f. 27 r) und im Codex 51 von St. Gallen (p. 3) wird der Rahmen mehrfach durchbrochen[68], im Book of Kells (f. 29 r) wird er geradezu zurückgedrängt. Im Markus-Initium von St. Gallen (Codex 51, p. 79) sind die Anfangsbuchstaben IN so groß und so intensiv gestaltet, daß die Rahmenhälfte, die übrigbleibt, optisch eindeutig

zurücktritt. Ein Tierkopf am oberen Rahmenrand sieht so aus, als gefalle ihm diese Prozedur ganz und gar nicht: Er wendet sich von den Inititialen ab, die gerade in seiner Augenhöhe besonders reich gestaltet sind. Den künstlerischen Gipfel der gerade angesprochenen Phänomene finden wir in den Inkarnations-Initialen der Bücher von Lindisfarne (f. 29 r) und Kells (f. 34 r). Ein wie in St. Gallen gestalteter Tierkopf auf dem linken Rahmenfragment fällt angesichts der Größe und Pracht des Chi-Rho (XP) kaum ins Gewicht (f. 29 r). Hier in Lindisfarne wird dieser Initiale erstmals eine vollständige Seite gewidmet. Während sie die obere Hälfte einnimmt, erstreckt sie sich im Book of Kells von oben bis unten und von links nach rechts und geht jeweils noch über den Rand hinaus.
Beide Kunstwerke verkörpern nicht nur die Offenheit der altirischen Sicht der Welt, sie repräsentieren zudem ein weiteres, damit zusammenhängendes Element: die ihr eigene *Dynamik*. Sie läßt die ganze Schöpfung als eine *Welt im Werden* erscheinen, ist also einer Sehweise verwandt, die dem Menschen der Gegenwart neu aufgegangen ist. Sie entspricht zugleich einem Grundzug des in der Bibel bekundeten Weltverständnisses. Einer Formulierung des Alttestamentlers Gerhard von Rad gemäß ist die Schöpfung in biblischer Sicht »viel weniger ein Sein als ein Geschehen«[69]. Man kann sich in einen solchen Prozeß hineingenommen fühlen, wenn man sich näher auf die Kreuzseite des Buchs von Lichfield einläßt (p. 220)[70]. Im Kreuz und um es herum ist pulsierendes Leben. Pflanzliche und tierische Formen füllen das Bild bis in den letzten Winkel und streben noch über seinen Rahmen hinaus. Mit Françoise Henry kann man sagen: »Jedes Wesen ist in Bewegung gesetzt.«[71]
Um diese und ähnliche Bildaussagen besser zu verstehen, muß man sich vergegenwärtigen, was irische Mythen, Sagen und Legenden sowie etliche Gedichte bezeugen: Immer wieder sprechen sie von geheimnisvollen *Metamorphosen*. So kann der unbedarfte Fischersohn durch Gruagach nicht nur in einen strahlenden jungen Mann verwandelt werden, sondern auch in Fisch und Vogel, ja selbst in Lebloses.[72] Eine liebenswerte poetische Verdichtung dieser aus keltischem Erbe stammenden Überzeugung und zugleich ein Symbol von dessen Begegnung mit dem Christentum sind die Verse, in denen Tuan dem heiligen Finan von seiner Lebensweise berichtet:

»Habicht heute, gestern ein Eber,
wunderbare Unstetigkeit!

Gott wird mir jeden Tag lieber,
der Freund, der meine Gestalt bestimmt...

Ich war in Herden von Ebern,
auch wenn ich jetzt im Vogelschwarm bin;
ich weiß, was bei allem herauskommt:
Ich kehre wieder in andrer Gestalt.«[73]

Was unheimlich vorkommt, wird als besondere Qualität und als Gnade gewertet. Die frühen christlichen Generationen Irlands hatten damit weniger Schwierigkeiten als wir. Sie gewannen dem überkommenen keltischen Erbe einen tiefen Sinn ab, der auch in der Gestaltung der Evangelienbücher seinen Niederschlag fand. Ein Verständniszugang für uns kann sich anbahnen, wenn wir uns das Faktum bewußt machen, auf das John Henry Newman in seinem Werk über die Entwicklung der christlichen Lehre hinweist: »Hienieden heißt Leben sich wandeln, und vollkommen sein heißt sich oft gewandelt haben.«[74] Eine weitere hermeneutische Hilfe gibt uns Anne de Margerie mit dem in Kirche und Welt heutzutage aktuellen Stichwort »Erneuerung«: Sie bescheinigt den anonymen Miniaturmeistern eine grenzenlose Erfindungsgabe sowie eine ausgeprägte schöpferische Eigenwilligkeit und appelliert an die Zeitgenossen: »Man muß versuchen, das dichte Labyrinth mancher überreicher Ornamente zu verfolgen, um sich von der Kunstfertigkeit und der überquellenden Phantasie der Mönche ein Bild machen zu können. Eng ineinander verflochtene Vögel, Pflanzen oder menschliche Darstellungen werden einander im Wechsel symmetrisch gegenübergestellt, um so einen Rhythmus der Erneuerung zu schaffen.«[75]

Den wichtigsten Schlüssel zu der in den altirischen Miniaturen zum Ausdruck gebrachten Weltsicht finden wir in den Seiten, die dem Evangelisten Johannes und dem Prolog seines Evangeliums gewidmet sind. Sie verweisen auf den tiefsten Grund der Dynamik wie der Zusammengehörigkeit aller Kreaturen: Alles ist durch das eine ewige Wort geschaffen, alles existiert auf es hin. Wert- und Werdehaftigkeit der Schöpfung gründen in ihrer *Worthaftigkeit.* Zwei Doppelseiten verdienen diesbezüglich besondere Aufmerksamkeit: die in den Büchern von Echternach und von Kells. Von recht unterschiedlicher Gestalt, sind sie ein Beispiel für die Variationsbreite, mit denen dieselben Gegebenheiten zum Ausdruck gebracht werden können; zugleich sind sie in den Grundaussagen so miteinander verbunden, daß sie sich wechselseitig ergänzen und erhellen.

Im Evangeliar des heiligen Willibrord symbolisiert ein *Adler* den Evangelisten wie das Evangelium (f. 176 v).[76] Wie der Markuslöwe (f. 75 v)[77] hat er seinen Platz inmitten einer geradlinigen, rechtwinkligen Konstruktion. In ihrer roten Farbe innerhalb von durchgehend dünnen gelben Lichtlinien steht diese in spannungsvollem Kontrast zu den organischen Formen des Adlers. Dieser ist wie viele andere gleichzeitige Gestalten im strengen Profil gezeichnet. Am stärksten fällt das große offene Auge auf, das ganz auf das ausgerichtet ist, was in der gegenüberliegenden Seite bezeugt wird. Es läßt an die Aussage des heiligen Thomas denken: »Mag auch das Auge des Nachtvogels die Sonne nicht sehen: es schaut sie dennoch das Auge des Adlers.« Dieses Wort findet sich im Kommentar des Aquinaten zur aristotelischen Metaphysik. Es »bezieht sich auf den Gedanken des Aristoteles von der Unzugänglichkeit des auf die höchste Weise Wirklichen. Unzugänglich aber sei uns diese Wirklichkeit nicht deswegen – so führt Thomas den griechischen Gedanken fort –, weil sie in sich selber dunkel wäre, sondern weil die unaustrinkbare Fülle ihres Lichtes die natürliche Kraft unseres Geistes übersteige: sie zu fassen sei die standhaltende Augenkraft des Adlers gefordert. Der Adler aber, von Urzeiten her Symbol des Göttlichen, ist Gleichnis des Logos selber – und auch der begnadeten Herzen, die er, wie der mythische Adler die zu erprobenden Jungen, dem flammenden Licht seiner übermenschlichen Wahrheit aussetzt.«[79] Die wenigen, wirkungsvoll eingesetzten Formen und Farben der Echternacher Doppelseite lassen uns an die Urwirklichkeit des Lichtes denken, an die Durchlichtetheit allen Seins und an die Aufgabe, Zeugnis vom Licht zu geben. Die Doppelseite, die so unterschiedliche Elemente hart nebeneinandersetzt, wird vor allem durch ihre Farben verbunden. Das Rot der rechteckigen Strukturen auf der Adlerseite kehrt in der Überschrift der Textseite wieder: »Anfang des Evangeliums nach Johannes«, in den Monogrammspiralen und nicht weniger als einundzwanzigmal in den Zeilenfüllungen. Stärker ins Auge springt das intensive Gelb. Schnabel, Gefieder und Füße des Adlers werden von ihm beherrscht; es leuchtet aus dem Inneren der Buchstaben, die vom »Bild des Adlers« sprechen, und andererseits ist es auf der gesamten Prologseite präsent: im

Flechtwerk der beiden großen Initialen, im Innenraum der drei ersten Worte und schließlich in jedem Buchstaben, mit dem eine neue Zeile beginnt. Abgehoben vom tiefen Schwarz, das es begleitet und seine Helligkeit noch leuchtkräftiger erscheinen läßt, verweist das strahlende Gelb auf die Bildaussagen des ersten Johanneskapitels vom göttlichen Licht. Der ewige Logos ist Leben und Licht und läßt alle Geschöpfe daran teilhaben[80]. Alles, was durch das Wort geworden ist, wird von ihm erhellt. Alles Sein ist durchlichtetes Sein. »Das Wort lichtet Leben. Es ist das Lebens-Licht«, interpretiert Heinrich Schlier[81]. Um so dunkler erscheint das Faktum, daß dieses Licht zurückgewiesen wird. »Das Licht leuchtet in der Finsternis, und die Finsternis hat es nicht erfaßt.«[82] Wie der Vorläufer Jesu ist der Evangelist Johannes und schließlich jeder Glaubende aufgerufen, in dieser Situation »Zeugnis abzulegen für das Licht.«[83] Der Miniaturmaler des Willibrord-Evangeliars hat es mit den Mitteln seiner Kunst getan; der Meister des Book of Kells ging wiederum auf seine Weise an diese Aufgabe heran.

Wie er statt des Symbols den Evangelisten selber malt, so wagt er es, das unfaßbare Geheimnis des ewigen Wortes und seines Wirkens ins Bild zu bringen (f. 291 v/f. 292 r)[84]. Sowohl auf der Evangelistenseite wie bei der großen Initiale versucht er, Christus selber darzustellen. Leider sind beide Bilder erheblich beschnitten worden, als ein Restaurator im 19. Jahrhundert ungeschickt ans Werk ging. Seine Maßnahme hat besonders die Gestalt mitgenommen, die das Johannesbild samt dessen Rahmen nach jeder Seite hin überragt. Vom Kopf ist dabei weniger als die Hälfte übriggeblieben. An den Stellen, an denen Kopf, Hände und Füße sichtbar werden, ist jeweils ein gleichschenkliges Kreuz zu sehen. Jedes birgt in seiner blauen Umrahmung ein reiches, lichtes Geflecht; jedes drückt gleichsam den großen, blauen Rahmen, der das Evangelistenbild umgibt, nach außen, so daß eine rechtwinklige Erweiterung des Rahmens entsteht und zugleich ein größeres, rot gehaltenes Umfeld, durch das die Kreuze stärker hervortreten. Spontan läßt die große, nur eben sichtbare Gestalt an die Verse der Lorica Patricks denken:

»Christus unter mir, Christus über mir,
Christus mir zur Rechten, Christus mir zur Linken.«[85]

Christus ist der fleischgewordene ewige Logos des Vaters, das Wort, das am Anfang war, in dem der Vater ausspricht, was er ist und was er will, in dem deshalb auch jede Kreatur mitausgesprochen und zudem mitangesprochen wird. Dieses Wort »trägt das Urbild aller vergangenen, gegenwärtigen und zukünftigen, möglichen oder wirklichen Geschöpfe von Ewigkeit her in sich«.[87] Dieses Wort ist Ursprung und Mitte jedes Wesens, das buchstäblich ins Dasein gerufen wird. »Alles ist durch das Wort geworden, und ohne das Wort wurde nichts, was geworden ist.«[88] »Alles, vom Größten bis zum Kleinsten, vom Höchsten bis zum Niedrigsten, wird von seinem Willen umfaßt. Sie werden von diesem Willen getragen und haben darin ihren Bestand. Im Kern ihres Wesens erklingt seine Stimme, durch die sie gebildet werden.«[89]

Im Johannesbild von Kells werden die verschiedenen Schöpfungsbereiche durch geometrische Formen, organische Gebilde und durch die Gestalt des Menschen repräsentiert. Auf der Prologseite wird die Vielzahl und Verschiedenheit der Kreaturen noch weiter entfaltet; zugleich wird ihr Zusammenhang mit dem einen göttlichen Wort noch intensiver zum Ausdruck gebracht. Alle Wesen partizipieren am Wortcharakter. Alle sind wortgehalten und worthaltig. Mit Meister Eckeharts kompakten Worten dürfen wir festhalten: »So ›redet‹ Gott durch alles allen Wesen, redet allen alles.«[90]

Der Evangelist ist Zeuge des ewigen Wortes, seiner Gegenwart und Wirksamkeit in den Geschöpfen und vor allem in seiner Fleischwerdung. Die übergroße Schreibfeder in seiner rechten Hand zeigt seinen Auftrag an; das Buch, das er uns in seiner Linken entgegenhält, sagt uns: Dies alles ist »aufgeschrieben, damit ihr glaubt, daß Jesus der Messias ist, der Sohn Gottes, und damit ihr durch den Glauben das Leben habt in seinem Namen.«[91] Daß er selber von der »Herrlichkeit des einzigen Sohnes vom Vater, voll Gnade und Wahrheit«[92] ergriffen ist, deutet der Thron an, auf dem er breitbeinig sitzt. Mehr noch läßt es der ungewöhnlich große Heiligenschein erkennen, der bis zur Brust herunterreicht.

Drei dem äußeren, purpurfarbenen Ring eingefügte Kreisscheiben, von denen die obere Hälfte vom Kreuz überdeckt wird, bergen große Sterne in sich. Sie lassen an das Urgeheimnis der Dreieinigkeit denken, in das der Mensch durch die Gnade Gottes hineingenommen werden soll. Geometrische und organische Formen innerhalb des großen Heiligenscheins erinnern daran, daß die verklärte Schöpfung mit zum endgültigen Heil gehört. Nicht ein rein geistiges Glück nur ist uns verheißen, sondern »ein neuer Himmel und

eine neue Erde.«[92] Die altirischen Miniaturen sind auch in diesem Licht zu sehen. In einem tiefen Sinn können die besten von ihnen »Vor-Bilder« der künftigen Herrlichkeit sein.
Wir kommen zu diesem Ziel, das uns allen vorgegeben ist, allein durch den, der nach dem Zeugnis des Johannes »der Weg und die Wahrheit und das Leben«[93] ist. Insbesondere gilt es, sich von seiner Menschwerdung und seiner Passion ergreifen zu lassen. Auch das legen uns die irischen Miniaturen über die Jahrhunderte hinweg ans Herz.

Die Menschwerdung Gottes

Es entspricht der Hochschätzung der Heiligen Schrift durch die Iren wie ihrer Liebe zum Konkreten, daß wir ihnen die drei Namen verdanken, mit denen die Männer benannt werden, die aus dem Osten kamen, um den neugeborenen König der Juden zu ehren. Zu den ältesten irischen Bibelerklärungen gehörten dreisprachige Namensreihen. Sie informierten in den drei heiligen Sprachen Latein, Griechisch und Hebräisch über die wichtigsten Personen, Orte und Dinge. In einer solchen Liste tauchen erstmals die Namen Aspar, Melchio und Patisara auf[94]. Wie Kaspar, Melchior und Balthasar dem Kind von Betlehem Gold, Weihrauch und Myrrhe darbringen[95], so ehren die altirischen Evangeliare den menschgewordenen Gottessohn mit drei kostbaren Geschenken: mit der liebevollen Ausgestaltung seines irdischen Stammbaums, mit dem Ausschmükken der Worte, mit denen Matthäus die Geburt Christi verkündet, und mit dem Bild der Muttergottes und ihres Kindes. Jede dieser drei Gaben hat eine spezifisch irische Prägung mitbekommen.
Seit unvordenklichen Zeiten hat man in Irland *Stammbäumen* große Aufmerksamkeit geschenkt[96]. »Es gibt Genealogien von tausenden irischer Familien in einer Vielzahl von großen Manuskriptsammlungen.«[97] Neben den Annalen bilden sie eine der wichtigsten Quellen für die frühe irische Geschichte. Den Stammbaum genau zu kennen, ihn gegebenenfalls zu ergänzen und ihn bei bestimmten Gelegenheiten gebührend vorzutragen war eine Hauptaufgabe von Experten, die im Dienste der herrschenden Familien standen[98]. Ein Gedicht aus dem 9. Jahrhundert, das dem Prinzen Aed gewidmet ist, läßt erkennen, wie ein Stammbaum während eines Festes gefeiert werden konnte. Seine letzten Verse lauten:

»Zum Bier werden Gedichte gesungen.
Man klettert schöne (Geschlechter-)Leitern hinauf.
Melodiöse Gesänge modulieren den Namen Aeds
durch Teiche von Getränken hindurch.«[99]

Der dichterisch gepriesene Stammbaum des Königs Find Fili von Leinster ist uns überliefert[100]. In altertümlicher Form erwähnt er zusammen mit den Namen der Vorfahren Völkerstämme, die später nicht mehr auftraten, Kriegszüge und See-Expeditionen. Am Ende mündet der Stammbaum Finds in den Jesu Christi, wobei hier noch mehr Namen genannt werden, als der Evangelist Lukas aufzählt[101]. Die abschließenden Verse stellen ein bewegtes Glaubensbekenntnis dar. Es vermittelt die Wahrheit von der Gotteskindschaft auf ganz persönliche Weise über die Geschlechterkette. Nachdem von Set als dem Adliggeborenen gesprochen wurde, heißt es:

»Adliger war Adam, Vater der menschgeborenen Menschen.
Mensch, den Gott erschuf, ein herrlicher einziger Sproß.
Der Eingeborene Gottes der starken bebauten Erde, ein Held, der den Sitz der streiterfüllten Welt bewohnte.
Dreifacher Gott, erhabene geeinte Dreiheit, einziger wunderbarer König des Himmels, geheiligter Kämpe.«[102]

In der konkreten Vergegenwärtigung der Vorfahren konnte man die Hochachtung vor den früheren Geschlechtern und den Dank ihnen gegenüber bekunden. Zugleich fand man so den eigenen Standort in dieser Welt samt dem Erbe und Auftrag, die einem anvertraut waren. All das trug dazu bei, daß man der *Genealogie Jesu*, mit der sich der heutige Leser eher schwer tut, sowohl Interesse wie Wertschätzung entgegenbrachte. In diesem Lichte sind die besonders reich gestalteten Matthäus-Initialen zu sehen[103]. Als Anfang des Stammbaums Jesu schmücken sie gleichsam das Tor, durch das der Gottessohn in unsere Welt kommen wollte.
Die eindrucksvollste künstlerische Gestaltung der Genealogie Jesu findet sich im Book of Kells. Seine Liber generationis-Seite (f. 29 r) ist die schönste von allen, die erhalten geblieben sind. Daran schließt sich der Stammbaum Jesu *nach Matthäus* an (f. 30 v/31 r)[104]. Obwohl er nicht vollendet worden ist, kann man die intendierte kostbare Gestaltung erkennen. Insbesondere zeichnet sich die Kreuzstruktur ab, die als Grundmuster die Seiten beherrscht.

Nicht erst Krippe und Kreuz sind zusammen zu sehen, der Stammbaum Jesu erscheint bereits als Teil des Kreuzbaumes, den er für uns auf sich genommen hat.
Mit besonderer Sorgfalt ist die Genealogie *nach Lukas* gestaltet. Über fünf Seiten hinweg wird jeder Generation eine eigene Zeile gewidmet (f. 200r – f. 202r)[105]. Dabei werden analoge Motive mit je neuen Einfällen verquickt. Das Q, das jeweils am Zeilenanfang steht, wird immer wieder anders gestaltet. In jedem Fall ist es fest mit dem voraufgehenden und dem folgenden Q verknüpft. Fünfmal ist in jedem eine Männergestalt zu sehen, die wiederum einen Nachbarn hält und selber vom anderen gehalten wird. Zwischen einzelnen Worten und an deren Rand tauchen phantastische Tiere auf. Ein Krieger mit Speer und Schild erscheint. Ein Trinker hebt seinen Becher zum Mund. Am Ende, das recht eigentlich der Anfang ist, steht das Bild des Herrn. Es schließt an die letzte Zeile an: »Adam, der stammte von Gott.«[106] Wie beim Johannesbild derselben Handschrift (f. 291 v) ist der größte Teil der Gestalt den Blicken entzogen. Nur Kopf, Brust und Füße ragen hinter einem die ganze Bildbreite einnehmenden Rechteck heraus. In dessen beiden Feldern sind einem kelchartigen Gefäß entsprossende Weinstockranken und zwei ineinander verschlungene Pfauen dargestellt. Sie sind Bilder der Schöpfung, in die Gott den Menschen hineingestellt hat. Zugleich lassen sie an den denken, der in einzigartiger Weise Gottes Sohn ist: Es sind dieselben Zeichen, die auf dem Bild des Herrn (f. 32 v) dessen Kopf flankieren, der vom Kreuz überragt wird. Sie erinnern an seine Worte: »Ich bin der Weinstock, ihr seid die Reben«[107] sowie – da der Pfau ein Symbol der Unsterblichkeit ist –: »Ich bin die Auferstehung und das Leben.«[108]
Die prächtigsten Hymnen auf seine Menschwerdung, die von den irischen Miniaturmalern angestimmt und in den verschiedensten Variationen weitergeführt wurden, greifen den Vers auf, der sich im Matthäusevangelium direkt an den Stammbaum Jesu anschließt. Er lautet: »Mit der Geburt Jesu Christi war es so«[109] und beginnt in dem damals in Irland verbreiteten lateinischen Text: »Christi autem generatio«. Seit dem Book of Durrow werden dessen erste Buchstaben in griechischer Schreibweise (XP = Chi-Rho) wiedergegeben und mit kostbarem Schmuck versehen[110]. In dieser ältesten uns überlieferten Darstellung ist die *Chi-Rho-Seite* (f. 23r) die einzige, die innerhalb aller Evangelientexte herausgehoben wird.

Alle anderen größeren Miniaturen stehen dann jeweils an deren Beginn.
Im Buch von Durrow bildet der Anfang von Mt 1, 18 die Mitte der Seite; in dem von Lindisfarne (f. 29 r)[111] nehmen die Initialen bereits mehr als deren Hälfte ein. Im unteren Teil ist in vier jeweils kleiner werdenden Zeilen zu lesen: »Mit der Geburt Jesu Christi war es so: Maria, seine Mutter, war mit Josef verlobt.«[112] Eine Rahmenlücke am Ende der Zeile deutet an, daß der Text auf der nächsten Seite weitergeht. Zwischen den Zeilen ist in winzigen Buchstaben eine angelsächsische Übersetzung eingetragen. Schaut man die Seite von oben nach unten an, dann senkt sich das Christus-Monogramm aus der Höhe herab, es sprengt den Rahmen, von dem nur ein Teil übrig bleibt, und füllt alles mit neuem Leben. Geht man beim Betrachten in umgekehrter Richtung vor, dann wächst das Zeichen Christi aus den immer größer werdenden Schriftzeilen heraus und öffnet sich weit, um die Gaben des Himmels zu empfangen und weiterzugeben. In das große Chi ist ein dichtes, buntes Geschlinge mit Vogel- und Vierfüßlerköpfen eingefügt, während in dem Rho und im Jota ein dreifarbiges Bandgeflecht zu sehen ist. Alle drei Großbuchstaben sind von einer aus roten Punkten bestehenden Doppelreihe umgeben; alle münden in Spiralen aus, in denen die Dynamik des Monogramms nach außen weiterwirkt. So läßt das Zeichen Christi daran denken, daß er es ist, in dem, durch den und auf den hin alles geschaffen wurde[113], und daß er Mensch geworden ist, weil Gott durch ihn alles versöhnen wollte.[114]
Alle diese Motive vereinen sich im Book of Kells mit anderen und steigern sich in einem mächtigen Crescendo zu einem wahrhaft symphonischen Klang (f. 34 r)[115]. Jetzt nimmt das Christus-Monogramm die ganze Seite ein. Vom geschriebenen Text findet lediglich das Wort »generatio« noch Platz. Es steht in der Ecke rechts unter einem Winkel, dem letzten Rahmenrest. Innerhalb des großen, purpurfarbenen Chi sind im Miteinander von geometrischen und organischen Formen leblose Elemente, Vögel, Tiere und Menschen auszumachen. Alle Wesen sind in ihrem Urbild vereint. Im Rho fällt ein gelb umrandetes gestuftes Kreuz ins Auge und dazu ein ausdrucksvoller Kopf, in den der Buchstabe ausläuft. An allen Ecken und Enden der drei großen Lettern und allenthalben zwischen ihnen wimmelt es von Spiralen und Wirbeln und weiterem Geflecht und Geschlinge. In den Wirbelkreisen dominieren *dreiglied-*

rige Formen. Sie gemahnen an das Urgeheimnis der Dreieinigkeit und an die Tatsache, daß alle Kreaturen als ihr Werk von ihr geprägt sind. Als spezielles kosmisches Zeichen können die Kreise verstanden werden, die durch eine wellenförmige Linie symmetrisch geteilt werden. Sie entsprechen formal exakt dem *Yin-Yang-Motiv,* das besonders in Asien verbreitet ist. Dort gilt es als Symbol der kosmischen Urkräfte. Beiden soll die Gestalt der Welle zugrundeliegen: einerseits vom Licht der Sonne erhellt, andererseits von einem Berg beschattet. Ohne über die Intention des Malers befinden zu wollen, kann man sich darüber freuen, daß in der Inkarnations-Initiale von Kells im Zeichen Christi Ursymbole der Menschheit harmonisch vereint sind.
Zu ihnen gesellen sich *Tiere, Menschen und Engel.* Am höchsten Punkt erscheint über zwei- und dreigliedrigen Wirbeln, die zu einer vierteiligen Schmuckform zusammengefügt sind, ein Menschenantlitz, das einen mit weit offenen Augen anschaut. An der linken Seite des unteren Chi-Balkens sind drei Engel zu sehen. Zwei von ihnen, die im Fluge dargestellt werden, halten jeweils ein Buch und ein Blütenzepter in den Händen, während der mit fliegendem Haarschopf gezeichnete, aber sonst in sich ruhende dritte im Bunde zwei Blütenzepter emporhebt, die zwischen den einzelnen Federn seiner Flügel hindurchgehen. Oberhalb dieser himmlischen Gestalt flattern zwei recht irdische Motten aufeinander zu und beschäftigen sich mit einem rautenförmigen Gebilde. Im unteren Teil der Seite erscheint überraschend über einem größeren Kreis mit Wirbel- und Trompetenmotiven eine naturalistisch gezeichnete Tiergruppe. In ihrer Mitte halten zwei Mäuse eine Scheibe zwischen den Zähnen, die wie eine Hostie aussieht. Rechts und links von ihnen schauen zwei große Katzen, die wiederum eine Maus auf dem Buckel tragen, auf das Geschehen in ihrer Mitte herab. In einem weiteren Bildfeld rechts hält ein schwarzer Otter einen Fisch in seinem Maul, der auf die größere Gruppe zuschwimmt. Nach wie vor ist der Sinn dieses Ensembles umstritten. Haben wir lediglich ein launiges Spiel des Künstlers vor uns, das seinen Humor wie seine Tierliebe bekundet? Haben wir es mit einem verschlüsselten Hinweis auf die Eucharistie zu tun? Dafür spricht immerhin, daß der weißen hostienähnlichen Scheibe in der Mitte der Tiere ein Kreuz eingezeichnet ist. Ohne der Diskussion darüber ein Ende machen zu können oder zu wollen, sehe ich in der Tiergruppe ein beden-

kenswertes *Bild des Friedens.* Es erinnert an die Szene, die der Prophet Jesaja beschreibt. Um das verheißene messianische Friedensreich zu charakterisieren, schildert er, wie Tiere, die normalerweise übereinander herfallen, harmonisch zusammenleben: »Dann wohnt der Wolf beim Lamm, der Panther liegt beim Böcklein. Kalb und Löwe weiden zusammen, ein kleiner Knabe kann sie hüten. Kuh und Bärin freunden sich an, ihre Jungen liegen beieinander.«[116] Der irische Maler hat die hier beschriebenen wilden Tiere nie gesehen, wohl aber kannte er das Verhältnis von Katze und Maus. Welche Aufmerksamkeit man diesem schenken konnte, zeigen die Verse, die ein Mönch des 9. Jahrhunderts seinem Lieblingskater gewidmet hat[117]. Sein Mühen mit dem seines Pangur vergleichend, schreibt der anonyme Autor:

»Ich und mein Kater Pangur weiß
erstreben jeder unsern eigenen Preis;
nach Mäusefang steht ihm der Sinn,
ich meiner eigenen Kunst dagegen Meister bin...

Zuweilen fängt durch einen klugen Streich
er eine Maus in seinen Fängen sich sogleich;
zuweilen bleibt in meinen Geistesfängen
ein groß Problem gar schwer auflöslich hängen...

In schnellen Sprüngen zeigt sich sein Gefallen,
blieb eine Maus in seinen scharfen Krallen;
auch ich erfreue mich, wenn ich erfaßt
ein schwer Problem, jetzt lieb, doch einst verhaßt.«[118]

Von dem hier skizzierten Ausgerichtetsein auf Beute, von den schnellen Sprüngen und dem raschen Zugreifen des Katers ist in unserem Bild nichts zu sehen. Die Tiere sind nicht »wie Katze und Maus« hintereinander her, sie sind friedlich vereint. Sie teilen, was sie empfangen haben, wie es die beiden Mäuse tun, welche die Hostie festhalten. Übersehen sei schließlich nicht, daß alle Augen aller Tiere auf diese Hostie mit dem Kreuzzeichen gerichtet sind. Auch der Fisch rechts von dieser Szene strebt dieses Ziel an. Ein schwarzer Otter sucht ihn daran zu hindern. Kann er den Fisch endgültig packen und verschlingen? Das bleibt offen. Vielleicht kann der Fisch sich losreißen und zu der friedvollen Gemeinschaft gelangen, die er vor sich sieht. Wie immer diese oder jene Einzelheit zu deuten ist, unstrittig sollte sein, daß die Inkarnations-Initiale von Kells uns helfen kann, der beglückenden Wahrheit näher zu kommen, die den Apostel im Blick auf Christus sagen läßt: »Gott wollte mit seiner ganzen Fülle in ihm wohnen, um durch ihn alles zu versöhnen. Alles im Himmel und auf Erden wollte er zu Christus führen, der Frieden gestiftet hat am Kreuz durch sein Blut.«[119]

Nimmt uns die Inkarnations-Initiale des Book of Kells mit auf den Gipfel einer langen Entwicklung, einen Höhepunkt, der seither nicht überschritten worden ist, so führt uns dessen *Inkarnations-Ikone* an den Anfang eines weiten Weges, dessen Ende noch längst nicht in Sicht ist. Das *Bild der Muttergottes mit dem Jesusknaben* (f. 7 v)[120] ist das erste dieser Art, das sich in einer abendländischen Handschrift findet. Im Buch von Kells ist es die erste ganzseitige Darstellung. Es schließt sich unmittelbar an acht prachtvolle Kanontafeln an. Wird in diesen aufgezeigt, in welcher Gestalt uns das Wort Gottes im Neuen Testament überliefert ist, und speziell aufgelistet, welche Abschnitte sich jeweils in den einzelnen Evangelien entsprechen, so wird nun auf die Fleischwerdung des ewigen Gotteswortes in Jesus Christus aus Maria, der Jungfrau, hingewiesen.

Das geschieht zusammen mit der gegenüberstehenden *Breves-causae-Seite* (f. 8 r)[121]. Sie gehört zu dem einführenden Teil, in dem wie in einem Inhaltsverzeichnis die wichtigsten Themen des Evangeliums der Reihe nach aufgezählt werden. So ist hier zu lesen: »Die Geburt Christi in Betlehem im Lande Juda. Die Weisen bringen ihre Gaben und die Kinder werden getötet.« Jede Zeile ist in einer anderen Form gestaltet. Zwischen ihnen sind die verschiedensten Ornamentformen auszumachen, so daß diese Seite wie eine Breves-causae-Einführung in die Ausdrucksmöglichkeiten der Miniaturmaler erscheint. Am Anfang der Seite steht die erste große Initiale des Book of Kells. Der erste Balken des N reicht fast bis zum unteren Bildrand. Es fehlt auch nicht an einem sitzenden Mann, der den Betrachter anschaut und ihm ein geöffnetes Buch entgegenhält. Ein anderer hockt am Ende der vorletzten Zeile und hebt die Hand wie zum Gruß. Läßt man alle Motive, die auf dieser Seite vereint sind, auf sich wirken, dann kann man in ihnen ein Abbild der Vielgestalt der Welt sehen, in die der Gottessohn gekommen ist. Sie hat in seiner Mutter die bedeutendste Repräsentanz gefunden.

Ihr Bild wird von einem breiten Raum umschlossen, in dem sich geometrische und organische Formen finden. Köpfe und Krallen tauchen im umlaufenden Tiergeschlinge auf. Eine Gruppe von sechs im Profil dargestellten Männern erscheint in einem rechteckigen Feld in der unteren Hälfte, das wie ein Buchverschluß aussieht. In der inneren Bildfläche wird Maria mit ihrem Sohn in drei Halbkreisen von Tieren und Menschen umgeben. Vier Engel stehen rechts und links von ihr. Maria erscheint so wie ein anonymer irischer Beter des 10. Jahrhunderts sie inmitten des Kosmos sieht:

»Du Zweig vom Baume Jesse im schönen Haselnußwald...
Mutter der Gerechtigkeit, die du alle Geschöpfe überragst,
Bitte mit mir deinen Erstgeborenen, mich am Jüngsten Tag zu erretten!
Du herrlicher, erlesener Stern, du blühender Baum,
Mächtige, auserwählte Leuchte, Sonne, die jeden erwärmt«[122].

Maria ist in königlicher Haltung und Kleidung dargestellt. Sie trägt ein purpurfarbenes Kleid mit einer rautenförmigen Brosche. Ihr Kopf ist in einen doppelten Schleier gehüllt. Sie sitzt auf einem prachtvollen Thron. Seine Rückenlehne läuft in einen zweigliedrigen Wirbel aus, der dem Yin-Yang-Motiv ähnelt. Darunter reißt ein wildes Tier, das vom Kopf der Muttergottes abgewandt ist, sein Maul auf. Dichtes Flechtwerk tritt aus ihm hervor – oder wird es von ihm verschlungen? Die untere Seitenfläche des Thrones ist mit einem vielgliedrigen Kreuz verziert, in dessen abgetreppten Feldern nochmals Kreuz- und Kreisformen zu einer größeren Einheit verbunden werden. Die Sitzfläche ist ungewöhnlich rund gebildet. Das verleiht der Gestalt Mariens bei aller Ruhe, die sie ausstrahlt, eine gewisse Dynamik. Die majestätisch thronende Madonna ist wiederum der lebendige Thron des Sohnes. Er sitzt, ihr zugewandt, auf ihrem Schoß, hält mit der Rechten die Hand seiner Mutter und streckt seine Linke ihr entgegen. Er ist kein kleines Kind mehr, sondern bereits ein herangewachsener Knabe. Gleichwohl bleibt er ihr innig verbunden. Wie ein kostbares Schmuckstück in einem Schrein wird das Grün und Gelb seiner Gestalt vom Purpurkleid seiner Mutter umfangen, die ihren Schatz mit liebenden Händen umfaßt. So erscheint Maria als Thron wie als Schrein ihres Sohnes, ähnlich wie es ein altirisches Mariengebet formuliert hat:

»Schöner, duftender Thron, vom König auserwählt,
dem edlen Gast, der dreimal drei Monde in deinem Schoß gewohnt hat.«

»Sanfte Maria, edle Jungfrau, schenk uns Hilfe!
Schrein des Leibes unseres Herrn, Schmuckkasten der
Mysterien.«[123]

Während die Menschen um die Hilfe der Gottesmutter flehen, wenden sich die Engel ihr lobpreisend zu und verherrlichen den dreieinigen Gott, der so unfaßbar Großes an ihr getan hat. Auf unserem Bild sind die Engel eng mit der Gestalt Mariens verbunden: Die beiden unten stehenden schmiegen sich an ihren Thron bzw. an ihr Gewand, die beiden oben schwebenden sind ihrem Gesicht ganz nahe. Zwei ihrer Flügel ragen in ihren Heiligenschein hinein und sind dort zu sehen. Drei Engel halten eine Art Flabellum empor, einen Fächer, der in der Liturgie gebraucht wurde. In der Ostchristenheit wird dieses ursprünglich praktische Instrument – man brauchte es, um Insekten von den Opfergaben und den Zelebranten zu verscheuchen – auf die Engel hin gedeutet. Als an die Stelle der Pfauenfedern eine Metallscheibe trat, sah man in ihr ein Sinnbild der den Altar umgebenden Cherubim und gestaltete sie entsprechend. Daß die beiden oberen Engel erheblich größer sind als die beiden zu Füßen Mariens, lenkt den Blick in die Höhe. Dorthin zeigen auch die Hände der größeren Engel. In dieselbe Richtung weist uns der Marienhymnus, der dem heiligen Cuchuimnei zugeschrieben wird, der zur Generation vor Kilian gehört. Am Ende des Lobpreises der Gottesmutter heißt es:

»Ziehen wir an des Lichtes Waffen,
den Schutzschild und auch den Helm,
daß für Gott wir heilig werden,
von Maria unterstützt.«[124]

Auf Höchstes und Letztes, das zugleich Erstes ist, verweisen uns auch die drei Kreuze im Nimbus Mariens. Auf dem Purpurgrund hebt sich ihre Lichtgestalt besonders ab. Das dreimal festgehaltene Zeichen der in Christus erschienenen Liebe läßt daran denken, daß Maria Tochter des Vaters, Mutter des Sohnes und Braut des Heiligen Geistes ist. Alles, was sie hat, ist ein Geschenk des dreieinigen Gottes; alles, was sie tut, zielt auf seine Verherrlichung.

Zusammen mit dem Kreuzzeichen auf dem Thron und dem Kreuzornament auf der Brosche konfrontieren uns die drei Kreuze im Heiligenschein Mariens zugleich mit dem »Wort vom Kreuz«[125], das am Anfang und in der Mitte der altirischen Buchkunst steht.

Gott und Mensch am Kreuz

Wenn man die altirischen Miniaturen verstehen will, darf man sich nicht darauf beschränken, die eine oder andere von ihnen näher anzuschauen, man muß vor allem beachten, welcher Ort und welche Funktion ihnen jeweils zugewiesen wurden. Durch die inzwischen erschienenen Faksimile-Ausgaben und die sie begleitenden Publikationen bieten sich uns dazu heutzutage Möglichkeiten, die früheren Generationen versagt waren, hatten doch nur wenige Erwählte die Chance, die Originale Seite um Seite zu studieren. Macht man sich daran, die einschlägigen Werke von vorn bis hinten durchzuarbeiten, dann kann man eine wichtige Entdeckung machen: In einem präzisen Sinn steht *am Anfang* der altirischen Miniaturen *das Kreuz*. Das gilt für die Schriften als ganze wie für die in ihnen wiedergegebenen vier Evangelien. Besonders deutlich wird das in den fast ganz erhaltenen Büchern von Durrow und Lindisfarne. Beide beginnen im Zeichen des Kreuzes.

Im Book of *Durrow* leuchtet auf der ersten Seite in einem länglichen Mittelfeld ein großes Doppelkreuz auf (f. 1 v)[126]. Seine sechs Enden sind nochmals in Kreuzstruktur geformt. An den vier Ecken sind weitere kleine, gleichschenklige, gestufte, dunkel gehaltene Kreuze zu sehen. Trotz der Löcher, die ihre Wirkung beeinträchtigen, stellt diese Kreuzseite ein eindringliches Vorzeichen dar, das alles betrifft, was sich anschließt.

In ähnlicher Weise beginnt das Book of *Lindisfarne* mit einem kunstvoll gezeichneten Kreuz (f. 2 v).[127] Es steht frei in einem Mittelfeld, in dem sich gelb und rot koloriertes Flechtwerk abwechselt, in der unteren Reihe in aufrechtstehenden Rechtecken, im übrigen Feld in Quadraten. Das Kreuzinnere hat seine Schwerpunkte in sechs grünumrandeten Quadraten, die wiederum von einem dichten Muster aneinander gereihter, auf ihren Spitzen stehender, kleiner Quadrate durchzogen werden. Während im Mittelfeld eine klare Konstruktion den Grundton angibt, kommt die Phantasie im Rahmenwerk voll zur Geltung. An dessen vier Ecken laufen Flechtwerkaufsätze jeweils in zwei Hundeköpfe aus, die eng auf dem Rahmenrand liegen. Im inneren Rahmenfeld kreisen Vögel im Uhrzeigersinn. Jedes Tier ist mit dem vor ihm durch ein Flechtwerk, das aus den Flügeln wächst, verbunden und zusätzlich dadurch, daß es ihm in den Fuß beißt. Stärker als sonst fällt der dunkle Hinter-

grund ins Auge. So heben sich die hellen, bunten Gestalten gut ab und lassen besser erkennen, daß alles um das Kreuz kreist.
Auf neue Weise begegnet uns die Botschaft der Anfangsseiten im *Lukasbild* des Book of St. Chad (p. 218).[128] Gerade aufgerichtet steht der Evangelist vor einem zurückhaltend gestalteten Thron, dessen Seitenwangen jeweils von einem Tierkopf bekrönt werden. Die bewegte Kleidung ist streng symmetrisch angeordnet. Angesichts ihrer großen Formen und intensiven Farben erscheinen die beiden Hände noch kleiner, als sie ohnehin sind. Mit ihnen hält Lukas dem Betrachter ein Kreuz und einen Lebensbaum entgegen. Im Schnittpunkt der hellen Kreuzbalken verbinden sich die Kreuz- und die Kreisform. Von dem dunklen Hintergrund der Kreisscheibe hebt sich ein achtblättriges Ornament ab. Damit wird ein Motiv aufgegriffen, das bereits in vorkeltische Steinmonumente eingemeißelt wurde und sich mehrfach in der Kreuzesdarstellung aus dem 8. Jahrhundert findet, die in der Würzburger Universitätsbibliothek gehütet wird.[129] Die Rechte des Evangelisten umfaßt einen bläulich-grünen Stab, der sich in Kopfhöhe in zwei Spiraläste verzweigt, von denen pfeilförmige Blätter bzw. Blüten ausgehen. Über dem Haupt des Evangelisten ist sein Symbol zu sehen. Der locker gezeichnete Stier berührt mit seinen Füßen Kreuz und Lebensbaum und bildet mit diesen zusammen eine Raute, die den Kopf des Lukas einrahmt und ihm noch größeres Gewicht verleiht, als es die ohnehin eindringliche Zeichnung tut. Die ganze Dynamik dieses Bildes läuft darauf hinaus, uns das eine Kreuz in einer zweifachen Ausformung entgegenzuhalten, so wie das sich anschließende Evangelium eine vielstimmige Artikulation des einen Wortes vom Kreuz ist. Angesichts dieses Bildes kommt einem jene irische Legende in den Sinn, die auf ihre Weise das gnadenreiche Miteinander von Kreuz und Evangelium bewußt machen kann. Sie erzählt, wie Adamnán von Iona ein Wunder zugunsten eines von ihm weit entfernt lebenden Abtes wirkte, indem er ihm betend das Evangelium entgegenhielt. Den Umstehenden erklärte er: »Wundert euch nicht, daß das Zeichen des Kreuzes durch die Macht des Evangeliums schneller als ein Lidschlag alle Elemente bis zum Himmel durchwandert.«[130]
In ganz anderer Form sprechen zwei außergewöhnliche Bilder aus dem Book of Kells vom Kreuz am Anfang: Es sind die Darstellungen Jesu bei der Versuchung und auf dem Ölberg. Die erste mar-

kiert den Anfang seines öffentlichen Wirkens, die zweite den Beginn seiner Passion. Das Bild von der *Versuchung des Herrn* (f. 202 v)[131] schließt sich unmittelbar an dessen liebevoll gestalteten Stammbaum Jesu nach Lukas an. Dessen fünfte und letzte Seite verweist in Wort und Bild auf den Ursprung Jesu und aller Adamskinder in Gott: »Adam, der stammte von Gott.«[132] Wendet man dieses Blatt, dann kommt nach der Größe des Menschen unvermittelt dessen Gefährdung in den Blick. Selbst der Gottes- und Menschensohn wird vom Teufel versucht. Dargestellt ist die dritte Versuchung, von der Lukas berichtet: »Darauf führte ihn der Teufel nach Jerusalem, stellte ihn oben auf den Tempel und sagte zu ihm: Wenn du Gottes Sohn bist, so stürz dich von hier hinab.«[133] Letztlich zielen alle Versuchungen, die im Evangelium aufgezeichnet sind, darauf ab, Jesus vom Weg des Kreuzes abzubringen. Ob es darum geht, sich – anstatt zu fasten – durch ein bequemes Wunder Genuß und Sättigung zu verschaffen, oder darum, an die Stelle des Schenkens und Armseins das Besitzergreifen und den Reichtum zu setzen, oder aber darum, den schnellen Erfolg mittels eines Schauspektakels dem mühseligen Lebensopfer vorzuziehen, immer läuft die Versuchung auf das hinaus, was der Gekreuzigte am Ende von seinen Volksgenossen zu hören bekommt. »Wenn du Gottes Sohn bist, hilf dir selbst und steig herab vom Kreuz!«[134] Die dreifache Zurückweisung des Versuchers ist ein dreifaches Ja zu Wort und Wille des Vaters und damit zum Kreuz. Im Anschluß an den heiligen Augustinus können wir auch sagen: Die Versuchung betrifft die Grundentscheidung, an der keiner vorbeikommt. Sie konstituiert die beiden Staaten, die unsere gesamte Geschichte ebenso bestimmen wie unser ewiges Geschick: Weltstaat und Gottesstaat. Zweierlei Liebe begründet sie: »den irdischen die Selbstliebe, die bis zur Verachtung Gottes geht, den himmlischen die Liebe Gottes, die bis zur Selbstverachtung führt. Jener rühmt sich in sich selbst, dieser im Herrn.«[135] Der Versucher, der den Hungernden mit Brot lockt, der Macht und Triumph verspricht, hat die ich-zentrierte Selbstliebe im Sinn; die dreifache Entscheidung Jesu ist jeweils ein klares Ja zur uneingeschränkten Liebe Gottes und der Menschen. Es hat seinen tiefen Sinn, wenn im Bild der Versuchung vier Kreuze an gewichtigen Stellen stehen: Zwei sind die Ecksteine der Basis und zugleich Fundament der Säulen, die rechts und links den Bildrand markieren. Sie tragen zwei Kreuze wie Kapitelle, auf denen wie-

derum der obere Teil ruht, der wie ein Dach das Dargestellte überwölbt.
Eindeutig gibt der anonyme Meister zu erkennen, daß Jesus sich nicht von dem ausgezehrt und düster gezeichneten Versucher herunterziehen läßt. Seine Gestalt setzt die aufstrebenden Linien des Tempeldaches fort und bildet dessen lebendige Bekrönung. Zugleich ist zu sehen, daß durch das entschiedene Ja zur Liebe Gemeinschaft konstituiert wird. Sie umfaßt Engel und Menschen. Die beiden Engel über dem Haupt Jesu sind innig mit ihm verbunden. Sie lassen an den Psalm denken, den der Versucher gegen ihn ins Feld führt: »Seinen Engeln befiehlt er, dich zu behüten; und: Sie werden dich auf ihren Händen tragen.«[136] Nimmt man die Engel in den dreieckigen Kompartimenten am oberen Bildrand hinzu, dann erscheinen alle zusammen wie eine Illustration der Worte, mit denen Markus seinen Bericht über die Versuchung Jesu beschließt: »Darauf ließ der Teufel von ihm ab, und es kamen Engel und dienten ihm.«[137] Die blühende Pflanze links und der rebentragende Weinstock rechts oben sind Zeichen dafür, daß die Wüste nach dem Willen des Herrn sich wandelt, wie der Prophet verheißen hat: »Die Wüste und das trockene Land sollen sich freuen, die Steppe soll jubeln und blühen. Sie soll prächtig blühen wie eine Lilie, jubeln soll sie, jubeln und jauchzen.«[138] Über bzw. mitten in den Gewächsen ist das Buch des Gotteswortes zu sehen, das die Engel darreichen. So wird deutlich, wodurch das neue Leben in der Wüste geweckt wird: »Denn wie der Regen und der Schnee vom Himmel fällt und nicht dorthin zurückkehrt, sondern die Erde tränkt und sie zum Keimen und Sprossen bringt, wie er dem Sämann Samen gibt und Brot zum Essen, so ist es auch mit dem Wort, das meinen Mund verläßt: Es kehrt nicht leer zu mir zurück, sondern bewirkt, was ich will, und erreicht all das, wozu ich es ausgesandt habe.«[139] Auch Jesus hält mit seiner Linken dem Versucher die Schriftrolle entgegen. Das entspricht seinem Verhalten in der dreifachen Versuchung. Jedesmal nimmt er ein biblisches Wort auf und setzt es dem entgegen, was der Teufel vorbringt; »kraftvoll und schärfer als jedes zweischneidige Schwert«[140] besiegt es den Diabolos.
Hinter dem Herrn stehen dicht gedrängt neun Männer. Mit offenen Augen und Ohren sind sie ganz auf ihn konzentriert. Ähnlich verhält es sich mit den beiden Gruppen in der breiten Basis des Bildes. Je dreizehn Männer wenden sich von links und rechts dem zu,

der in der offenen Tür des Tempels steht. In seinen Händen sind zwei gekreuzte Blütenzepter. Er hält sie so ähnlich, wie Osiris es in altägyptischen Darstellungen tut, und wie wir es im Lukasbild des Buches von St. Chad (p. 218) beobachten konnten. Osiris, von König Ramses IV. als der »geheimnisvollste von allen Göttern« angesprochen[141], wurde als der besondere Totengott verehrt. Man sah in ihm den mächtigen Herrscher im Jenseits, der die Toten richtet und zugleich als sterbender und wiederaufstehender Gott Hoffnung auf ein ewiges Leben gibt. Unter Berufung auf ihn hat man die Gestalt im Tempeltor als den künftigen Richter über die Lebenden und die Toten gedeutet, als deren Stellvertreter die Menschen rechts und links erscheinen. Andere haben in ihr ein alttestamentliches Vorbild Christi gesehen: Salomo, den Erbauer des Tempels. Bei dem innigen Verhältnis der frühen irischen Kirche zum Alten Testament ist es durchaus denkbar, daß man den Davidssohn in die Versuchungsszene einbezogen hat. Er repräsentiert dort das alte Gottesvolk, das um ihn versammelt ist, und das den lebendigen Tempel bildet, in den der Messias gekommen ist, um ihn zu vollenden. Eine weitere Deutung sieht in dem Mann mit den Blütenzeptern ein Bild des öffentlichen Wirkens Jesu. Dabei kann man auf die gegenüberliegende Seite (f. 203 r) hinweisen. Dort steht in kunstvoller Schrift: »Jesus aber, voll des Heiligen Geistes.«[142] Mit diesen Worten beginnt der Bericht des Evangelisten über alles, was sich im Anschluß an die Versuchung ereignet hat. Ist das Bild im Tempeltor vielleicht – ähnlich wie die große Initiale auf der benachbarten Seite – als künstlerisch hervorgehobener Zugang zum Leben und Lehren, Wirken und Leiden Jesu zu verstehen? Welche Situation näherhin gemeint sein mag, in jedem Fall kommt die Grundsituiertheit des Herrn und der Seinen zum Ausdruck, die durch ihre innige Verbundenheit bestimmt wird. Unschwer kann man sich im Munde der Christus zugewandten Gestalten die Worte vorstellen, die ein Zeitgenosse des Malers geprägt hat:

»Sind wir mit dem Haupte einig,
sind wir mit Christus im Geiste verbunden.

Unser Haupt zusammen mit dem Leib –
das ist der eine, wahre Christus.«[143]

Er ist der Grund- und Eckstein des Tempels; er ist die offene Tür; er ist selber der Tempel, der zur Erfüllung bringt, was im Gotteshaus aus Steinen vorgebildet und verheißen war. Er ist all dies im Zeichen des Kreuzes, wie es die gestuften Kreuze im Bild signalisieren, die »dem Christus oben und dem Christus unten« beigesellt sind. So entspricht es dem altirischen Beten, das den »Christus unter mir, Christus über mir«[144] ebenso anfleht wie es allseits die Gnade seines Kreuzes sucht:

»Christi Kreuz, hoch am Himmel,
Christi Kreuz, tief in der Erde...

Christi Kreuz, sei über meiner Gemeinschaft,
Christi Kreuz, sei über meiner Kirche,
Christi Kreuz in der künftigen Welt,
Christi Kreuz in dieser Welt.«[145]

Größer und härter konturiert als im Versuchungsbild sind die beiden Kreuze, die zur *Ölbergszene* (f. 114 r)[146] gehören. Sie stehen in Augenhöhe Jesu, der selber ein lebendiges Kreuz bildet. Er hat die Arme so ausgebreitet, wie man es auf der um 432 geschnitzten Holztür von Santa Sabina auf dem römischen Aventin sehen kann. Über ihm ist unter dem Rundbogen zu lesen: »Nach dem Lobgesang gingen sie zum Ölberg hinaus.«[147] Diese Worte setzen den Abendmahlsbericht fort[148], der links vom Bild auf der voraufgehenden Seite aufgezeichnet ist (f. 113 v).[149] Auf unterschiedliche Weise stehen beide Teile der Doppelseite im Zeichen des Kreuzes, das bereits am Anfang der Passion voll präsent ist. Im Abendmahlsgeschehen ist seine ganze Wirklichkeit und Wirksamkeit sakramental gegenwärtig; auf dem Ölberg erleidet Jesus bis zum äußersten seine Qualen. Hier spricht er zugleich sein Ja, das er auf Golgota voll einlöst. Vor dem letzten körperlichen Leiden ist seine seelische Passion zu bestehen. Von ihr heißt es im Hebräerbrief: »Als er auf Erden lebte, hat er mit lautem Schreien und unter Tränen Gebete und Bitten vor den gebracht, der ihn aus dem Tode retten konnte.«[150]
Die jeden betreffende Aktualität des Ölberggeschehens hat keiner so erschütternd zum Ausdruck gebracht wie Blaise Pascal. Was er in seinen Gedanken über das »Mysterium Jesu« schreibt, kann einem helfen, sich der Herausforderung von Getsemani zu stellen. Es kann zugleich den tiefen Sinn des Ölbergbilds aus dem Book of Kells erschließen. Pascal notiert: »Jesus leidet in der Passion die Qualen, die ihm Menschen bereiten; in der Agonie aber leidet er

die Qualen, die er sich selbst schafft... Einsam ist Jesus auf Erden. Nicht nur, daß niemand seine Qualen mitfühlt und teilt, sondern niemand weiß auch nur von ihnen: der Himmel und er allein wissen darum... Gemeinschaft und Linderung sucht Jesus bei den Menschen. Das, scheint mir, ist einmalig in seinem Leben. Aber er findet sie nicht, denn seine Jünger schlafen... Jesus hat die Menschen gebeten, und sie haben ihn nicht erhört. Während seine Jünger schliefen, hat Jesus ihr Heil gewirkt. Er hat es für jeden Gerechten gewirkt, während sie schliefen, sowohl in dem Nichts vor ihrer Geburt als in den Sünden seit ihrer Geburt... Als Jesus sieht, daß alle seine Freunde schlafen und all seine Feinde wach sind, überantwortet er sich völlig seinem Vater.«[151] Pascal schließt eine Frage an, die er an sich selbst gerichtet weiß, und fügt einen Appell hinzu, der allen gilt. Die Frage Jesu heißt: »Willst du, daß ich immer das Blut meiner Menschlichkeit zahle, ohne daß du Tränen dafür gibst?«[152] Diese Frage ist um so drängender, als sich die Lebensgeschichte jedes einzelnen wie der ganzen Menschheit bis zum Jüngsten Tag im Angesicht des Gekreuzigten und seiner Passion vollzieht: »Bis ans Ende der Welt wird die Agonie Jesu dauern: nicht schlafen darf man bis dahin.«[153]

In unserem Ölbergbild wird uns das im Sinne Pascals gesehene »Mysterium Jesu« eindringlich vor Augen geführt. Abgrundtiefe Angst spricht aus dem Antlitz Jesu. Es ist davon gezeichnet, daß er das »Blut seiner Menschlichkeit« bis zum letzten Tropfen aufopfert. Es ist zugleich das Blut unserer Menschlichkeit, da er in seinem Leiden das unsere auf sich genommen hat. Der Meister der Miniatur kann uns spüren lassen, daß all dieses uns unbedingt angeht. Er hat das ganze Bild so gestaltet, daß man spontan an Rainer Maria Rilkes Worte denkt: »da ist keine Stelle, die dich nicht ansieht. Du mußt dein Leben ändern.«[154]

Die Ölbergszene kann »als Vorwort zur gesamten Passion«[155] zu uns sprechen, wie immer man sie näher interpretiert. Wird das *Gebet* des Herrn im Garten Getsemani dargestellt oder seine Gefangennahme? Auch wenn die Mehrheit der Experten das letztere annimmt, ist diese Frage noch offen. Für die erstgenannte Möglichkeit spricht die Notiz oberhalb des Bildes, die Gerald Plunket Anfang des 16. Jahrhunderts handschriftlich eingetragen hat. Sie lautet: »Hier sagt Christus Gott, dem Vater, nach dem Abendmahl Dank und bittet zugleich den Vater, daß er den Kelch der Passion, wenn es möglich ist, vorübergehen läßt.« In den beiden von rechts und links hinzutretenden Männern sind bei dieser Deutung zwei Jünger zu sehen, die ihrem Herrn beim Gebet zur Seite stehen und sich zugleich an ihn klammern. So wie sie gezeichnet sind, erinnern sie an Aaron und Hur bei ihrer Unterstützung des betenden Mose. Das geschah in einer kritischen Situation des Gottesvolkes auf seinem Weg ins Gelobte Land. Amalek stellte sich mit seinen Truppen Israel entgegen. Der Kampf war unvermeidlich. Josua wurde seine Leitung übertragen, während Mose sich vom Gipfel eines Berges aus betend für sein Volk einsetzte. Das Buch Exodus berichtet: »Solange Mose seine Hände erhoben hielt, war Israel stärker; sooft er aber die Hände sinken ließ, war Amalek stärker. Als dem Mose die Hände schwer wurden, holten sie einen Steinbrocken, schoben ihn unter Mose, und er setzte sich darauf. Aaron und Hur stützten seine Arme, der eine rechts, der andere links, so daß seine Hände erhoben blieben, bis die Sonne unterging.«[156] Auf diese Weise konnte der Sieg errungen werden. Daraufhin baute Mose »einen Altar und gab ihm den Namen ›Jahwe mein Feldzeichen‹. Er sagte: Die Hand an Jahwes Feldzeichen!«[157] Auf dem Ölberg nimmt der Herr selber den Gebetseinsatz für sein Volk wahr, ja er ist selber »Jahwes Feldzeichen«, das die Seinen ergreifen, an das sie sich halten, das sie allen Widersachern entgegenhalten können. Zugunsten einer in diese Richtung gehenden Interpretation des Ölbergbildes kann man noch darauf hinweisen, daß die beiden Männer rechts und links vom Herrn weder Waffen noch Uniformen tragen und somit nicht als Feinde gekennzeichnet sind. Gleichwohl findet die Deutung der Szene als Bild der *Gefangennahme* die größere Zustimmung. Sie sieht in den beiden Gestalten an der Seite des Herrn Vertreter derer, die in der Nacht ausgezogen waren, um ihn zu ergreifen. Von ihnen berichtete Matthäus: Sie »traten heran und legten Hand an Jesus und nahmen ihn fest.«[158] Ist die etwas unbeholfen dargestellte Aktion der beiden nicht akkurat das Handanlegen, von dem die Bibel spricht?

Wichtiger als die Gesten der Assistenzfiguren ist der *Grundgestus Jesu.* Er ist der des Betens und der Hingabe, der sein ganzes Leben bestimmt hat, von dem: »Ja, ich komme, um deinen Willen zu tun«[159] am Anfang über die Getsemaneentscheidung: »Nicht mein, sondern dein Wille soll geschehen«[160] bis hin zum: »Es ist vollbracht!«[161] Durch sein hingebendes Beten und seine betende Hin-

gabe steht das Kreuz immerzu in der Mitte seines Lebens, durch sein Sterben am Kreuz steht es in der Mitte der Welt.
Von dieser Stellung sprechen die ältesten irischen Handschriften in einer spezifischen Weise, die leider nicht immer verstanden worden ist. Das geschieht jeweils am Anfang der vier Evangelien. Dort finden sich hintereinander drei ganzseitige Bilder. Zunächst sind es die einzigen, die im gesamten Evangeliar vorkommen. Das verleiht ihnen ein besonderes Gewicht. Dargestellt werden in konstanter Reihenfolge (1) das Symbol bzw. die Gestalt des Evangelisten, (2) das Kreuz und seine Wirkung und (3) der Anfang des Evangeliums. So begegnen uns jeweils (1) der Zeuge, (2) die Zusammenfassung des Zeugnisses und (3) dessen Beginn. In jedem Fall steht *das Kreuz in der Mitte*. Es ist irreführend, wenn man dieses Bild lediglich als Teppichseite anspricht. So verständlich dieser Ausdruck auch ist, so mißverständlich ist er, läßt er doch an kostbar gewirkte Teppiche denken, die man bewundert, deren Pracht man genießt, über die man am Ende aber doch hinweggeht. Auch wenn die Kreuzseiten in Formen und Farben an schöne Teppiche zu erinnern vermögen, sind sie doch wesentlich mehr. Sie können nicht nur das Auge erfreuen, sie haben etwas zu sagen. Sie sind wörtlich »Sinn-Bild« und »Welt-Bild«: Sie können Wichtiges vom Sinn des Daseins und von der Gestalt der Welt erschließen, die ganz im Zeichen des Kreuzes steht. »Ohne das Kreuz ist uns keine Erkenntnisschau von ihr geschenkt,« lehrt Klemens von Alexandrien.[162]
Eine besonders schöne Dreiergruppe ist im Buch von *Lindisfarne* dem Matthäusevangelium vorangestellt. Sie beginnt in leuchtenden Farben mit dem Bild des Evangelisten (f. 25 v), in der Mitte steht das Kreuz, das in seiner Ausgestaltung ohne Parallele ist (f. 26 v), den Abschluß bildet die Initiale des ersten Evangeliumskapitels, deren L und I kreuzförmig verbunden sind (f. 27 r)[163]. Mit der *Matthäusseite* (f. 25 v)[164] beginnt etwas Neues, das bei der Gestaltung der anderen Evangelisten seine Fortsetzung findet: Erstmals werden Evangelistenbildnisse eingeführt. Sie sind erheblich anders geartet als die Menschenbilder, die in den Büchern von Durrow (f. 21 v)[165] und Lindisfarne (f. 18 v)[166] dem Matthäusevangelium voraufgehen. Jetzt werden klassische Prinzipien der Personendarstellung aufgegriffen

Kreuzseite (vgl. S. 71 f., 96 u. 99 f.) ▷
Book of Lindisfarne, fol. 26 v

und in neuer Form angewandt. »Das Gewand verschmilzt nicht mehr wie im Book of Durrow mit dem Körper zu einem formlosen Block und geht auch weit über die künstlich aufgetürmten Falten, wie wir sie im Echternacher Evangeliar finden, hinaus. Zum erstenmal wird ein Körper mit Stoff umhüllt, auch wenn dieser nicht sehr natürlich fällt.«[167] In der Biblioteca Laurenziana in Florenz ist ein aus Jarrow-Warmouth stammender Codex, dessen Esdras-Bild (f. 5 v) in etlichen Zügen dem des Matthäus von Lindisfarne ähnlich ist. Ob der Maler diesen Codex Amiatinus gekannt hat, oder ob beide Bilder von einer gemeinsamen Quelle herzuleiten sind, sei dahingestellt. In jedem Fall gibt es einen gravierenden Unterschied: Während Esdras bei der Neufassung der Bibel vor einem geöffneten Schrank mit verschiedenen Büchern sitzt, der erheblich größer ist als er selbst, fehlen in Lindisfarne vom Sitz abgesehen alle Utensilien, die zur Schreibstube des alttestamentlichen Gottesmannes gehören. Stattdessen ist rechts ein geraffter Vorhang zu sehen, hinter dem eine geheimnisvolle Gestalt erscheint. Über dem Evangelisten und zugleich fest mit ihm verbunden ist sein Symbol gezeichnet. Die menschliche Gestalt hat Flügel. In der verhüllten Linken hält sie ein Buch, mit der rechten Hand hebt sie ein langgestrecktes Blasinstrument. Es gemahnt an die Proklamation des Evangeliums, von dessen Boten Paulus mit den Worten des Psalmisten schreibt: »(Ihr Schall) ihre Stimme war in der ganzen Welt zu hören und ihr Wort bis an die Enden der Erde.«[168] Unmittelbar vorher betont der Völkerapostel: »So gründet der Glaube in der Botschaft, die Botschaft im Wort Christi.«[169] Dieser vitale Zusammenhang rückt in den Blick, wenn wir die hinter dem Vorhang erscheinende, auf den Evangelisten und sein Buch schauende Gestalt als Christusbild verstehen. Diese Interpretation wird freilich nicht allenthalben akzeptiert. Andere sind der Meinung, es handle sich um eine Duplikation des Matthäussymbols oder um den Schreiber bzw. Auftraggeber des gesamten Werkes oder schließlich um den Bibelübersetzer Hieronymus. An das von Paulus angesprochene Verhältnis von Christi Wort und der Botschaft des Evangeliums läßt auch die Notiz denken, die am Ende des Codex (f. 259 r) unmittlbar vor dem Kolophon zu lesen ist: »Matthäus schrieb aus dem Munde Christi.«[170] Während von Markus und Lukas gesagt wird, daß sie Worte des Petrus bzw. des Paulus aufgezeichnet hätten, wird mit der zitierten Formulierung der besondere Rang des Matthäusevangeliums herausgestellt. In ähnliche Richtung weist auch, was mit goldenen Buchstaben vor dem Evangelienbeginn geschrieben steht: »Jesus Christus – Matthäus – Mensch.«[171]

In der *Kreuzseite* (f. 26 v)[172] haben wir sodann eine Zusammenfassung des Evangeliums vor uns. Dieses ist in seinem Kern »Wort vom Kreuz«.[173] Der Maler läßt es uns als wahrhaft frohe und frohmachende Botschaft erfahren. In leuchtenden Farben begegnet uns ein Bild pulsierenden Lebens, das im Kreuz seine Mitte hat. In ihm und um es herum ist ein ebenso dichtes wie bewegtes Geflecht zu sehen, in dem Vögel und Vierfüßler sich tummeln. Auch wenn keine Äste und Blätter zu sehen sind, harmonisiert das Bild mit dem Lied vom *Baum des Lebens*, das wir einem unbekannten irischen Autor des 10. Jahrhunderts verdanken:

»O König,
dein ist der Baum des Lebens
mit allen Blüten
und all den edlen Scharen,
die ihn rings umgeben.

Nach jeder Seite hin
erstrecken sich Äste und Wipfel
über die Felder und Flächen des Himmels.
Blätter und Früchte vergehen nicht,
verschenken sich vielmehr in nobler Großmut.

Lieblich ist der Schwarm der Vögel,
den er birgt.
Jeder der guten buntschillernden Vögel
hat hundert Federn;
und ohne Falsch, strahlend und rein,
singen sie hundert Lieder
für jede Feder.«[174]

In der Struktur des Kreuzes verbinden sich die geraden Linien mit Kreiselementen. Ähnliches geschieht in den fünf Glockenformen auf den Kreuzarmen. In jeder von ihnen bildet wiederum ein Kreuz die Mitte, das durch einen Lichtring herausgehoben wird. Im Schnittpunkt der Balken findet sich eine Kreisscheibe mit einem harmonischen Rosettenmotiv und einer achtblättrigen Blüte im Zentrum. Ein Band in strahlendem Rot markiert den Umriß des

Kreuzes ebenso wie den des gesamten Bildes. Das kann nochmals bewußt machen, daß *Kreuz und Kosmos* zusammengehören. So spiegelt sich in unserem Bild etwas von der Glaubenssicht wider, die einen uns unbekannten Prediger in der Heiligen Woche mit hymnischen Worten sagen ließ: »Dieser himmelweite Baum ist von der Erde empor zum Himmel gewachsen. Unsterbliches Gewächs, reckt er sich auf zwischen Himmel und Erde. Er ist der feste Stützpunkt des Alls, der Ruhepunkt aller Dinge, die Grundlage des Weltenrunds, der kosmische Angelpunkt... Er rührt an die höchsten Spitzen des Himmels und festigt mit seinen Füßen die Erde, und die weite mittlere Atmosphäre dazwischen umfaßt er mit seinen unermeßlichen Armen.«[175]
In diesen Perspektiven ist auch die Kreuzseite des Book of *St. Chad* zu sehen (p. 220)[176]. Es ist die einzige, die in diesem Werk erhalten geblieben ist. Sie schließt sich dem Bild des heiligen Lukas an, in dem dieser dem Leser Kreuz und Lebensbaum entgegenhält (p. 218).[177] Im Kreisinneren des Kreuzes in seiner Linken findet sich dasselbe achtblättrige Ornament wie im Zentrum der eben betrachteten Kreuzkomposition von Lindisfarne. Die geraden bzw. eckigen und die organischen Konturen von Kreuz und Lebensbaum in den Händen des Evangelisten kehren in der Kreuzseite wieder und sind dort harmonisch miteinander verknüpft. Im Unterschied zu dem Bild von Lindisfarne wird das Kreuz selber durch Geraden und Ekken markiert, während in allen Feldern weichere, organische Formen vorherrschen, die Vierfüßern und Vögeln den ihnen angemessenen Raum bieten. Das ganze Bild vermittelt einen ähnlichen Eindruck wie eine Glasplatte, auf der sich willkürlich verstreute kleine Metallpartikel wohlgeordnet formieren, wenn sie von magnetischen oder akustischen Wellen erfaßt werden. Das hat seinen tieferen Sinn: Wie sich »Eisenfeilspäne durch eine Tonschwingung zu einer jeder Willkür entzogenen sinnvoll-schönen Figur zusammenordnen, so fügt auch der ›Urton‹ des Kreuzes die Elemente des immer erneut vom Chaos bedrohten Kosmos zu einer sinnvollen ›Klangfigur‹ zusammen – es rettet und heilt den Kosmos.«[178] So hat es ein Zeitgenosse unseres Malers gesehen, Andreas von Kreta (†740). Als die Frankenapostel in Würzburg als Märtyrer starben, war er Leiter eines Waisen- und Greisenasyls in Konstantinopel. Der Heilige, der sich im Osten als Verteidiger der christlichen Bilderverehrung auszeichnete, hat staunend und lobpreisend gesun-

gen: »O Kreuz, du Versöhnung des Kosmos, du Umgrenzung der Erdenweite, du Höhe des Himmels, du Tiefe der Erde, du bindendes Band der Schöpfung, du Breite der Ökumene.«[179] In unserer Zeit hat Werner Bergengruen diese weithin vergessenen Zusammenhänge neu bewußt gemacht, indem er ihre existentielle Nähe ins Licht gerückt hat. Jedermann soll wissen, daß er in seiner Gestalt von Anfang an mit dem Kreuz gezeichnet und von ihm gehalten wird:

»Du Mensch nach Gott gebildet bist.
Dein Leib ist Gleichnis: Kreuz und Christ.
Gerammt in Grund der Hauptstamm steht,
Seitab der Schultern Querholz geht.
Erkenn das Kreuz. Du hängst daran,
Schmerzenskind und Schmerzensmann.«[180]

Mit der ebenso fundamentalen wie zentralen Position und Funktion des Kreuzes in unserer Welt haben auch verschiedene Darstellungen der vier *Evangelistensymbole* zu tun. Sie sind ja auch Sinnbilder des Kosmos. In der Ezechiel-Vision, auf die sie letztlich zurückgehen, erscheinen sie als »Himmelsträger, die zugleich Himmelswächter sind ... Da sie aus dem Sturm heraus sichtbar werden, könnten sie die vier kosmischen Winde repräsentieren.«[181] Löwe und Stier, Adler, Mensch und Engel vertreten überdies verschiedene Bereiche der Welt und ihre Kräfte. Wiederholt werden sie in den altirischen Miniaturen um das Kreuz gruppiert: Wie es die Mitte des Evangeliums ist, so ist es *Zentrum und Modell* der Welt. Im Book of Kells geht dem Johannesbild eine dynamisch konzipierte Seite mit den vier Wesen vorauf (f. 290 v).[182] Sie umkreisen mit ausgespannten Flügeln ein großes Andreaskreuz, dessen Mitte eine kunstvoll geschmückte Raute bildet. Die breiten Kreuzbalken wie der Rahmen und dessen Erweiterungen sind jeweils so gestaltet, daß wir erneut ein »Welt-Bild« vor uns haben. In den frühchristlichen apokryphen Andreasakten ist eine Erkenntnis festgehalten, die dem Apostel geschenkt wurde, als er bewußt dem Kreuz entgegenging. Seine Worte werfen Licht auf das Bild seines Kreuzes sowie auf das, was es umschließt: »Du bist festgerammt in der Welt, um das Unstete zu befestigen. Und du reichst bis in den Himmel, um den von oben kommenden Logos anzuzeigen. Du bist ausgebreitet zur Rechten und zur Linken, auf daß du die furchtbare feindliche Macht in die Flucht jagest und die Welt zusammenbringst. Und du bist in der Erdentiefe festgefügt, damit du das, was auf der Erde und unter der Erde ist, mit dem Himmel verbindest. O Kreuz, du Heilswerkzeug des Höchsten! O Kreuz, Zeichen des Sieges Christi über seine Feinde. O Kreuz, auf Erden gepflanzt und im Himmel Frucht tragend! O Name des Kreuzes, der du das Weltall in dir beschließest! Heil dir, o Kreuz, daß du den Kosmos in seinem Umfang zusammenhältst.«[183]

In unserem Bild begegnet uns die Kreuzstruktur nicht nur in dem Andreaskreuz, das die vier Ecken miteinander verbindet, sondern auch in den Rechtecken, welche im Rahmen die Mitte der Seiten hervorheben. Die Kreiswirbel in ihnen sind so koordiniert, daß in ihrem Zentrum wiederum ein Kreuz bzw. ein Doppelkreuz sichtbar wird.

An derselben Stelle sind in dem sich anschließenden *Johannesbild* vier gleichschenklige Kreuze zu sehen. In ihrem rot und blau umrandeten Innern bergen sie ein kostbares Geflecht, das bei genauerem Hinschauen in seinen verschlungenen Linien nochmals vier Kreuze erkennen läßt. Die großen Kreuze bilden die Brücke zwischen der Gestalt des Herrn jenseits des Rahmenrandes und dem Evangelisten in dessen Mitte. Sie berühren seinen überdimensionalen Heiligenschein, die Decke an der Rückwand seines Thrones, Feder und Buch in seinen Händen und den Saum seines Gewandes. Vor allem durch das Kreuz ist der Herr mit den Seinen verbunden. Die Nägel, die ihn ans Kreuz hefteten, haben ihn auch mit jedem von uns für immer vereint. Auch in dem gegenüberliegenden Beginn des Johannesprologs (f. 292 r)[184] steht das Kreuz an herausragender Stelle: Unter der Gestalt des Herrn ist es zwischen den großen Initialen zu sehen; es bildet den mittleren Teil des N. Nach oben und unten schließen sich Dreierwirbel an, die sich in sphärischen Runden bewegen. In all dem klingt weiter, was Irenäus von Lyon über den Logos und sein und unser Kreuz gelehrt hat. Der Schüler des Bischofs Polykarp von Smyrna, der seinerseits ein Jünger des Evangelisten Johannes war, schreibt in seinem »Erweis der apostolischen Verkündigung« vom gekreuzigten Herrn: Er ist »der Logos des allmächtigen Gottes, der in unsichtbarer Gegenwart uns alle zumal durchdringt, und deshalb umfaßt er alle Welt, ihre Breite und Länge, ihre Höhe und Tiefe. Denn durch den Logos Gottes werden alle Dinge der Ordnung gemäß geleitet, und Gottes

Sohn ist in ihnen gekreuzigt, indem er in der Form des Kreuzes allen aufgeprägt ist. War es doch recht und angemessen, daß er mit seinem eigenen Sichtbarwerden an allem Sichtbaren seine Kreuzesgemeinschaft mit allem auspräge. Denn seine Wirkung sollte es an den sichtbaren Dingen und in sichtbarer Gestalt zeigen, daß er derjenige ist, welcher die Höhen, das ist den Himmel, erhellt, der hinabreicht in die Tiefen, an die Grundfesten der Erde, der die Flächen ausbreitet vom Morgen bis zum Abend und von Norden und Süden die Weiten leitet, der alles Zerstreute von allüberall her zusammenruft zur Erkenntnis des Vaters.«[185]

Am ausdrücklichsten ist das Miteinander von *Christus, Kreuz und Welt* auf der Doppelseite thematisiert, die sich im Book of Kells an den Stammbaum Jesu anschließt (f. 32 v/33 r).[186] Das Bild des Herrn ist buchstäblich von Kreuzen umgeben: Die voraufgehenden Seiten mit der Genealogie Jesu zeigen in der Mitte des Stammbaumes jeweils den Baum des Kreuzes. Die sich anschließende Seite wird von einem großen Doppelkreuz beherrscht, dessen acht Kreisscheiben wiederum die Kreuzstruktur eingeprägt ist. Auf solche Weise konnte der Miniaturmaler ein Abbild seines engeren Lebenskreises und zugleich der ganzen Welt skizzieren. Wie alte Dokumente bezeugen, gab es in den alten irischen Klöstern eine Vielzahl von Kreuzen. Ein Gedicht, das dem Abt von Durrow gewidmet ist, scheint nach einem Diktum von Françoise Henry das Bild eines Klosters heraufzubeschwören, das ein »Ort ist, der von Kreuzen wimmelte«.[187] Der unbekannte Poet rühmt ihn beredt:

»O Cormac, deine Kirche ist schön,
mit ihren Büchern und ihrem Studieren;
eine fromme Stadt mit hundert Kreuzen.«[188]

In einer der acht erhaltenen Handschriften kleineren Formats, einer Art von Taschen-Evangeliaren, ist ein Klosterplan eingezeichnet.[189] Das Buch wird einem Zeitgenossen Kilians, dem heiligen Moling, zugeschrieben, der im Jahr 698 starb. Verschiedene Kriterien lassen darauf schließen, daß es etwa hundert Jahre später entstanden ist. Die Skizze zeigt, daß innerhalb wie außerhalb der Klosterumfriedung etliche Kreuze standen. Sie markiert nicht nur den Standort der verschiedenen Kreuze, sie nennt auch deren Namen: Es gibt Kreuze, die nach den Propheten benannt werden, andere tragen den Namen von Evangelisten; ein »Kreuz des Heiligen Geistes«

fehlt nicht. Ins Auge fällt, daß Kreuze exakt in allen Himmelsrichtungen zu finden waren. So entsprach es dem Gebet:

»Christi Kreuz, komm mir im Osten entgegen.
Christi Kreuz, mach mich vom Westen her stark.
Christi Kreuz, geleite mich allezeit im Norden und Süden.«[190]

Über dem Haupt Christi, unter dem Rundbogen, leuchtet erneut das Zeichen des Kreuzes auf. Es ist Teil des Bogens und ist zugleich fest mit dem Herrn verbunden. Dem Bogen sich anschmiegend und so in die Bewegung, die zum Kreuz führt, hineingenommen sind zwei prachtvolle Pfauen. Sie stehen auf Zweigen, die aus kelchähnlichen Gefäßen herauskommen. Auf der einen Seite sind Blüten bzw. Blätter zu sehen, auf der anderen Weintrauben. Möglicherweise waren sie als eucharistische Symbole gedacht. In jedem Fall stellen sie Zeichen des Lebens dar, während die Pfauen dessen Unsterblichkeit versinnbilden. Dazu paßt das rote Kreuz auf hellem Grund, das an ihrem Flügelansatz hervorleuchtet und so zugleich ihre Herzmitte markiert. In der unteren Bildhälfte sind an jeder Seite vier Wesen zu sehen. Die beiden unteren sind durch Flügel deutlich als Engel gekennzeichnet. Unter Berufung auf frühchristliche Darstellungen z.B. auf Sarkophagen, wird zumindest eine der oberen Gestalten als Apostel interpretiert. Trifft diese Deutung zu, dann sind im Christusbild alle Reiche der Welt vertreten, von dem der toten Materie über das der Pflanzen, Tiere und Menschen bis hin zu dem der Engel. So entspricht es dem Hymnus des Kolosserbriefes auf Christus, das Ebenbild des Vaters[191], der in den Worten gipfelt:

»Alles im Himmel und auf Erden
wollte er zu Christus führen,
der Frieden gestiftet hat am Kreuz durch sein Blut.«[192]

An den Preis des Blutes, den Christus für das Werk der Versöhnung gezahlt hat, erinnert das Rot seines Obergewandes und die Farbe der Kreuze auf den Pfauenflügeln. Rot ist auch der Rahmen der gegenüberliegenden Seite samt den Abtreppungen an seinen vier Ekken. Auch die innere Begrenzung des Rahmens, die zugleich an den acht Medaillons und an den Kreuzbalken entlangläuft, leuchtet rot auf. Im Kreuzinnern hebt sich auf dunklem Untergrund eine Vielzahl unterschiedlichster großer, kleiner und kleinster Wirbel ab.

Der moderne Mensch wird an Eindrücke erinnert, die ihm Teleskop wie Mikroskop vermitteln. Die auf den ersten Blick verwirrende Vielfalt ordnet sich in jedem der acht Medaillons in der Form des gleichschenkligen Kreuzes um ein größeres Zentrum, das nochmal dynamisch bewegt erscheint. Daß bei den Wirbeln am häufigsten dreigestaltige Motive zu sehen sind, entspricht der altirischen Überlieferung und ist zugleich Zeugnis eines Glaubens, der im Mysterium des dreieinigen Gottes gründet und auf dieses ausgerichtet ist. Letztlich ist das dem tiefsten Sinn des Kreuzes gemäß, in dem uns eindringlich gesagt wird: »Gott ist Liebe.«[193]

Einen unbeabsichtigten Hinweis auf den Zusammenhang von Kreuz und Dreieinigkeit verdanken wir einer Miniatur, die zur Zeit des Kiliansmartyriums entstanden ist. Mit einer Initialseite des Johannesprologs wird sie als Fragment einer vermutlich in Lindisfarne entstandenen Handschrift in der Dombibliothek von Durham aufbewahrt (f. 1 r u. f. 38 v).[194] Patron der dortigen Kathedrale ist der aus Irland stammende heilige Cuthbert[195], der zwei Jahre vor den Frankenaposteln starb. Im Evangeliar-Fragment II begegnet uns eine ganz neue Art des Kreuzbildes: Während die anderen frühirischen Bücher in immer neuen Varianten das Kreuz als solches zeigen inmitten einer überbordenden Fülle von Formen und Farben, wagt man es jetzt, den Erlöser am Kreuz zu zeichnen zusammen mit Menschen, die seine Passion miterlebt haben. Es sind dies die beiden Soldaten mit dem Essigschwamm und der Lanze. Fortan sind sie immer wieder unter dem Kreuz zu finden, wenn man sich in Irland daranmacht, es in Stein zu meißeln, im Metallrelief zu gestalten oder auf Pergament zu malen. Leider hat das *Kreuzigungsbild von Durham* im Lauf der Zeit unter anderem durch Feuchtigkeit gelitten. Seine Wirkung wird in der Sicht vieler auch dadurch beeinträchtigt, daß Buchstaben von der Vorderseite durch das Pergament durchschimmern. Vergegenwärtigt man sich deren Aussage, dann kann man dieses Faktum mit anderen Augen sehen. Auf der Recto-Seite wurde mit den letzten vier Sätzen des Matthäusevangeliums Jesu Weisung aufgeschrieben: »Geht zu allen Völkern und macht alle Menschen zu meinen Jüngern; tauft sie auf den Namen des Vaters und des Sohnes und des Heiligen Geistes.«[196] In diesem Sendungswort ist uns das knappste und klarste biblische Zeugnis vom dreifaltigen Gott gegeben. Daß dies zum Kreuzbild gehört und dennoch nicht sogleich erfaßt wird, hat seinen tiefen Sinn.

Wenigstens zwei Generationen nach der Durham-Darstellung entsteht das dieser in vielem verwandte Kreuzigungsbild aus dem Codex 51 *von St. Gallen* (p. 226).[197] Wie das erste sich an das Matthäusevangelium anschließt, so dieses an das des Johannes. Damit steht es am Ende der 270 Seiten dieses Evangeliars. Es ist Teil eines Doppelbildes. Das ist besonders zu betonen, da hier die beiden Seiten wie nur ganz selten formal aneinander gebunden sind: Beide haben auf gleicher Höhe einen geschlossenen Rahmen, der analog strukturiert ist. Beide Rahmen wiederum sind weitgehend mit denselben Ornamenten verziert. Beide Bilder kennzeichnet eine klare, wohlproportionierte Unterteilung. In beiden finden wir dieselben Grundfarben. Wichtiger noch ist die innere Zusammengehörigkeit der beiden Bildthemen *Kreuzigung und Jüngstes Gericht.* Die Kreuzigung steht am Ende des irdischen Lebens Jesu, das Jüngste Gericht am Ende der Welt. Zu beiden gehört das Kreuz. Wie es Ur-Zeichen ist, so ist es auch End-Zeichen. Dieses ist es freilich so, daß *das Kreuz am Ende* einen neuen Beginn bedeutet: Das Kreuz auf Golgota ist der Anfang eines neuen Lebens der Erlösten; das Kreuz, das bei seiner Wiederkunft aufscheint, verweist auf das ewige Leben in der vollen Gemeinschaft mit dem, der sein Leben am Kreuz hingegeben hat und für immer in Ganzhingabe lebt.
Am Kreuz bereits erscheint er in unserem Bild als der, der im letzten Buch der Bibel sagt: »Ich war tot, doch ich lebe in alle Ewigkeit.«[198] Die beiden Soldaten zu Füßen des Gekreuzigten sind Zeugen seines Todes. Von ihnen berichtet das Johannesevangelium unmittelbar vor und nach seinem Hinscheiden. Der bärtige Mann rechts vom Kreuz, dessen Augen nicht vom Antlitz Jesu ablassen, reicht ihm an einem langen Stab einen Schwamm. Er vertritt die, von denen Johannes schreibt: »Sie steckten einen Schwamm mit Essig auf einen Ysopzweig und hielten ihn an seinen Mund.«[199] Unmittelbar darauf heißt es: »Als Jesus von dem Essig genommen hatte, sprach er: Es ist vollbracht! Und er neigte das Haupt und gab seinen Geist auf.«[200] Als man seinen Tod amtlich feststellte, verzichtete man darauf, seine Schienbeine zu zerschlagen. Etwas anderes geschah, über das die Jünger Jesu seither nachgedacht haben: »Einer der Soldaten stieß mit der Lanze in seine Seite, und sogleich floß Blut und Wasser heraus.«[201] Mit allem Nachdruck fügt der Evangelist hinzu: »Und der, der es gesehen hat, hat es bezeugt, und sein Zeugnis ist wahr. Und er weiß, daß er Wahres berichtet, damit

auch ihr glaubt. Denn das ist geschehen, damit sich das Schriftwort erfüllte: Man soll an ihm kein Gebein zerbrechen. Und ein anderes Schriftwort sagt: Sie werden auf den blicken, den sie durchbohrt haben.«[202] Eine alte Legende weiß zu berichten, daß die letzten Worte sich bereits auf Golgota erfüllt haben. Es heißt, man habe für den Lanzenstoß auf das Herz des Gekreuzigten einen erblindeten Soldaten bestimmt. Longinus – so nennt ihn die fromme Überlieferung – tat, was er tun mußte. Da trafen Tropfen, die aus dem Herzen Jesu kamen, seine Augen, und er konnte wieder sehen. Der Miniaturmaler hat dieses Geschehen in einer Wellenlinie angedeutet, die in einem von Jesus ausgehenden Bogen die Augen des Longinus berührt. Jetzt kann er auf den sehen, den er durchbohrt hat. Weit geöffnet sind im Bild seine Augen, die fest auf den Gekreuzigten gerichtet sind. Mit diesem Detail befinden wir uns eindeutig in der Zeit nach dem Eintreten des Todes. Gleichwohl sind die Augen des Herrn geöffnet: Er lebt! Auch seine Arme sind nicht vom Leiden und Sterben gezeichnet, sie sind weit ausgebreitet, wie es einer tut, der einen anderen aufnehmen und umarmen will. Selbst die Kleidung Jesu steckt voller Leben. Der Heiland trägt nicht den Lendenschurz, von dem die Bibel berichtet, sondern ein weites, ornamentiertes, lilafarbenes Gewand. Alfred Rosenberg, der eine tiefsinnige Meditation über dieses Bild vorgelegt hat[203], sieht in den bewegten verschlungenen Bändern, die den Leib Jesu umgeben, »ein Symbol für die zusammenfassende Kraftwirkung Christi: in ihm verschlingt, verflicht sich die ganze Schöpfung, und die so brüderlich ineinandergeschlungene Welt bildet augenscheinlich seinen Leib.«[204] Auf der Brust des Gekreuzigten verlaufen die Bänder des Gewandes so, daß eine Raute mit zwei Querstreifen entsteht. Sie ist die Herzmitte des ganzen Bildes. Die beiden Felder rechts und links von Jesu Haupt sind fast ganz von zwei Engeln gefüllt, die auf den Heiland schauen. Auch die Hände, die jeweils ein großes Buch halten, weisen auf ihn hin. Das große Kreuz reicht allseits bis zum Bilderrahmen und verbindet sich mit diesem. Seine braune Farbkante mit ihren Lichtpunkten setzt sich nahtlos in den Innen- wie Außenkanten des Rahmens fort und bildet auch die Quadrate an dessen Ecken. Alles wird vom Kreuz berührt und geformt. Dieses erstrahlt im oberen Teil zwischen den dunklen Außenkanten in einem lichten Blau, das wir auch in der Region der beiden Engel finden. Zur Erde hin wechseln die Farben: Da dominiert das dunkle Braun innerhalb einer schmalen lichtblauen Begrenzung. Diese Farbgebung hebt das Kreuz empor in Richtung auf die himmlischen Sphären, in die der Gekreuzigte heimkehrt. Sie läßt zugleich an seine Worte denken: »Wenn ich über die Erde erhöht bin, werde ich alle zu mir ziehen.«[205]

Beim gegenüberstehenden Bild sind die Grundfarben anders verteilt: Während die beiden Engel an der Seite des wiederkommenden Herrn wie die beiden rechts und links vom Gekreuzigten von lichtem Blau umgeben sind, herrschen im Bild Christi dunklere Töne vor. Das verbindet ihn mit den zwölf Aposteln zu seinen Füßen, deren Gewänder mehrheitlich erdbraun getönt sind. Der in den Himmel Erhöhte hat seine menschliche Natur nicht abgestreift, sie ist mit hineingenommen in seine himmlische Herrlichkeit. Er kommt wieder, um die Seinen daran teilhaben zu lassen. Sie sollen nicht als Engel bei ihm sein, sondern als seine menschlichen Geschwister. »Er wird seine Engel unter lautem Posaunenschall aussenden, und sie werden die von ihm Auserwählten aus allen vier Windrichtungen zusammenführen, von einem Ende des Himmels bis zum andern.«[206] Zwei von den Engeln zeigt unser Bild. Sie schauen hinein in die Welt, die sie vor den Thron Gottes rufen. Ihre Füße bewegen sich indessen gegen die Richtung ihres Körpers samt seiner Flügel, auf den Herrn zu. Die Auserwählten, die zusammengeführt werden, sind durch die zwölf Apostel repräsentiert. Sie bilden einen lebendigen Block. Die geringen Unterschiede in der Farbgebung ihrer Gewänder trennt sie nicht voneinander, verbindet sie vielmehr zu einer harmonischen Einheit. Eng zusammengeschart, halten sie alle in derselben Weise ein großes Buch hoch, das dem in der Linken des Herrn ähnlich sieht. Durch sein Wort waren und sind sie mit ihm vereint. Einhellig richtet sich ihr Blick auf ihn. Nicht ängstlich, sondern voller Zuversicht sehen sie ihm entgegen. Nicht zum Verstoßen, sondern zum Segnen hebt der Herr seine Rechte. Zieht man ein Diagonalkreuz durch das mittlere Feld, in dem sein Bild sich findet, dann liegt die helle Segenshand genau in dessen Schnittpunkt. Sie weist übrigens eine Eigenart auf, die nur hier zu beob-

Inkarnations-Initiale (vgl. S. 70 u. 82) ▷
Book of Lindisfarne, fol. 29 r

RATIO SIC ERAT CUM
ESSET DESPONSATA
MATER EIUS MARIA IOSEBH

achten ist: Die zwei gebogenen Finger sind mit den beiden zum Segen erhobenen fest verflochten, so daß alle miteinander nochmals ein kleines Kreuz bilden. Mit der Segenshand des Herrn ist das Kreuz verbunden, das schräg auf seiner Schulter liegt.
Nach seiner Verheißung erscheint bei seiner Wiederkunft »das Zeichen des Menschensohnes am Himmel«.[207] Schon früh hat man dieses Wort auf das Kreuz bezogen. So heißt es am Ende der Didache, der Lehre der Zwölf Apostel: »Dann werden die Zeichen der Wahrheit erscheinen; zuerst das Zeichen, daß der Himmel sich auftut, dann das Zeichen des Trompetenschalles und das dritte: die Auferstehung der Toten, aber nicht aller, sondern, wie gesagt wurde: Kommen wird der Herr und alle Heiligen mit ihm.«[208] Das Kreuz ist in Wahrheit das Zeichen dafür, »daß der Himmel sich auftut«: In ihm hat der ewige Gott sein innerstes Leben offenbart, seine Liebe, die in unsäglicher Ganzhingabe lebt, und die darauf aus ist, alle ihre Geschöpfe an diesem Glück teilhaben zu lassen. Das kann auf Erden nur von fern erkannt werden, »erst der Glanz der am letzten Tag aufbrechenden Zeit wird auch das Mysterium des Kreuzes enthüllen«.[209] Cyrill von Jerusalem endet eine seiner Taufkatechesen mit dem Hinweis auf das Kreuz, das wie eine Trophäe zum Siegeszug des Herrn gehört: »Mit Jesus wird das Kreuz wiederum vom Himmel herkommen. Denn das Siegeszeichen wird vor dem Herrscher einherziehen.« Die sich anschließenden letzten Worte seiner Unterweisung gelten dem Urgeheimnis, das uns im Kreuz anvertraut ist, in das uns das Kreuz immer tiefer hineinführen will: »Wir werden uns des Kreuzes rühmen; denn wir beten den Herrn an, der zu uns gesandt und für uns gekreuzigt wurde; wir beten zugleich mit dem Heiligen Geist Gott, den Vater, an, der Jesus gesandt hat. Ihm sei Ehre in alle Ewigkeit. Amen.«[210]
Dasselbe Urmysterium rückt bereits eine der ältesten irischen Miniaturen in den Blick: die *Kreuzseite,* die im Book of Durrow dem Johannesevangelium vorangeht (f. 192 v).[211] In ihrer Mitte ist zwischen vier großen und zwei kleinen langgezogenen Rechtecken ein lichtes Quadrat zu sehen. Mitten in ihm ist eine reich geschmückte Kreisscheibe, deren Zentrum ein Malteserkreuz bildet. In den Rechtecken oben und unten, links und rechts erscheinen auf dunklem Hintergrund bewegte, bunte Wellen. In ihnen sind Reptilien und Vierfüßer zu erkennen, die fest miteinander verbunden sind. Ein unruhiges Hin und Her, Auf und Ab prägt diese Abbilder unse-

rer Welt. Harmonische Ruhe waltet in der Mittelscheibe. Sie wirkt wie eine Zentralsonne, die nach allen Seiten hin ausstrahlt. In ihr sind alle Farben im Zusammenhang und Zusammenklang vereint, die in verschiedener Weise in den anderen Feldern auftauchen. Ein Bändergeflecht windet sich durch das Kreisinnere, dergestalt, daß an jeder Seite je drei große und je drei kleine Knoten sich aneinander reihen. Sie kreisen um das Kreuz in der Mitte. Zugleich bilden die äußeren grünen Bandelemente ein großes Dreieck, dessen Spitzen an den inneren Lichtkreis stoßen. Ein Dreieck in umgekehrter Richtung wird durch drei weitere kleine Kreise konstituiert, die man sich unwillkürlich miteinander verbunden denkt. Das grüne und das lichte Dreieck vereinen sich zu einem sechsstrahligen Stern, in dem das grüne Dreieck mit seiner nach oben gerichteten Spitze im Aufwärtstrend erscheint, während das lichte Dreieck eine absteigende Bewegung erkennen läßt. In der Mitte jedes Dreiecks und zugeich in der Mitte der Sonne und des ihr eingestifteten Sternes ist die lichte Scheibe mit dem Kreuz, dessen geschwungene Balken bestens zu den bewegten Formen ringsum passen. Auch die drei Kreise am Rand der Scheibe haben in ihrer Mitte je ein Kreuz. Lichte Linien formieren es auf dunklem Grund. Sie laufen von vier zweistufigen Treppen auf die Mitte zu, wo sie sich kreuzen. Um dieses schmale Kreuz herum ist ein doppeltes Band gelegt, das genau die Form der vier Treppen widerspiegelt. Das – als Ganzes gesehen – gleichschenklige Stufenkreuz in der Mitte wird von vier geschwungenen Linien eingefaßt, die sich zugleich wie ein Bogen über den vier Treppenornamenten wölben.
Was liegt näher, als angesichts all dessen an das Urgeheimnis der Dreieinigkeit zu denken? Das Kreuz im Zentrum vermittelt die Grundaussage der Bibel: »Gott ist die Liebe.«[212] Die Kreuzformation in den drei weiteren Lichtkreisen ist ein treffendes Symbol der drei Personen, in denen diese Liebe in je eigener Gestalt und im Füreinanderdasein existiert. Nach dem Willen der drei göttlichen Personen und in deren Zusammenwirken ist die Welt nach ihrem Bild und Gleichnis geschaffen. Das in Gott von Ewigkeit zu Ewigkeit gegebene Urbild aller Wesen hat unsagbar vielen von ihm geschaffenen Varianten das Gepräge gegeben. Alle diese Wesen kreisen um ihre Ursonne, der sie Licht und Leben verdanken. So gesehen erscheint die Kreuzseite von Durrow wie eine Zusammenfassung des Glaubenszeugnisses, das uns in den altirischen Miniaturen überliefert wurde.

Ui fuit arfaxat
Ui fuit sem
Ui fuit noe
Ui fuit lamec
Ui fuit mathusale
Ui fuit enoc
Ui fuit iared
Ui fuit maleleel
Ui fuit cainan
Ui fuit enos
Ui fuit seth
Ui fuit adam
Ui fuit di

In unserem Jahrhundert hat Alexander Carmichael auf der Insel Lismore, die nicht weit vom irischen Missionskloster Iona gelegen ist, ein Fragment aufgezeichnet, das ganz zu dem paßt, was uns im Kreuzbild von Durrow begegnet. Lassen wir den Blick von seinen Wellenbewegungen zur Mitte wandern, von den Rechtecken über das lichte Quadrat in dem hell umrandeten Mittelkreis bis hin zum Kreuz im Zentrum, dann mag uns etwas von dem aufgehen, was dieses Gebet anzielt:

»Wie es war,
wie es ist,
wie es sein wird immerdar –

O du, Dreifaltigkeit der Gnade!
Mit der Ebbe, mit der Flut.
O du, Dreifaltigkeit der Gnade!
Mit der Ebbe, mit der Flut.«[213]

Anmerkungen

1 K. Jaspers, Der philosophische Glaube angesichts der Offenbarung, München 1962, 29.
2 A.a.O., 28.
3 A.a.O., 25.
4 Vgl. F. Henry, Irish Art in the Early Christian Period (to 800 A.D.), London ³1965, 1 (zit.: Henry I).
5 J. J. Sweeney (Hg.) Irische Buchmalerei im frühen Mittelalter. München 1965, 10 (zit.: Sweeney I).
6 In: Henry I 136.
7 Evangeliorum Quattuor Codex Durmachensis, hg. v. A. A. Luce u.a., Olten u. Lausanne 1960 (zit.: EQC Dur).
8 B. Senger, in: P. Manns (Hg.), Reformer der Kirche, Mainz 1970, 391.
9 A. Wendehorst (Hg.), Würzburg. Geschichte in Bilddokumenten, München 1981, 19.
10 A. Wendehorst, Das Bistum Würzburg, Teil 1 (Germania Sacra, Neue Folge 1), Berlin 1962, 13; M. Spindler (Hg.), Handbuch der bayerischen Geschichte III, 1, München 1971, 17.
11 C. Nordenfalk, Insulare Buchmalerei. Illuminierte Handschriften der Britischen Inseln 600–800, München 1977, 10 (zit.: IB).

◁ Letzter Teil des Stammbaums Jesu nach Lukas (vgl. S. 79 ff. u. 182)
Book of Kells, fol. 202 r

[12] Paris, Bibliothèque Nationale, lat. 9389.
[13] IB 48.
[14] Vgl. Henry I 39.
[15] Evangeliorum Quattuor Codex Lindisfarnensis, hg. v. T. D. Kendrix u. a., Olten u. Lausanne 1956 u. 1960 (zit.: EQC Lind).
[16] Henry I 34.
[17] M. Durliat, Die Kunst des frühen Mittelalters, Freiburg 1987, 79 (zit.: Durliat), vgl. Henry I 191.
[18] Henry I 193.
[19] IB 60.
[20] Henry I 183–187; IB 76–83.
[21] Vgl. Henry I 195 u. EQC Lind. 257 f.
[22] EQC Lind. 258.
[23] I. Duft u. P. Meyer (Hg.), Die irischen Miniaturen der Stiftsbibliothek St. Gallen, Olten 1953, 69–71; 87–101 (zit.: St.Gallen); Henry I 196–198.
[24] Henry I 196 f.
[25] St. Gallen 70.
[26] Lk 10,7 u. 1 Tim 5,18.
[27] p. 266 f.
[28] Evangeliorum Quattuor Codex Cennansis, hg. v. E. H. Alton u. a., Olten u. Lausanne 1950 u. 1951 (zit.: EQC Cen); The Book of Kells, Reproduktionen mit einem Beitrag von F. Henry, London 1974 (zit.: Kells); IB 108–125.
[29] Vgl. F. Henry, Irish Art during the Viking Invasions (800–1020 A. D.), London 1967, 92 f. (zit.: Henry II).
[30] J. J. Sweeney, Irische Buchmalereien, Lausanne u. Paris 1970, 65 (zit.: Sweeney II).
[31] A.a.O., 66.
[32] Durliat 80.
[33] Henry II 65.
[34] A. Schimmel, Friedrich Rückert. Lebensbild und Einführung in sein Werk, Freiburg 1987, 9.
[35] EQC Dur 111–113; IB 38 f.; Sweeney II 70 f.
[36] Mt 13,16.
[37] Jes 61,10.
[38] Gal 3,27.
[39] H. Hellenkemper (Hg.), Irische Kunst aus drei Jahrtausenden. Thesaurus Hiberniae, Köln 1983, 167 (zit.: IK); vgl. Henry I 101 f.
[40] A.a.O., 167–169; 186 f.; 192.
[41] Passio Maior (=P) 8, in: F. Emmerich, Der heilige Kilian, Regionarbischof und Martyrer, Würzburg 1896, 15.
[42] Henry I 205.
[43] IB 47 f., EQC Dur 132–138.
[44] Englische Übersetzung von B. Kennelly in: ders., The Pinguin Book of Irish Verse, Harmondsworth [2]1986, 62–64 (zit.: K).
[45] B. de Breffny, Irland – Das Land und seine Geschichte, Köln 1981, 132 f.
[46] A.a.O., 134 f.; vgl. Henry I 24 f.
[47] IB 36 f; EQC Dur 105–109.
[48] St. Gallen 111.
[49] IB 67 f.
[50] IB 117 u. 119.
[51] IB 113–115.
[52] Weish 11,20.

53 St. Gallen 93–95; 113 f.; 128.
54 P. Smulders, Theologie und Evolution, Essen 1963, 42.
55 E. Hello, Welt ohne Gott, Leipzig 1938, 225.
56 Henry I 211.
57 IB 46 f; Dur 132–138.
58 IB 69 f.; EQC Lind 235 f.
59 IB 69.
60 IB 122 f.
61 IB 116 und 118.
62 Mt 25, 31–46.
63 W. Solowjew, Die geistlichen Grundlagen des Lebens, Freiburg 1957, 10.
64 Z.B. Book of St. Chad p. 220: IB 82 f.; Kells f. 33 r: IB 113 und 115; f. 291 v: IB 120 f.
65 P. Meyer, in: St. Gallen 120.
66 A.a.O., 120 f.
67 A.a.O., 121.
68 Vgl. auch das Mac Regol-Evangeliar (f. 1 r) und das von Hereford (f. 1 r).
69 G. v. Rad, Theologie des Alten Testaments, Bd. I, München [4]1962, 165 u. 429 f.
70 IB 82 f.
71 Henry I 186.
72 J. Curtin, Myths and Folk Tales of Ireland, New York 1975, 85–98.
73 K. Meyer u. A. Nutt (Hg.), The Voyage of Bran, Son of Febal, to the Land of the Living, Bd. II, London 1985, 290.
74 J. H. Newman, Die Entwicklung der christlichen Lehre und der Begriff der Entwicklung, München 1922, 39.
75 A. de Margerie, in: Durliat 15.
76 IB 53 f.
77 IB 51 f.
78 Thomas v. Aquin, In Met. II,1, n. 286, in: J. Pieper (Hg.), Thomas von Aquin, Frankfurt 1956, 106.
79 J. Pieper, a.a.O., 109.
80 Joh 1, 4.
81 H. Schlier, Zeit der Kirche, Freiburg [2]1958, 278.
82 Joh 1, 5.
83 Joh 1, 7.
84 Kells 94 f.; 110 u. 112; IB 120 f.
85 D. Green u. F. O'Connor (Hg.), A golden Treasury of Irisch Poetry, London 1967, 30 f. (zit.: GO).
86 Joh 1, 1.
87 E. Hello, Welt ohne Gott, Leipzig 1938, 23.
88 Joh 1, 3.
89 P. Smulders, Theologie und Evolution, Essen 1963, 67.
90 O. Karrer (Hg.), Meister Eckehart, München 1926, 85.
91 Joh 20, 31.
92 Offb 21, 1.
93 Joh 14, 6.
94 L. Bieler, Irland – Wegbereiter des Mittelalters, Olten 1961, 20; vgl. K. Hughes, Early Christian Irleand: Introduction to the Sources, London 1972, 200 f. (zit.: Hughes).
95 Mt 2, 11.
96 Hughes 160–162.

[97] A.a.O., 160.
[98] Henry I 18.
[99] Hughes 160.
[100] K. Meyer, Über die älteste irische Dichtung. Abhandlung 6, in: Abhandlungen der Königlich Preußischen Akademie der Wissenschaften, Berlin 1913, 38–50 (zit.: Meyer).
[101] Lk 3, 36–38.
[102] Meyer 45 f. u. 50.
[103] Vgl. EQC Dur 113–116.
[104] Kells 24 f.
[105] Kells 63–67, 194 und 200.
[106] Lk 3, 38.
[107] Joh 15, 3.
[108] Joh 11, 25.
[109] Mt 1, 18.
[110] Skizzen über die Entwicklung des Themas: EQC Dur 117 und EQC Lind 256.
[111] EQC Lind 239; IB 67 f.
[112] Mt 1, 18.
[113] Vgl. Kol 1, 16.
[114] Kol 1, 20.
[115] IB 117 und 119; Kells 199.
[116] Jes 11, 6 f.
[117] K. Hoagland (Hg.), 1000 Years of Irish Poetry, New York 1949, 26–28 (zit.: H).
[118] A.a.O., Str. 1, 4 und 6; Ü: H. Trausil, Irische Harfe, Ebenhausen ^{2}1983, 44 f.
[119] Kol 1, 19 f.
[120] IB 116 und 118; Kells 186–188.
[121] Kells 11.
[122] H. 43 f., Ü: J. Pokorny, Altkeltische Dichtungen, Bern 1944, 122 f.
[123] H. 43 f.
[124] C. Blume (Hg.), Die Hymnen des Thesaurus Hymnologicus H. A. Daniels und anderer Hymnen-Ausgaben, Erster Teil (Analecta Hymnica Bd. 51). Leipzig 1908, 306 (zit.: AH 51).
[125] 1 Kor 1, 18.
[126] IB 34 f.; EQC Dur 101 f.
[127] IB 61 f.; EQC Lind 232–235.
[128] IB 80 f.; Kells 190 f.; Henry I 186.
[129] M.p.th. f. 69; Bl. 7 r.
[130] IB 22.
[131] IB 122 f.; Kells 189 f.; P. Harbison, in: Proceedings of the Royal Irish Academy 85 (1985) 184–186 (zit.: Harbison).
[132] Lk 3, 28.
[133] Lk 4,9.
[134] Mt 27, 40.
[135] De Civitate Dei XIV, 28: PL 41, 436.
[136] Ps 91, 11 f.; Lk 4, 10 f.
[137] Mt 4, 11.
[138] Jes 35, 1 f.
[139] Jes 55, 10 f.
[140] Hebr 4, 12.
[141] A. Bertholet, Wörterbuch der Religionen, Stuttgart 1952, 354.
[142] Lk 4, 14.

[143] AH 51,303.
[144] Lorica Patricks: H. 14.
[145] Aus einem Columcille zugeschriebenen Gebet: G. Murphy (Hg.), Early Irish Lyrics, Eigth to twelfth Century, Oxford [4]1977, 35 (zit.: M).
[146] IB 124f.; Kells 44f.; 188f.; Harbison 184–186.
[147] Mt 26,20.
[148] Mt 26,26–29.
[149] Kells 44.
[150] Hebr 5,7.
[151] B. Pascal, Über die Religion und über einige andere Gegenstände (Pensées), hg. v. E. Wasmuth, Tübingen [4]1948, 245–247 (frg. 553).
[152] A.a.O., 248.
[153] A.a.O., 246.
[154] R. M. Rilke, Werke, Band I. 2; Frankfurt 1980, 313.
[155] F. Henry in: Kells 189.
[156] Ex 17,11.
[157] Ex 17,15f.
[158] Mt 26,50.
[159] Hebr 10,9.
[160] Lk 22,42.
[161] Joh 19,30.
[162] Klemens von Alexandrien, Stromata (Teppiche) V, 72.
[163] EQC Dur 114–116.
[164] IB 65f.; EQC Lind 165–168.
[165] IB 38f.
[166] IB 49f.
[167] Durliat 79.
[168] Röm 10,18: Ps 19,5.
[169] Röm 10,17.
[170] EQC Lind 165.
[171] A.a.O. 166.
[172] IB 69f., EQC Lind 230 und 235.
[173] 1 Kor 1,18.
[174] K. Hurlston Jackson (Hg.), A Celtic Miscellany, Harmondsworth [8]1980, 295f. (zit.: CM).
[175] De Pascha Homilia 6, in: PG 59,743f.; Ü: H. de Lubac, Katholizismus als Gemeinschaft, Einsiedeln 1943, 420.
[176] IB 82f.; Henry I 186f.
[177] IB 80f.
[178] A. Rosenberg, Die christliche Bildmeditation, München-Planegg 1955, 56f. (zit.: Rosenberg).
[179] Andreas von Kreta, In sanctam Crucem: PG 97, 1021.
[180] Werner Bergengruen, Figur und Schatten, München 1958, 90.
[181] H. F. Fuhs, Ezechiel 1–24, Würzburg 1984, 23.
[182] Kells 92.
[183] Martyrium Andreae n. 19, Ü: H. Rahner, Griechische Mythen in christlicher Deutung, Zürich [3]1966, 62. (zit.: Rahner).
[184] Kells 95 und 112.
[185] Irenäus, Erweis der apostolischen Verkündigung I. 3; 34; Ü: Rahner 59.
[186] IB 113–115; Kells 26f; Harbison 181–184.
[187] Henry I 136.

[188] Ebd.
[189] Henry I 134 f.
[190] M 34 f.
[191] Kol 1, 15–20.
[192] Kol 1, 20.
[193] 1 Joh 4, 8.
[194] IB 56–59.
[195] M. Ryan D'Arcy, The Saints of Ireland, Cork u. Dublin, [3]1985, 106–109.
[196] Mt 28, 19.
[197] St. Gallen 100 f.; Henry I 196–198; Rosenberg 94–98.
[198] Offb 1, 18.
[199] Joh 19, 29.
[200] Joh 19, 30.
[201] Joh 19, 34.
[202] Joh 19, 35–27.
[203] Rosenberg 94–98.,
[204] A.a.O., 97.
[205] Joh 12, 32.
[206] Mt 24, 31.
[207] Mt 24, 30.
[208] Didache 16, 6 f.; Ü: F. Zeller, Die Apostolischen Väter, Kempten u. München 1918, 16.
[209] Rahner 61.
[210] Cyrill von Jerusalem, Katechese 13, 41: PG 33, 821.
[211] IB 46 f; EQC Dur 132–138; 169.
[212] 1 Joh 4, 8.
[213] J. Streit, Sonne und Kreuz. Irland zwischen Megalithkultur und frühem Christentum, Stuttgart [2]1986, 76.

Bild, Buch und Harfe

Die kulturelle Mitgift der Frankenapostel

Zwölf Jahre nachdem Bonifatius den heiligen Burkard zum Bischof geweiht hat und kurz nach dessen Tod, trat der Apostel Deutschlands seine letzte Reise an. Als er sich im Sommer 753 darauf vorbereitete, sagte er zu seinem Schüler Lul: »Mein Sohn, sorge mit deiner klugen Umsicht für alles, was wir zu unserem Reisebedarf nötig haben, leg aber in meiner Bücherkiste auch ein Leintuch bei, darin mein zermürbter Leib eingehüllt werden kann.«[1] Wie zu seinen früheren Missionsfahrten gehörte auch zu seiner letzten eine Reihe von Büchern. Selbst angesichts des drohenden Todes blieb er seiner Missionsmethode treu. Zu ihr gehörte, daß die Verkündigung der Frohbotschaft Hand in Hand ging mit der Vermittlung kultureller Werte, so wie das Lesen, Verstehen und Verkünden der Bibel durch die Lektüre anderer Schriften flankiert wurde. In einer »europäischen Besinnung zum 1200jährigen Todestag« schrieb Hugo Rahner über das Verhalten des heiligen Bonifatius: »Der Apostel Deutschlands wollte sich von seinen teuren Büchern nicht trennen, obwohl er dem seherisch geahnten Tod entgegenging. Die Codices des Augustinus und des Beda und der Heiligen Schrift waren umhüllt vom Totentuch. Beide gehören zusammen: Bonifatius hat den Germanen die Güter der unsterblichen Kultur der Kirche gebracht und ist für diese Sendung in den Tod gegangen.«[2]
Können wir 1300 Jahre nach der Missionierung und dem Martyrium der Frankenapostel ähnliches sagen? Die Antwort ist nicht ganz leicht, da wir nicht aus so reichen historischen Quellen schöpfen können wie bei dem zwei Generationen später wirkenden Bonifatius. Immerhin spricht vieles für eine positive Antwort. Auch im Blick auf Kilian ist uns ein bedenkenswertes Symbol hinterlassen: Die jüngere Vita des heiligen Burkard berichtet, daß beim Bergen der Gebeine Kilians zusammen mit einigen Kleiderresten unversehrte Buchseiten zutage gefördert wurden[3]. Zusammen mit den Reliquien des Heiligen fand man Zeichen des kirchlichen Amtes und der humanen Kultur. So steht am Anfang der offiziellen kirchlichen Verehrung der Frankenapostel nicht nur das Bild der Märty-

rer, sondern zugleich ein Sinnbild des vielfältigen vitalen Zusammenhangs zwischen christlichem Zeugnis und Dienst und den allgemein menschlichen Gegebenheiten und Aufgaben.
Fragmente und Dokumente, die trotz aller schmerzlichen Verluste erhalten geblieben sind, zeigen uns auch noch nach Jahrhunderten, daß und wie diese Symbiose im Zeitalter Kilians in seiner Heimat verwirklicht wurde und in welcher Weise sie die gesamte damalige iro-schottische Mission bestimmt hat. Stein um Stein lassen sich die überkommenen Zeugnisse zu einem Mosaik vereinen, das uns bis zur Stunde durch seine eigenartige Schönheit faszinieren kann und uns überdies durch seinen hohen Anspruch herausfordert. Es lohnt sich, das näher ins Auge zu fassen. Die folgenden Hinweise wollen dabei helfen. Sie kreisen um *drei Medien,* die in besonderer Weise für das Leben und den Glauben der Iren am Morgen des abendländischen Mittelalters und so auch für ihre missionarischen und kulturellen Impulse kennzeichnend sind: Bild, Buch und Harfe. Es ist zu hoffen, daß mit Hilfe dieser drei Medien auch Menschen unserer Tage Wesentliches vermittelt werden kann.

Bild

Wollen wir erfassen, was alles in jener Zeit zur *Bildwirklichkeit* gehört, die in Irland gesehen und gestaltet wurde, dann müssen wir uns – wie Wilhelm von Baskerville, der Hauptheld Ecos in seinem Roman »Der Name der Rose« – als »Zeichendeuter und Spurensucher«[4] auf den Weg machen. Das ist nötig, weil die meisten Kunstwerke zerstört worden oder verloren gegangen sind und die erhaltenen nicht selten verkannt werden. Wir tun gut daran, uns von den Erfahrungen inspirieren zu lassen, die Professor O'Kelly vom University College Cork 1969 gemacht hat. In diesem Jahre besuchte er am 21. Dezember, dem Tag der Wintersonnenwende, die neolithische *Grabanlage von Newgrange/Co.* Meath. Wie früher schon ging er durch den 25 Meter langen Gang, über dem sich der Grabhügel

Der Evangelist Lukas (vgl. S. 89) ▷
Book of St. Chad, pag. 218

bis zu 13 Metern wölbt, in die innerste Grabkammer. Dann war es anders als früher. Vier Minuten nach Sonnenaufgang, exakt um 9.58 Uhr, fiel ein dünner Lichtstrahl durch eine Öffnung oberhalb des Eingangs. Er verbreiterte sich zu einem Lichtband und wanderte bis in die innerste Kammer. Siebzehn Minuten lang schien die Sonne bis in den hintersten Winkel des Ganggrabes. »Es war ein erschütterndes Erlebnis für den Forscher, der bis dahin die alte Überlieferung als Ammenmärchen abgetan hatte, wonach einmal im Jahr die berühmte Tripelspirale am Eingang zur hintersten Nische von der Sonne beschienen würde.«[5] Die Öffnung, durch die das Licht hereinkam, hatten aufgeklärte Wissenschaftler lange Zeit als Loch gedeutet, durch das man den Toten Speise- und Trankopfer zugeschoben habe. Jetzt wurde offenbar, mit welchem astronomischen Wissen und technischem Können man hier noch vor den ägyptischen Pyramiden ein Heiligtum zu bauen wußte. Zugleich zeigte sich, wie treu eine Überlieferung selbst über Jahrtausende hinweg sein kann. Überdies fiel Licht auf die kunstvoll gestaltete Tripelspirale im Innern und ebenso auf die vielen anderen Bildzeichen, die sich drinnen wie draußen finden. Sie waren mehr als ein beliebig auswechselbarer Bauschmuck. Sie hatten Wesentliches zu vermitteln, das bei einer bestimmten Konstellation aufgenommen werden konnte. Das zu sehen ist um so wichtiger, als etliche der in Newgrange und in ähnlichen Anlagen überkommenen Bildformen in der keltischen wie in der christlichen Zeit erneut auftauchen.
Sehen wir in den hier sich eröffnenden Perspektiven die irische Bilderwelt am Morgen des Mittelalters, dann zeigt sich uns zusammen mit ihrer formalen Gestalt und ihrem vitalen Gehalt die *Brückenfunktion,* die sie über Generationen hinweg wahrgenommen hat. Etliche Bilder, die zur Zeit Kilians in seiner Heimat entstanden, waren sichtlich denen verwandt, die mehr als 3000 Jahre zuvor gestaltet worden waren. Man muß sich das einmal bewußt machen: Der zeitliche Abstand Kilians zu den Meistern von Newgrange war mehr als doppelt so groß wie der zwischen ihm und unserer Generation, und dennoch gab es eine beachtliche *Kontinuität* der Motive und Formen. Damit ist ein Stichwort genannt, das die gesamte mittelalterliche irische Kunst wie ihre Auswirkung kennzeichnet. Françoise Henry stellt es an die Spitze des dieser gewidmeten dreibändigen Standardwerkes. Sie beginnt es mit dem Satz: »Eine bemerkenswerte Kontinuität ist einer der zutreffendsten Aspekte der

irischen Kunst.«[6] Durch dieses Spezifikum war es der irischen Kunst im goldenen siebten Jahrhundert gegeben, »für das Mittelalter ein vorgeschichtliches geistiges Fluidum zu bewahren.«[7] Es erwies sich als eine der wichtigsten Kraftquellen jener Epoche. Noch von der irischen Kunst des achten Jahrhunderts stellt Henry pointiert fest: Sie »basierte auf einem beständigen Paradox, dem Überleben einer vorgeschichtlichen Kunst bis ins frühe Mittelalter hinein. Sie vermittelt manchmal den Eindruck, als beobachte man das unwahrscheinliche Voranschreiten eines Seiltänzers und frage sich erstaunt, wie lange er noch seine Kunststücke auf dem Seil fortsetzen kann, das so hoch gespannt ist – es ist, als wäre man außerhalb des Reiches der Zeit.«[8] Das behutsame Bewahren und Weiterführen des Vätererbes hängt mit der Art der Missionierung zusammen, die Irland erlebt hat. Sie hat der Christenheit ein respektables Modell für die rechte *Inkulturation* gegeben, über die heutzutage viel diskutiert wird, wobei in der Regel laute Klagen über folgenschwere Fehlformen zu hören sind. Patrick und die sich ihm anschließenden Missionare haben nicht nach der Maxime gehandelt, die bald nach seinem Tod dem Frankenkönig Chlodwig I. auferlegt wurde: »Verbrenne, was du angebetet hast, und bete an, was du verbrannt hast!« In Irland handelte man gemäß der Areopagrede des Völkerapostels, der den Athenern sagte: »Was ihr verehrt, ohne es zu kennen, das verkünde ich euch.«[9] Dieses Vorgehen brachte reiche Frucht. »Das Ergebnis war eine glückliche Übereinkunft zwischen der alten keltischen Tradition, der man keinen grausamen Tod abverlangte, und dem neuen Glauben, dem neuen Ideal, der neuen Organisation, die in kurzer Zeit das Leben des Landes so tief verwandelte und ihm eine neue Orientierung gab.«[10]
Erstaunlicher noch als die Verbindung mit dem heimischen Erbe erscheint die *Vermittlung* von Gedanken und Formen *des Orients.* Sie ist in verschiedenen Bereichen der Kunst zu beobachten. Auch die Bilderwelt ist von ihr geprägt worden. Das wird besonders in der Miniaturkunst sichtbar. In der Buchmalerei zeigen sich bereits im siebten Jahrhundert Einflüsse »aus Ägypten und Syrien, die zu jener Zeit sonst nirgendwo in Europa erkennbar sind. Die im ›Psalter Columcilles‹ (Cathach) mit roten Punkten umgebenen Initialen haben nur in der koptischen Kunst eine Parallele. Aus dem Osten kam offenbar auch die Anregung für die ganzseitigen nicht-gegenständlichen Illustrationen.«[11] An altägyptische Darstellungen erinnert die

wiederholt begegnende Osiris-Haltung. Wir finden sie bei Christus- wie bei Engel- und Heiligenbildern.[12] Einzelne Spuren führen selbst bis nach Mesopotamien und Persien. Zum Beispiel kommt »das Flechtband als Rahmen einer geschriebenen Seite – so wie es den Bildschmuck im Buch von Durrow umgibt – zum ersten Mal im nordmesopotamischen Rabulas-Evangeliar (jetzt in der Biblioteca Laurenziana, Florenz)« vor.[13] Die Evangelistensymbole in den Büchern von Durrow (f. 21 v)[14] und Echternach (f. 75 v u. 176 v)[15] sind wiederum so gezeichnet, daß sie auffällig denen im persischen Diatesseron gleichen.[16] Auf welchen Wegen es damals zu dem erstaunlichen Ost-West-Austausch kam, ist weithin ungeklärt. Gewiß waren Pilgerstraßen und Seefahrerrouten dabei von großer Bedeutung. Es gab aber auch konstante Formen der Kommunikation. Zu ihnen zählen die festen Verbindungen zwischen Klöstern in Ägypten, Syrien und Irland[17], die in den Regeln wie in der Liturgie ihren Niederschlag fanden. »Wie es irische Mönche zu den Wüstenvätern nach Syrien, Palästina und Ägypten zog, sind auch umgekehrt in Irland koptische Einsiedler nachweisbar, wie dem 799 niedergeschriebenen Martyrologium des Öngus, dem sogenannten Félire Önguso, zu entnehmen ist: ›SS septem Monachos Aegyptios qui iacent in disert Ulidh invoco.‹ (›Die sieben heiligen ägyptischen Mönche, die in der Abgeschiedenheit von Ulidh ruhen, rufe ich an.‹)«[18] Schließlich fehlt es nicht an sichtbaren Zeichen des Kontaktes mit dem griechisch-römischen Mittelmeerraum. Erinnert sei an die Evangelistenbilder im Book of Lindisfarne (f. 25 v).[19]

Daß alle diese unterschiedlichen Elemente nicht den Rahmen gesprengt haben, in den sie hineingenommen wurden, sondern in unverwechselbarer Weise in ein neues Ganzes eingegangen sind, spricht für die Kunstfertigkeit der Iren. Zusammen mit der Bildvermittlung aus den verschiedensten Generationen und Regionen verdanken wir ihnen wesentliche Impulse der *Bildgestaltung*. Die Fähigkeiten dazu sind in einer langen Geschichte herangereift. Seit dem Neolithikum (ca. 4000–2500 v. Chr.) hat sich die Steinbildhauerei entwickelt; seit der frühen Bronzezeit (2500–1200 v. Chr.)

Kreuzseite (vgl. S. 72, 74 u. 100 f.) ▷
Book of St. Chad, pag. 220

gibt es eine hochstehende Goldschmiedekunst, seit der Eisenzeit (ca. 300 v. Chr. bis 450 n. Chr.) wird die Kunst im allgemeinen und die Metallbearbeitung im besonderen durch keltische Formen und Techniken angereichert. In dem Maße, wie man über den materiellen und ästhetischen Wert der Kunstwerke hinaus ihre existentielle und metaphysische Bedeutung erkennt, genießen die Künstler hohes Ansehen. »In irischen Texten ist der Schmied ein Seher, ein Mann, der mit prophetischen Gaben begnadet ist. Er und der Goldschmied gehörten zu der sozialen Klasse in der Mitte zwischen der sich bekämpfenden Aristokratie und dem Volk, die außerdem die höchsten Formen der Handwerker einschloß, die Rechtsexperten, die Dichter, die Historiker und die Kleriker.«[20]
Die Christianisierung konnte auf viele Kenntnisse und Fertigkeiten zurückgreifen. Man brauchte Kirchen, Kapellen und Klöster, Kreuze und Skulpturen, liturgische Geräte und Gewänder. Indem man sich diesen Aufgaben stellte, wurde das künstlerische Erbe weiterentwickelt und konnte so das Leben in Europa und darüber hinaus bereichern. Hinzu kommen die Möglichkeiten, die sich mit der Welt der Bücher ergaben. Diese wurden erstaunlich schnell wahrgenommen. In kürzester Zeit entstand eine Buchkunst, die ihresgleichen sucht. In ihren Miniaturen tritt *das Spezifische* des irischen Kunstschaffens besonders deutlich zutage. Dazu gehört als erstes eine erstaunliche synthetische Kraft. Sie bringt es fertig, Elemente aus den verschiedensten Zeiten und Zonen zu einer lebendigen Einheit zusammenzufügen; sie vermag auch recht unterschiedliche Faktoren kreativ zu integrieren: »Figur, Ornament, Schrift, Inhalt des Textes werden als Einzelheit bis ins kleinste durchgestaltet, sind aber im Hinblick auf einen geschlossenen Gesamteindruck sorgfältig ausgewogen. Sie bilden, so könnte man sagen, ein ausbalanciertes Kraftfeld.«[21] Die irische Kunst weiß Phantasie und Konstruktion geschickt zu verbinden. Das ist denen gegenüber zu betonen, die in ihr lediglich Phantastik und Überschwang wahrnehmen. Exakte Studien haben aufgewiesen, wie etliche Miniaturen bis ins kleinste geplant und sorgfältig mit Zirkel und Lineal aufgerissen wurden. Wie die Goldschmiedearbeiten zeichnen sich viele Miniaturen dadurch aus, daß sie vielgliedrig und vielgestaltig sind. Erst wer sich intensiv auf sie einläßt, wird gewahr, wie reich die Welt ist, die ihm auf einer einzigen Seite begegnet.
Zugleich kann ihn die hier sich manifestierende *innere Kraft* beein-

drucken. Welle und Wirbel, bewegtes Geflecht und erregte Dramatik spiegeln einen umfassenden Werdeprozeß wider und nehmen den Betrachter in diesen hinein. Oft drängt sich »der allgemeine Eindruck rastloser Bewegung« auf.[22] Carl Nordenfalk spricht geradezu von »einer kinetischen Perpetuum-mobile-Wirkung«, und fügt hinzu: »es ist ein Zeitelement eingeschlossen, das eine innere Verwandtschaft zur Musik suggeriert.«[23] Aufs ganze gesehen kann man sagen, daß die irische Bilderwelt weniger von den Dimensionen des Raumes als von denen der Zeit bestimmt wird. Miniaturen, Goldschmiedearbeiten und Hochkreuze werden vorrangig flächig behandelt, während die Plastizität bzw. Räumlichkeit zurücktritt.

Sicherlich hängt die Vorliebe für die dynamische Werdewelt mit dem Willen zur *Freiheit* zusammen, der den irischen Menschen auszeichnet. Für die Irenkapelle im Petersdom zu Rom konnte man kein Wort auswählen, das den im Mosaik dargestellten heiligen Kolumban und zugleich seine Landsleute besser kennzeichnet, als seinen Satz: »Nimmst du die Freiheit, dann nimmst du die Würde.«[24] Auf diesem Hintergrund erscheinen die künstlerischen Freiheiten, die man öfter beobachten kann, nicht als Zeichen verspielter Laune oder gar der Unfähigkeit, ein Bild »richtig« zu gestalten, sondern als Ausdruck einer Grundtendenz, die allenthalben sichtbar werden will. Sie bringt es mit sich, daß die Füße nicht dahin gehen, wo sie der Haltung des Oberkörpers gemäß hingehen müßten[25], daß sie blau gemalt werden können[26], daß ein und dasselbe Gesicht teils von vorn, teils von der Seite dargestellt wird, daß wiederholt der einschließende Rahmen durchbrochen, wenn nicht sogar gesprengt wird.

Über den Freiheitsdrang hinaus zeigt sich in all diesen und verwandten Phänomenen eine weitere Eigenart irischer Bildkunst, die für deren Verständnis besonders wichtig ist: Sie produziert nicht Abbilder der einem gerade begegnenden Dinge, sie ist um *Sinn-Bilder und Seins-Bilder,* um *Ur-Bilder und Vor-Bilder* bemüht, in denen etwas vom Ganzen der Wirklichkeit in den Blick kommt. Diese Bilder sind nicht nur zum Anschauen da, sie wollen durch-schaut werden. Sie bieten uns mehr als einen schönen Anblick, sie können uns Ein-blicke in das gewähren, was uns sonst verschlossen ist: ins Innere der Welt, in der wir leben, und der Welt, die wir selber sind. Was Marc Chagall von Kirchenfenstern sagt, gilt analog auch von vielen Bildern, die wir den frühen irischen Meistern verdanken: Sie stellen eine »durchsichtige Trennwand zwischen meinem Herzen und dem Herzen der Welt dar.«[27]

In diesem Licht ist das kostbarste Bild zu sehen, das uns die irische Kunst übermittelt hat: *das Kreuz mitsamt dem Kreis.* Es findet sich an Bauten und Denkmälern, in Goldschmiedearbeiten und in den Büchern, an deren Anfang und in deren Mitte es steht. Vor allem begegnet es uns in den Hochkreuzen. An ihnen läßt sich die gesamte frühe Kunstgeschichte Irlands ablesen, so innig sind sie mit dieser verbunden.[28] Vorläufer der Hochkreuze finden wir in der Zeit Kilians, in der zweiten Hälfte des siebten Jahrhunderts: Es sind Stelen, in die Kreuz und Kreis eingeritzt sind. Dann nehmen die Stelen selbst Kreuzform an. Zunehmend werden sie geschmückt, zuerst mit Ornamenten, dann mit biblischen Darstellungen, zu denen bald auch solche aus dem Heiligenleben kommen.

Natürlich haben die Iren das Kreuzsymbol nicht erfunden. Sie haben es vorgefunden und haben immer mehr in ihm gefunden; das hat sie befähigt, es in immer neuen Varianten zu gestalten und so seinen Sinngehalt anderen weiterzugeben. Zusätzlich zur biblischen Botschaft konnten die frühen irischen Christen aus zwei Quellen Wissen und Weisheit von Kreuz und Kreis schöpfen: aus der Welt, in der sie lebten, und aus der Kunst, die sie vorfanden. Schaut der Mensch bei Tag oder bei Nacht zum Himmel auf, strahlt ihm die Kreisform entgegen. Sieht er sich und seinesgleichen, kann er das Kreuz entdecken; Werkzeuge, die er in die Hand nimmt, zeigen seine Gestalt. Justin konnte an allgemein-menschlichen Erfahrungen anknüpfen, als er dem heidnischen Kaiser Antonius Pius, dessen Familie und dem ganzen römischen Volk schrieb: »Betrachtet alles, was in der Welt ist, ob es ohne diese Figur gehandhabt werden oder Zusammenhang haben kann. Das Meer kann nicht durchschritten werden, wenn nicht dieses Siegeszeichen, das hier Segel heißt, auf dem Schiffe unversehrt bleibt. Die Erde wird nicht gepflügt ohne dasselbe; Grabende und Handwerker verrichten ihre Arbeit nicht ohne Werkzeuge, die diese Form haben; die menschliche Gestalt unterscheidet sich in nichts anderem von der der unvernünftigen Tiere als dadurch, daß sie aufrecht ist (und) die Hände ausspannen kann.«[29]

Zeugnisse aus Stein wie aus Metall bekunden, daß Kreuz und Kreis die Menschen auf der Grünen Insel sehr früh angesprochen haben. Grabanlagen aus der Jungsteinzeit haben ihre Strukturen in den

Grundriß aufgenommen. In Steinen, die sie umgeben, wie in anderen, die sie abschließen, ist vor allem das Sonnensymbol eingraviert.[30] Still und eindringlich ist die Sprache der Goldscheiben aus der frühen Bronzezeit. Etwa zwanzig haben in Irland die Jahrtausende überdauert.[31] Obwohl sie zu den ersten uns bekannten Produkten irischer Goldschmiedekunst gehören, sind sie von erstaunlicher Perfektion. In harmonischen Proportionen vereinen sie Kreuz und Kreisformen zu einem organischem Ganzen. In der keltisch geprägten Epoche entstanden vor allem kreisförmige Kunstwerke größten wie kleinsten Formates. Man findet die Kreisfigur in riesigen Anlagen ebenso wie in winzigen Ornamenten.
Als die christlichen Iren Kreuz und Kreis vor allem in den Hochkreuzen verbanden, griffen sie somit ein »Universalsymbol der gesamten menschlichen Geistesgeschichte«[32] auf. Damit wurden zugleich Aussagen früherer Generationen übernommen und in gewandelter Form weitergegeben. Es bewahrheitete sich aufs neue, was die Gestalt des Kreuzes seit eh und je versinnbildet, stellt sie doch eine »Vereinigung von Gegensätzen« dar: »aus entgegengesetzten, einander widerstrebenden Richtungen ist dies Zeichen gefügt: aus der Horizontalen und der Vertikalen. Dadurch werden im Kreuz die Gegensätze des Lebens: Licht und Dunkelheit, männlich und weiblich, kalt und warm, das Obere und das Untere und viele andere mehr, aber auch ihre Einung unmittelbar anschaulich. Denn im Kreuze, sowohl als Zeichen wie seinem inneren Sinn nach, werden alle in der Schöpfung vorhandenen Gegensätze und Polarisationen gleichsam in einem Dritten, einem umfangend Göttlichen, das sich zeichenhaft im Kreuzmittelpunkt kundgibt, zusammengefaßt und dadurch aus ihrer Zwiespältigkeit erlöst.«[33] Die Vereinigung des Kreises mit dem Kreuz verstärkte die zentrierende Kraft: Die Schnittpunkte des Kreuzes und die Mitte des Kreises fallen zusammen. Überdies kommt ein weiteres in den Blick: Kann man im Kreuz ein Sinnbild dieser Welt sehen, das deren Dimensionen anzeigt, so erscheint der Kreis in seiner endlosen Linie und seiner vollkommenen Rundung als Symbol des Himmels, zumal der Mensch ihn in Sonne und Mond am Firmament vorfindet. Das Miteinander von Kreuz und Kreis verweist so auf das Geheimnis, daß der Herr des Himmels und der Erde das Kreuz der Welt auf sich genommen hat, daß er mit ihr verbunden sein und bleiben will, und daß er vom Kreuz herab und durch es den Menschen himmli-

sche Herrlichkeit eröffnen und ewiges Leben schenken will. In einer doppelten Bewegung wird der Mensch dieser Gnade teilhaft: in der *Sammlung* und in der *Sendung.* Jesus Christus führt weiter, was er mit seinen engsten Vertrauten begonnen hat: Er bestellt Apostel, daß sie bei ihm seien und daß er sie sende.[34] Beides bildet die Grundfigur und den Grundrhythmus des Lebens in Christus. Auch das spiegelt sich im Miteinander von Kreis und Kreuz wider: Ist der Kreis Symbol des konzentrierten Zusammenseins, so läßt das Kreuz an die Sendung denken, die von der Mitte aus in alle Himmelsrichtungen führt.

Auf diesem Hintergrund sind auch die beiden besonderen *Gebetshaltungen* zu sehen, die im alten Irland praktiziert wurden: das Knien und das Ausstrecken der Arme. In den Heiligenviten ist öfter von einer Vielzahl von Kniebeugen die Rede. So berichtet die Vita tertia des heiligen Patrick von 100 Psalmen und 200 Kniebeugen in jeder Nacht.[35] Insgesamt werden die Kniebeugen »als geeignetes Mittel betrachtet, von Gott eine Gnade zu erwirken«.[36] Kniend ist das dreimalige »O Gott, komm mir zu Hilfe« am Anfang des Morgenlobs zu beten. Das Knien der Gläubigen gehört vor allem laut dem irischen Stowe-Missale[37] zur Mitte der Heiligen Messe: Während der Wandlung knien alle Gläubigen. Das Knien verbunden mit dem tiefen Sich-verneigen ist der Gestus der Anbetung und der Demut, der Einkehr und der Konzentration. Wer vor Gott in die Knie geht, kann zugleich sich selbst finden. Von anderer Art ist das aufrechte Stehen mit ausgebreiteten Armen. Dabei bildet der Mensch gleichsam ein lebendiges Kreuz. »›Sich selbst kreuzigen‹ heißt diese Stellung bei den Verfassern der Heiligenleben. Sie wird in Beziehung gesetzt zur Kreuzigung unseres Herrn und zu ihrem Typus im Alten Testament, den ausgebreiteten Armen des Moses in der Schlacht gegen die Amalekiter.«[38] Bei dieser Gebetshaltung verbindet sich mit der senkrechten, aufsteigenden Hinwendung die nach rechts und links gehende Bewegung, die darauf ausgerichtet ist, alle anderen zu erfassen und zu beschenken. Altirische Zeugnisse belegen, daß solches Beten häufig im Kontakt mit Kreuzdarstellungen geschah. So spricht Kolumban in seiner Regel vom betenden »Hingehen zum Kreuz«.[39] »Vom heiligen Becan wird berichtet, daß er den ganzen Psalter auf einem selbstgefertigten steinernen Kreuz betete.«[40] Das kann uns nochmals bewußt machen, wie tief das von den Iren gestaltete Bild des Kreuzes im Leben verwurzelt

war. Als sie es weitergaben, vermittelten sie mehr als ein sinnvolles äußeres Zeichen; es war ein wesenhaftes Element ihres Glaubens und Lebens und nicht zuletzt ihr konkretes Bekenntnis zum gekreuzigten Herrn der Welt, ihre Wegweisung zu dem, in dem allein »Gottes Kraft und Gottes Weisheit« ist.[41]
Daß ihr Zeugnis hierzulande aufgenommen wurde, bezeugen unter anderem zwei unterschiedliche Kunstwerke. Das eine steht hochaufgerichtet und groß in der freien Natur, das andere gehört zu den Schätzen der Dombibliothek, die zur Zeit in der Würzburger Universitätsbibliothek gehütet werden. Nicht weit vom Kreuzberg, dem höchsten Punkt der Diözese entfernt, ragt zwischen Bischofsheim und Sandberg das vier Meter hohe Irenkreuz aus dem Wald heraus, das eindrucksvoll Kreuz und Kreis verbindet. In einem Manuskript aus dem achten Jahrhundert mit lateinisch geschriebenen Paulusbriefen findet sich ein eindrucksvolles Kreuzbild.[42] Etliche in Irland geprägte Themen und Formen sind in ihm vereint. Wie in vielen Miniaturen wölbt sich ein Kreisbogen über dem Bild des Gekreuzigten und des Bootes unter dem Kreuz, von dem aus Christus mit machtvollem Gestus lehrt. In seinem Nimbus sind nochmals Kreis und Kreuz vereint. Im Scheitelpunkt des Bogens, genau über dem Haupt Christi, leuchtet auf dunklem Grund in einem Kreis ein Andreaskreuz auf. Besonders nachdenkenswert ist, daß auf dem gesamten Bogen wie auf den ihn tragenden Säulen insgesamt sechzehnmal ein Zeichen auftaucht, das bereits in vorkeltischer Zeit in Irland gestaltet worden ist: der Kreis, von dessen Zentrum acht Blattfiguren ausgehen. Auf dieses Zeichen stößt, wer die Grabkammer auf dem höchsten der Loughrew Hills betritt.[43] Auf diesen nordwestlich von Dublin gelegenen Bergen sind über dreißig Steinzeitgräber verstreut. Die Grabanlage an deren höchster Stelle hat einen ähnlichen Grundriß wie die von Newgrange: Ein langgestrecktes Kreuz führt in das Innere des runden Tumulus. Am Ende des Ganges und damit im Mittelpunkt des runden Grabbaus wird die Hauptnische mit einem Zentralstein abgeschlossen. Elfmal sind auf ihm Sonnenkreise eingraviert. Auf fünf von ihnen sind statt der Strahlen blütenähnliche Blätter zu sehen. Der größte dieser Kreise hat genau acht davon – so wie alle sechzehn Kreise auf der Kreuzseite des Würzburger Buches es haben. Auf dessen Bogen bewegen sich die Sonnenbilder vom Aufgang bis zum Niedergang und spiegeln so den Tageslauf der Sonne wider über der Christussonne, die

keinen Untergang kennt: Der am Kreuz Getötete lebt! Er schaut den Betrachter mit weit geöffneten Augen an. So haben wir nicht einen Regenbogen, wie er in Irland oft zu sehen ist, wohl aber einen Sonnenbogen vor uns, der das Würzburger Zeugnis mit Motiven verbindet, die seit frühester Zeit Menschen der Grünen Insel beeindruckt haben.

Daß ein Buch uns diese Einblicke gewährt, führt uns unmittelbar zu dem nächsten Gabenkomplex, der zur Mitgift der irischen Missionare gehört:

Buch

Man muß weit in die Geschichte zurück und tief in sie hineinblikken, wenn man erfassen will, was das Buch für uns alle bedeutet. »In der Entwicklung der Kultur hat es kaum entscheidendere Veränderungen gegeben als die von vorgeschichtlichen zu geschichtlichen Zeiten – von einer Epoche mit nur mündlicher Überlieferung zu einer mit geschriebenen Aufzeichnungen. Hätte man einen Gegenstand als besonders charakteristisch für die historischen Jahrhunderte auszuwählen, so wäre es sicher das Buch, und dies für keine Zeit mit mehr Berechtigung als für die, die mit dem Sieg des Christentums einsetzte.«[44] In Irland hat sich dieser Prozeß in einem relativ kleinen Raum in relativ kurzer Zeit vollzogen. Das hat sicher dazu beigetragen, daß er intensiver erfahren werden konnte. Die Möglichkeit, Bücher zu lesen und abzuschreiben, konnte geradezu als »eine komplette Revolution der irischen Gewohnheiten« empfunden werden.[45] Bis dahin kannte man nur die Möglichkeit, kurze Inschriften festzuhalten. Das geschah dadurch, daß man in einer vertikalen Achse, meistens war es die Kante eines Steines, Kerben (für Vokale) und Striche (für Konsonaten) anbrachte. In Mullagh/Co. Cavan, der Heimat Kilians, ist solch ein Ogham-Stein erhalten geblieben. Er steht heute links vom Eingang zum neuen Kirchhof.[46] Dort erinnert er an die Zeit vor mehr als anderthalbtausend Jahren, in der er bearbeitet wurde. Wenn der junge Kilian ihn zu Gesicht bekommen hat, war er für ihn bereits ein Monument einer vergangenen Periode. Die neue Zeit, deren erste Blüte er erlebte, war – nicht zuletzt durch das Medium Buch – »ein großer Schritt nach vorn in der Kulturgeschichte, wenn immer man der Überzeugung ist, daß der Geist mehr vermag als die militärische Stärke«.[47] Nora K. Chadwick, die dies in ihren Riddel Memorial Lectures herausgestellt hat, fügte hinzu: »Der Übergang vom ›heroischen Zeitalter‹ zum ›Zeitalter der Heiligen‹, das ein Zeitalter der Aufklärung war, ist der Einsatz der Feder anstelle des Schwertes.«[48]

Diese epochale Wende wurde von großen Heiligen, deren Namen wir kennen, mitgetragen und mitgeprägt, und ebenso von einer Vielzahl uns unbekannter Mönche in den zahlreichen Klöstern, die recht früh die Grüne Insel wie ein Netz überzogen haben. Auch im legendenhaften Ausschmücken der Heiligenviten sind diese Fakten immer wieder zur Sprache gekommen und damit ins Bewußtsein gebracht worden. Auf diesem Hintergrund erscheint es symptomatisch, daß *Patrick* »die Stimme der Iren« auf schriftlichem Weg vernimmt: In einer nächtlichen Vision sieht er einen Iren mit »zahllosen Briefen«. Einen davon erhält er. Die ersten Worte lauten: »Die Stimme der Iren.« Der tiefe Eindruck, den das macht, ist noch den Worten des alten Patrick anzumerken, mit denen er berichtet: »Als ich den Anfang des Briefes las, war es mir, als hörte ich im selben Augenblick ihre Stimme ... Sie riefen wie aus einem Munde: ›Junge, wir bitten dich, komm und sei wieder in unserer Mitte!‹«[49] Nicht von ungefähr hat Patrick später seine Mission mit dem Bild vom Brief charakterisiert, das bereits vom Völkerapostel gebraucht wurde: »Wir sind, wie die Schrift sagt, ein Brief Christi zum Heil bis zu den äußersten Enden der Erde, und, wenn auch kein wohlgesetzter Brief, so doch ... in eure Herzen geschrieben, nicht mit Tinte, sondern mit dem Geist des lebendigen Gottes.«[50] Dieser Sicht entspricht die Überlieferung, Patrick habe für seine Aufgabe in Irland von Christus selber ein Buch und einen Stab erhalten: das Evangelienbuch und den Hirtenstab.[51] Offenkundig hat Patrick zusammen mit der Bibel auch andere Bücher mitgebracht.[52] Zugleich wird ihm zugeschrieben, für die alten Überlieferungen gesorgt zu haben. So wird erzählt: Caoilte aus dem berühmten Kriegergeschlecht der Fiann berichtet Patrick vieles von der Vergangenheit. »Als er endlich

S. 134/135: Jesus Christus, der Herr / Doppelkreuz (vgl. S. 103ff.) ▷
Book of Kells, fol. 32 v/33 r

geendet hat, sagt Patrick: ›Sieg und Segen für dich, Caoilte, deine Geschichten waren gut – und wo ist Brócán, unser Schreiber?‹ – ›Hier bin ich‹, sagt Brócán. ›Schreibe alles auf, was Caoilte gesagt hat.‹ Und es wird aufgeschrieben.« Margrit Wagner, die dieses in ihrem liebenswerten Irlandbuch festhält, bevor sie ihre Reise durch das Land schildert, schließt die Bemerkung an: »So ruhig und würdig begegneten sich die alten und die neuen Gedanken. So begann das christliche Irland des Patrick.«[53]

Ähnliche Begegnungen und Bemühungen werden von *Columcille* überliefert. In seiner Lebensgeschichte spiegelt sich auf die intensivste Weise wider, welche Bedeutung das Buch für Irland und für seine Missionsgebiete gehabt hat. Der auch Kolumban der Ältere genannte Heilige stammte aus der königlichen Familie der O'Neill. Früh wurde er in die Kunst der Dichter und Sänger eingeführt. Nachdem er die Klöster in Derry, Durrow und Kells gegründet hatte, zog er im Alter von 42 Jahren mit zwölf Gefährten für Christus ins Exil. Auf der kleinen, der Westküste Schottlands vorgelagerten Insel Hy gründete er das Kloster Iona. Es wurde zu einem der wichtigsten Missions- und Kulturzentren des Abendlandes. Der Entschluß, die Heimat zu verlassen, wird mit einer Schlacht in Verbindung gebracht, in der es um ein Buch bzw. um das Copyright ging. Es heißt, Columcille habe bei einem Besuch heimlich einen Psalter abgeschrieben. Als der Besitzer Finian das entdeckte, beanspruchte er die Kopie für sich. Nach einigem Hin und Her wurde die Angelegenheit dem Hochkönig Diarmuid unterbreitet. Dieser entschied gegen Columcille. Seine Urteilsbegründung lautete: »Jeder Kuh gehört das Kalb, jedem Buch seine Kopie.« Columcille protestierte gegen diesen Schiedsspruch. Ihm schien es lobenswert, die Zahl der heiligen Bücher durch Abschriften zu vermehren. Am Ende griff man zu den Waffen. Columcille siegte, wurde aber seines Sieges nicht froh. Zur Buße zog er in das fremde Land.[54] Wie immer es um die Historizität dieser Erzählung bestellt sein mag, in jedem Fall kommt in ihr eine sympathische Hochschätzung des Buches zum Ausdruck. Festeren Boden betreten wir, wenn wir uns dem sogenannten Cathach-Manuskript zuwenden, das zu den Schätzen der Königlichen Akademie von Dublin gehört. Etliches spricht dafür, daß dieses »Schlachtenbuch« von Columcille persönlich geschrieben wurde.[55] Es ist das älteste Psalter-Exemplar, das in irischen Majuskeln aufgezeichnet wurde.

Zum Freund der Dichtung und der Bücher paßt auch, was sein Biograph Adamnán festgehalten hat: Auf der Versammlung von Druim-Cetta (575 oder 587) hatte Columcille nicht nur zwischen Irland und dessen Niederlassungen jenseits des Meeres zu vermitteln; es drohte auch ein Konflikt zwischen den Machthabern und den Dichtern. Die letzteren waren als fili in einer Art Gilde zusammengeschlossen. »Da die Barden, die sich zu Hunderten (ca. 1200) im Lande herumbewegten, zudem überall nach altem Brauch freies Gastrecht genossen, führte dies zu gelegentlichen Mißständen. Maßgebende Männer wollten diesem Zustand begegnen durch Aufheben der alten Barden-Ordnung. Hier griff Columcille ein. Er brachte die Versammlung zur Einsicht, daß entgegen dem verwildernden Herumreisen wieder seßhafte Zentren der Bardenschulung geschaffen werden müßten, wie es sie früher gegeben. Nur so könne dieses wichtigste Instrument der Barden als Pfleger der Volksseele seine Aufgabe erfüllen. Es wurde akzeptiert. Der Bardenstand wurde in der Folge reduziert auf die Berufenen, denen man bestimmte Stätten mit Ländereien zum Unterhalt der Lehrer und Schüler übergab. Mit diesem Akt war eine altkeltische Einrichtung in christlicher Zeit, ja sogar von einem führenden Geist des altirischen Christentums noch einmal gerettet.«[56]
Selbst zum Bericht über den Tod Columcilles gehört sein Einsatz für das Buch. Als er seine letzte Stunde nahen spürte, segnete er von einem Hügel aus das Kloster zu seinen Füßen. Dann »setzte er sich in seiner Zelle nieder und schrieb an seinem Psalter. Und als er im dreiunddreißigsten Psalm zu dem Vers kam, in dem es heißt: ›Die den Herrn suchen, werden alles Gute in Fülle haben‹, da sagte er: ›Hier, am Ende der Seite, muß ich aufhören.‹« Adamnán fügte diesem Bericht hinzu: »In der Tat paßte auf den sterbenden Heiligen der Vers, den er zuletzt geschrieben hatte, denn ihm wird der ewige Lohn nie fehlen.«[57]
Bald nach seinem Tode wurde ihm ein langes Preisgedicht gewidmet. »Es gilt als das älteste erhaltene Gedicht in altirischer Sprache.«[58] Nun folgen über Jahrhunderte hinweg Gebete und Gedichte, die Columcille zugeschrieben werden. Lust und Last des Schreibens sprechen aus den Versen, die dem greisen Heiligen von einem Dichter des elften Jahrhunderts in den Mund gelegt werden:

»Die alte Hand ist müde mir vom langen Schreiben,
nicht mehr beständig ist mein scharfer Gänsekiel;

doch quellend aus der Feder zartgeschnäbelt bleiben
der dunklen Tintenzüge, blau, erglänzend, viel.

Ein Strom von Gottes Weisheit, des Gebenedeiten,
entspringt der leichtgebräunten Hand gelinde,
sie spritzt die dunkelblauen Züge auf die Seiten
mit Tinte aus der Waldesdistel grüner Rinde.

So wandert tröpfelnd hin mein zartes Federlein
weit über leuchtend weißer Bücher ebnes Land;
Zum Wohl der Großen immer emsig muß es sein,
und daher ist des Schreibens müde meine Hand.«[59]

Im Dienst, der hier beschrieben wird, standen ungezählte *Mönche.* Mehr noch als einzelne herausragende Persönlichkeiten es vermochten, haben sie mit dem Medium Buch Gott verherrlicht und den Menschen eine wesentliche Hilfe geschenkt. Das irische Klosterwesen »verwandelte die Insel in ein Land von Schreibern zu einer Zeit, in der es in England noch keinen einzigen gab.«[60] Im klösterlichen Leben hatte das Buch seinen festen Platz. In der Mönchsregel Kolumbans heißt es: »Wir müssen täglich Fortschritte machen, täglich beten, täglich arbeiten und täglich lesen.«[61] Die Regel von Tallaght markiert sogar eine direkte Verbindung zwischen dem geistigen Streben und dem Reich Gottes. Sie verheißt: »Das Himmelreich wird dem gewährt, der Studien leitet, der selber studiert und der Studierenden hilft.«[62] Entsprechend gehörte zu vielen Klöstern ein eigenes teach screapta, ein »Haus der Schriften«, »mit seinen Manuskripten, die in Ledersäcken vom Dach herunterhingen, mit Wachstafeln und Griffeln, Tintenfässern, Schreibfedern und Pergament«.[63] In welchem Geist mit diesen Utensilien gearbeitet werden konnte, bezeugen Verse, die ein Unbekannter an den Rand einer Kopie der Grammatik des Priscian geschrieben hat:

»Eine Hecke von Bäumen umgibt mich,
einer Amsel Lied flötet hier;
über meinem zeilenreichen Buch
singen trillernde Vögel mir.

Im grauen Mantel, aus der Bäume Wipfeln,
singt ein Kuckuck mir ein Lied;
wahrlich, es schreibt sich gut im Grün des Waldes,
den Gott mir beschied.«[64]

Zur Idealvorstellung eines Eremiten des neunten Jahrhunderts gehört mehr noch als das Essen das Buch; ist es da, dann kann der Herr zu Gast sein und den Geist des Menschen an sich ziehen:

»Ein karges Mahl von schlechter Kost,
Ein Buch stets offen in der Hand,
Kein Feind zum Kampf, kein Freund zur Lust:
So weiß ich mich von Sünde frei.

Du Gottes Sohn, sei nun mein Gast,
Mein Schöpfer du, mein höchster Herr!
Zieh meinen Geist an deinen Thron
Im Reich, wo du als König wohnst!«[65]

Wenn die Mönche eine Reise antraten, trugen sie »ihre Bücher in einem Ledersack um den Hals; jede Handschrift war ihnen so teuer, als sei sie ein lebendes Wesen«.[66]

Erstaunlich ist, wie irische Klöster mit den Buchtalenten wuchern. Außeririsches Quellen bezeugen, wie großzügig man Studienbeflissenen aus dem Ausland entgegenkam. So berichtet Beda aus dem Jahr 644: »Damals waren in Irland viele englische Adelige und Leute geringeren Standes, die ... dorthin gegangen waren, sei es wegen geistlicher Studien oder weil man dort besser lebte. Manche von ihnen gaben sich bald völlig dem klösterlichen Leben hin, andere lernten, indem sie die Zellen der Lehrer besuchten. Die Iren empfingen sie alle aufs freundlichste und gaben ihnen täglich Verpflegung ohne Entgelt sowie Bücher zu lesen und unentgeltliche Unterweisung.«[67]

Zirka zwanzig Jahre später schreibt Aldhelm von Malmsbury an Eahfrid, der nach sechsjährigem Aufenthalt von Irland nach England zurückkehrt. »Er spricht von Bootsladungen junger Engländer, die nach Irland ziehen, um Grammatik, Geometrie, Naturwissenschaften und die Textinterpretation durch Allegorie und Metapher zu studieren.«[68]

Auf originelle Weise kommt die Wertschätzung des Buches in einigen *Stories* zum Ausdruck. Leidvolle Erfahrung mag dazu beigetragen haben, daß jede von ihnen mit Attacken auf das Buch bzw. auf den, der es liebt, zu tun hat.

Am Anfang des altirischen Epos von der »Ekstase des Suibhne«[69] steht ein Angriff auf ein Buch, der zugleich auch den bedroht, der das Buch benützt. Der Fürstensohn Suibhne stößt auf den Mönch Ronán, als dieser in seinem Gebiet eine Kirche errichten will. Wie von Sinnen stürzt er sich auf ihn. Er entreißt ihm seinen Psalter und schleudert ihn in einen Teich, wo er sogleich versinkt. Dann bedrängt er den Beter, um ihn gewaltsam zu vertreiben. Erst als er zur Schlacht gerufen wird, läßt er von Ronán ab. »Zurück blieb der Heilige, tiefbetrübt über den Verlust seines Psalters und über die Schmach, die ihm widerfahren war. Als jedoch ein Tag und eine Nacht verstrichen waren, entstieg dem Teich ein Otter und näherte sich Ronán. Er brachte ihm den Psalter, von dem nicht ein Buchstabe verdorben war.«[70] Dem Prosabericht des Erzählers schließen sich sogleich Verse an, in denen Ronán das Geschehene besingt:

»Welch' Handlung niederträchtig
Von Suibhne in seiner Wut!
Meinen Psalter, farbenprächtig,
Versenkt in der dunklen Flut!

Ein Zeichen gab mein Gebieter,
Ein Fischotter schwamm ans Land,
Mir zu Füßen legte er nieder,
Ohn' Schaden, den teuren Band!

Der Frevler, nach Gottes Rat,
Mag büßen nun immerdar,
In der Art, wie er vor mich trat,
Jeglicher Würde bar!«[71]

So geschieht es. Als dem Buchfrevel noch weitere Untaten folgen, wird Suibhne dazu verurteilt, fortan nur noch »unmenschlich« zu leben: Halb Vogel, halb Mensch irrt er heimat- und ruhelos umher. Erst nach langen Jahren findet er durch einen Sühnetod und die Hilfe des heiligen Moling Erlösung.

Eine subtilere Attacke auf das Buch ist der Anlaß zu der abenteuerlichen Meerfahrt des heiligen *Brendan* (Brandan). Sie wird in der mittelhochdeutschen Version der Navigatio berichtet, die sich in der Heidelberger Universitätsbibliothek befindet.[72] Der Angriff, der vom Zweifel ausgelöst wird, führt schließlich zum Verbrennen eines Buches. Brandan hatte darin von großen Wundern im Himmel und auf Erden gelesen. Er war davon fasziniert und wehrte sich zugleich dagegen. Er wollte nicht glauben, »nahm das Buch und verbrannte es. Und während er bei dem Feuer stand, da kam zu ihm ein Engel vom Himmel und sprach zu ihm: ›Brandan, Brandan, warum hast du die Wahrheit verbrannt? Glaubst du nicht, daß Gott noch größere Wunder tun könne als die, die du in diesem Buch gelesen hast? Und deshalb gebiete ich dir bei dem lebendigen Gott, daß du dich bereit machst, denn du mußt all die Wunder erfahren, die du in dem Buch gelesen hast, und die Wunder, die danach noch in diesen Buch geschrieben standen. Und du mußt nun neun volle Jahre hintereinander auf dem Meer fahren und da die Wunder finden, damit du erkennst, daß du die Wahrheit verbrannt hast.‹«[73] Mehrfach erinnert der Erzähler bei einzelnen Stationen der Fahrt an ihren Ausgangspunkt.[74] Am Ende steht ein neues Buch: »Da verstand St. Brandan wohl, daß er die Wahrheit verbrannt hatte, und schrieb alle diese Wunder selbst in ein Buch.«[75] Der Mönch, der das Zeugnis des Buches bezweifelt hatte, gibt seinerseits ein neues Zeugnis durch ein Buch. Ins heimische Kloster zurückgekehrt, legt er sein Buch auf den Altar Unserer Lieben Frau. Es bleibt nicht bei diesem Gestus. In der Eucharistiefeier vereint er sich mit dem fleischgewordenen ewigen Wort und dessen Kreuzesopfer. »Und als die Messe ein Ende nahm, da verschied St. Brandan vor dem Altar und fuhr seine Seele zu Gott in sein ewiges Himmelreich.«[76] Es entbehrt nicht des hintergründigen Humors, wenn eine Legende etwas von Räubern berichtet, was Fürst und Mönch vermissen lassen. Vom heiligen *Moling,* einem Zeitgenossen Kilians, wird erzählt, daß er eines Tages Wegelagerern in die Hände fiel. Als sie erkannten, daß er ein Dichter sei, ließen sie ihn sofort frei.[77] Vielleicht empfanden sie auf ihre Weise etwas von dem, was ein alter irischer Vers sagt: »Wer einen Dichter kränkt, der wird sterben.«[78]

Die vielgestaltig zutage tretende Liebe zum Buch hat kostbare *Früchte* getragen. Speziell im Jahrhundert Kilians und in der Zeit nach seinem Martyrium sind Schriften entstanden, die weit über Irland hinaus gewirkt haben. Es gab eine »große Produktion religiöser Literatur im siebten und achten Jahrhundert und eine große Zunahme an professionellen Schreibern und Kopisten«.[79] In aller Stille wurde ein *Brückenschlag* vollzogen, der weite Räume überspannt: Er nahm das altirische Erbe auf und bewahrte es durch die schriftliche Fixierung vor dem Vergessenwerden; er festigte die Verbindung mit der griechischen und römischen Antike und übermittelte dem europäischen Festland auf diese Weise grundlegende Werke; er gab durch kreative literarische Leistungen dem werdenden Abendland wichtige Impulse, die bis zur Stunde bewegend und erhellend zu wirken vermögen.

Symptomatisch für die hierzulande empfangenen Hilfen sind *die irischen Schriften der Würzburger Dombibliothek.*[80] An ihrer Spitze steht das Buch der Bücher. Es ist durch ein lateinisch glossiertes Matthäus-Evangelium [81] und durch die fast vollständigen Paulus-Briefe[82] vertreten. Diese Manuskripte repräsentieren die wichtigste Buchgabe, die wir den irischen Missionaren verdanken. Hinzu kommen die Fragmente einer lateinischen Grammatik eines Iren.[83] Sie können bewußt machen, daß zum Lesen und Verstehen der Bibel auch das Buchstabieren, das Konjugieren und Deklinieren gehören. Da diese Grammatik auf einer spätantiken Vorlage aufbaut, erinnert sie uns auch an die Verbindung mit dem alten Rom, die wir den Iren verdanken. Schließlich können wir uns über ein irisch geschriebenes Beda-Fragment freuen.[84] Gerade im Werk dieses großen Kirchenlehrers wird deutlich, daß der geschichtsmächtige christliche Glaube selber eine Geschichte hat, der für sein Verständnis unerläßlich ist. Die ansprechende persönliche Darstellungsweise Bedas kann zudem bewußt machen, daß es sich nicht um irgendeine, sondern um unsere Geschichte handelt.

Jahresringe der Glaubensgeschichte zeichnen sich in spezifischer Weise in den *Glossen* ab, die sich in den Paulusbriefen finden. Sie bilden »das früheste ansehnliche corpus des Altirischen, das in einem praktisch zeitgenössischen Manuskript vorhanden ist, und sind von großer philologischer Bedeutung.«[85] Die ebenfalls vorhandenen lateinischen Glossen lassen erkennen, wie intensiv die Kirchenväter in die irische Exegese einbezogen waren. Unter anderem werden Augustinus (11mal), Origenes (21mal), Hilarius (29mal), Hieronymus (16mal) und Gregor der Große (50mal) zitiert. Am häufigsten wird auf Pelagius Bezug genommen. Alles in allem kommt er 1311mal zu Wort.[86] Die altirischen Glossen gehen auf (wenigstens) drei verschiedene Autoren zurück. Da diese sprachgeschichtlich verschiedenen Epochen angehören, stellen die Glossen ein wichtiges Zeugnis der irischen Sprachentwicklung dar. Zusam-

Brief an die Galater 1,1–2,8 ▷
Lateinische Paulusbriefe (18 v), Universität Würzburg

Paulus
apostolus non ab hominibus neque per
hominem sed per ihesum christum et deum patrem
qui suscitavit eum a mortuis. Et qui mecum
sunt omnes fratres aecclesiae galatiae gratia vobis
et pax a deo patre nostro et domino ihesu christo qui dedit
semet ipsum pro peccatis nostris ut eriperet nos de praesenti sae
culo nequam secundum voluntatem dei et patris nostri cui
est gloria in saecula saeculorum amen. Ab eo qui vos
II Miror quod sic tam cito transferimini
vocavit in gratiam christi in aliud evan
gelium quod non est aliud nisi sunt aliqui qui vos conturbant
et volunt convertere evangelium christi. Sed licet nos
aut angelus de caelo evangelizet vobis praeter
quod evangelizavimus vobis anathema
sit. Sicut praediximus et nunc iterum dico. Si quis
vobis evangelizaverit praeter id quod accepistis anathema sit.
III Modo enim hominibus suadeo an deo aut
quaero hominibus placere si adhuc
hominibus placerem christi servus non essem.
IIII Notum enim facio vobis fratres evangelium
quod evangelizatum est a me quia non est secundum
hominem neque enim ego ab homine accepi
illud neque didici sed per revelationem ihesu christi.
Audistis enim conversationem meam aliquando
in iudaismo quoniam supra modum
persequebar aecclesiam dei et expugnabam illam
et proficiebam in iudaismo supra multos
coaetaneos meos in genere meo abundantius
aemulator existens paternarum mearum
traditionum. Cum autem placuit ei qui me se
gregavit de utero matris meae et vocavit
per gratiam suam ut revelaret filium suum in
me ut evangelizarem illum in gentibus

continuo non adquievi carni et sanguini neque
veni hierusalem ad antecessores meos apos
tolos sed abii in arabiam et iterum reversus
sum damascum. Deinde post annos tres
veni hierusolimam videre petrum et mansi apud
eum diebus quindecim. Alium autem apostolorum
vidi neminem nisi iacobum fratrem domini. Quae autem
scribo vobis ecce coram deo quia non mentior.
Deinde veni in partes syriae et ciliciae.
Eram autem ignotus facie aecclesiis iudaeae quae
erant in christo tantum autem auditum habebant
quoniam qui persequebatur nos aliquando nunc evan
gelizat fidem quam aliquando expugnabat.
Et in me clarificabant deum.
VI Deinde post annos xiiii iterum ascendi
hierusolimam cum barnaban adsumpto et tito. Ascendi autem
secundum revelationem et contuli cum illis
evangelium quod praedico in gentibus seorsum autem
his qui videbantur esse maiores ne forte
in vacuum currerem aut cucurrissem. Sed neque
titus qui mecum erat cum esset gentilis con
pulsus est circumcidi sed propter subintroductos
falsos fratres qui subintroierunt
explorare libertatem nostram quam habemus
in christo ihesu ut nos in servitutem redigerent
quibus neque ad horam cessimus subiectioni
ut veritas evangelii permaneat apud vos.
Ab his autem qui videbantur esse aliquid
quales aliquando fuerint nihil mea interest.
Deus personam hominis non accipit mihi enim
qui videbantur esse aliquid nihil contule
runt sed econtra cum vidissent quod cre
ditum est mihi evangelium praeputii sicut
petro circumcisionis. Qui enim operatus est
petro in apostolatum circumcisionis

men mit den Voten der Kirchenväter spiegeln sie zugleich das Bemühen verschiedener Generationen wider, das der Auslegung des Gotteswortes gilt. Nur in der großen Gemeinschaft der Glaubenden kann es hinreichend erfaßt werden. Auf diese weisen gerade die letzten Sätze unserer Handschrift hin. Sie lauten: »Ihr seid zum Berg Zion hingetreten, zur Stadt des lebendigen Gottes, dem himmlischen Jerusalem, zu Tausenden von Engeln, zu einer festlichen Versammlung und zur Gemeinschaft der Erstgeborenen, die im Himmel verzeichnet sind; zu Gott, dem Richter aller, zu den Geistern der schon vollendeten Gerechten, zum Mittler eines neuen Bundes, Jesus, und zum Blut der Besprengung, das mächtiger ruft als das Blut Abels.«[87] So bedauerlich es ist, daß der letzte Teil des Hebräerbriefes nicht erhalten geblieben ist, so sinnträchtig ist der jetzige Abschluß des Werkes: Es macht die Dimensionen bewußt, die uns Gottes Wort eröffnet, er rückt die allumfassende Verbundenheit ins Licht, die uns geschenkt ist, und verweist überdies auf den Anfang, die Mitte und das Ziel allen Lebens in Christus. Damit sind zugleich die stärksten Bande genannt, die uns mit der frühen irischen Kirche verbinden.
Zu der unfaßbaren Wirklichkeit, von denen die Schlußsätze des Codex Paulinus sprechen, gehört für einen Iren die *Musik*. Schon im vorchristlichen Irland gilt sie als Ausdruck überirdischer Herrlichkeit. Erst recht ist sie bei all dem fällig, was uns das »Evangelium von der Herrlichkeit des seligen Gottes«[88] verheißt und vermittelt: bei seiner Verkündigung, bei seiner Feier und vollends bei seiner Erfüllung. Sinnbild dieses Wesenselementes menschlichen, christlichen und himmlischen Lebens ist für die Iren wie für die Apokalypse die *Harfe*.[89]

Harfe

Die Laienkommunität »Maria von Bethlehem«, die nach dem II. Vatikanischen Konzil in Irland entstanden ist, hat zum Weihnachtsfest 1988 einen Rundbrief versandt, dessen erstes Wort »Würzburg« heißt. In ihm weist sie auf die Mission durch Kilian und seine Gefährten vor 1300 Jahren hin und auf die Herausforderung, die sie darin sieht. Sie schreibt über die Frankenapostel: »Sie waren inspiriert durch das Studium der Schriften und erfüllt von biblischem Missisonseifer, ›in die ganze Welt hinauszugehen und das Evangelium allen Geschöpfen zu verkünden‹ (Mk 16, 15).« In einem Atemzug wird hinzugefügt: »Sie brachten ihre Liebe zur Musik mit sich, ihre Kunst und ihr Studium.« Gewiß kennzeichnet das zuerst die Kommunität und macht sie uns sympathisch. Trifft es aber auch für Kilian, Kolonat und Totnan zu? Wir können das so wenig sagen, wie wir behaupten können, sie hätten dieses oder jenes Buch gelesen oder dieses bestimmte Bild oder Kreuz gesehen. Wohl aber können wir feststellen, was zu ihrer Zeit für ihre Volks- und Glaubensgenossen die Musik bedeutete. Das wiederum kann uns einen Eindruck von der Welt vermitteln, in der sie herangewachsen sind. Gewiß haben sie ein gutes Stück von ihr bewußt oder unbewußt in ihr Missionsgebiet mitgebracht.

Erkundigen wir uns bei den Experten nach der *Musik im alten Irland,* so erhalten wir mehr Fragen als Antworten. In ihrer Monographie über die irische Harfe schreibt Joan Rimmer: »Es ist extrem schwierig, ein klares Bild der musikalischen Praxis im vorchristlichen und frühchristlichen Irland zu bekommen.«[90] Noch weiter geht Charles Acton. Er erklärt kurzerhand: »Der Bereich der Forschung und ebenso der Theorie über die Musik in Irland bis hin zum Jahr 1600 ist so unbegrenzt wie unsere Unwissenheit.«[91]

Immerhin gibt es in diesem Riesenreich einige Fixpunkte, an die wir uns halten können. Sie werden uns vor allem durch literarische Zeugnisse vermittelt; hinzu kommen einige Bildwerke. In diesen Quellen taucht recht früh die *Harfe* auf. Sie ist weder das erste noch das einzige Musikinstrument im alten Irland. Gleichwohl können wir in ihr ein angemessenes Sinnbild des irischen Musizierens sehen. Die Iren selber verstehen es als noch weiter- und tiefergehendes Symbol, sonst hätten sie die Harfe nicht als Wahrzeichen der ganzen Nation gewählt. Man beachte es wohl und bewundere es dazu: »Irland ist das einzige Land in der Welt mit einem Musikinstrument in seinem Nationalwappen.«[92] »Eire, das Irland von heute, das nach tausend Jahren unsäglicher Drangsale und Leiden seine Freiheit wiedererlangt hat, zeigt in seinem Wappen nicht das Schwert seiner Rebellen gegen fremde Gewalt, sondern die goldene Harfe seiner Barden und Dichter.«[93]

Das Bild der Harfe im Nationalemblem wie auf seinen Münzen ist kein Phantasieprodukt. Es gibt die sogenannte Harfe des Brian Boru wieder, die im Trinity College, Dublin, in der Nähe der Bücher von Durrow und Kells zu bewundern ist.[94] »Sie ist eins der ganz we-

nigen europäischen Musikinstrumente, das mehr oder weniger unversehrt aus der Zeit des Mittelalters überlebt hat. Als sie gebaut wurde, wahrscheinlich im 14. Jahrhundert, stellte sie bereits einen erkennbar irischen Typ der Harfe dar.«[95] Aus der Entstehungszeit ist ein Gedicht über eine damals berühmte Harfe entstanden, das ihre Art wie die der von ihr bestimmten Musik in großartiger Form zur Sprache bringt. Es beginnt mit den Versen:

»Harfe von Cnoc Í Chosgair,
du bringst Schlaf den Augen,
die lange schlaflos waren,
lieblich, fein, schallend,
froh, gelassen, gewichtig.

Exzellentes Instrument
mit sanfter, edler Kurve,
unter roten Fingern erklingend,
du Musiker, der uns verzaubert,
rot, löwengleich, voller Melodien.«[96]

Weiter heißt es in hymnischem Lobpreis:

»Du heilst jeden verwundeten Krieger,
du Freude und Verlockung der Frauen,
vertrauter Führer über dunkelblaue Gewässer,
geheimnisvolle, lieblich klingende Musik...

Klang der stillen Wellen am Strand,
reiner schattenspendender Baum
der wahren Musik.

Gelage werden in deiner Gesellschaft gefeiert,
du Stimme des Schwans
über dem schimmernden Wasser.«[97]

In Prosa sei hinzugefügt, daß die Harfe in der Regel als Begleitinstrument diente. Ihre Musik war mit dem Wort verbunden, wobei dieses den Vorrang hatte.

◁ Die Muttergottes mit dem Jesusknaben (vgl. S. 85 ff.)
Book of Kells, fol. 7 v.

Schon früh wird *von singenden Harfenspielern* berichtet. Unter ihnen ragt der Sonnengott Lugh heraus, der mit der Harfe des Dagda spielte. Diese hatte ihre Macht erwiesen, als sie gestohlen worden war. Die Diebe hatten sie an der Wand ihrer Festhalle aufgehängt. Dagda trat unbeobachtet ein. Er rief der Harfe zu: »Komm, du apfelsüß Rauschende, komm, vierwinkliger Rahmen der Harmonie, komm Sommer, komm Winter.« Die Harfe folgte aufs Wort, nicht ohne dabei neun der Räuber zu erschlagen.«[98] Dagda suchte nun keineswegs sogleich das Weite; er spielte ausgiebig auf der Harfe. Er läßt die »drei edlen Weisen« erklingen, »wie sie jeder Meister der Harfe zu beherrschen hat – goltrai, die Wehklage, die die Zuhörer in Tränen ausbrechen läßt; geantrai, die sie fröhlich stimmt, und suantrai, die Schlummerweise, die alle Anwesenden in den Schlaf wiegt, so daß Dagda sich unbemerkt davonstehlen kann.«[99] Mit dieser Harfe also spielte der Sonnengott Lugh eines Abends vor dem König Nuada, den er aus der Hand der Dämonen der Nacht befreit. »Lugh spielte die Musik der Freude. Und draußen begannen die Vögel zu singen, als wäre es Morgen. Rote Blumen sprangen zwischen den Gräsern auf ... Lugh spielte die Musik des Leidens. Der Wind stöhnte draußen ... Die Daanans (Götter) neigten ihre Häupter auf die Hände und weinten ... Lugh spielte die Musik des Friedens. Draußen fiel in aller Stille ein seltsamer Schnee. Flocke um Flocke brachte die Ruhe vom Land des silbernen Vlieses in die Herzen.«[100]
Ähnliche Wirkungen werden vom Singen der Söhne des Uisliu berichtet: »Es war sehr melodiös: Jede Kuh, die es hörte, gab zwei Drittel mehr Milch, und jeder Mann, der es hörte, wurde friedvoll.«[101]
Geschichten dieser Art und viele andere mehr wurden von den *Barden* vorgetragen. Sie hatten ihren festen Platz in der vorchristlichen irischen Gesellschaft und speziell bei deren Festen. Reinhold Schneider schreibt in bezug auf ihr Wirken: »In ihnen fand die Seele, die sich nicht gefangen geben wollte zwischen Meer und Meer, in das Grenzenlose zurück. Ja es entfaltete sich ein Übermaß des Dichtens und Träumens, das in Europa vielleicht ohne Beispiel ist.«[102] Vergegenwärtigt man sich die Art der *Missionierung* Irlands, dann überrascht es einen nicht, daß in ihr bald auch die Barden und ihre Musik zu Ehren kamen. Irischer Liebe zum Geschichtenerzählen gemäß wird das vor allem durch Stories bezeugt.

Vom heiligen *Patrick* wird überliefert, »daß ihm einmal ein keltischer Spielmann, ein schöner blondgelockter Jüngling namens Cascorach, auf der Harfe vorgespielt und alle Zuhörer in süßen Schlaf gewiegt hatte. ›Wenn man von dem Feenzauber absieht, der dieser Musik anhaftet, könnte nichts der himmlischen Harmonie ähnlicher sein‹, sagte Patricks Schreiber Brogan und fand es offenbar schwer, sich ihrem Eindruck zu entziehen.«[103] Als Patrick einen Bischofskandidaten suchte, wandte der sich an Dubrach, den königlichen Barden. Er war als erster in der Königsburg Tara zum Glauben gekommen, Dubrach schlug den jungen Dichter Fiace (Fiaich) vor, den Nächsten nach ihm in der Ordnung der Barden.[104] Wie diesen verehrt die irische Kirche etliche andere *Barden als Heilige.* Zu ihnen gehört St. Colman Mac Lenini. Er war der oberste Barde am Königshof von Munster, Cashel, und wurde der Gründerbischof von Cloynel/Co. Cork.[105] Im Jahrhundert vor Kilian war Dallan Forghaill der bekannteste Dichter Irlands und repräsentierte die Spitze des Bardenstandes. St. Dallan erneuerte die Organisation der Barden und ihre Ausbildung.[106] Als Dichter und Sänger hat sich der heilige Kevin, der Gründer des Klosters von Glendalough, ausgezeichnet. Dort hütete man bis ins zwölfte Jahrhundert seine Harfe. Seine Kunstfertigkeit befähigte ihn dazu, die Regel für seine Mönche in Verse zu fassen.[107] Der bekannteste der heiligen Barden ist Columcille. Als junger Mann hatte er Musik und Dichtkunst in der Bardenschule von Leinster studiert.[108] Ein ihm zugeschriebenes Gedicht läßt ihn sein Heimweh musikalisch artikulieren. Sich in das von ihm gegründete Kloster Durrow zurückversetzend, sagte er:

»Im Ulmenwipfel säng' der Wind
Für uns ein lang vergess'nes Lied;
Die graue Amsel, aufgeschreckt,
Tät' einen Schrei und flög' davon.

Und in Ross Grencha lauschte ich
Dem Hirsch zur ersten Frühlingszeit;
Des Kuckucks Ruf aus dichtem Wald
Wär' Bote, daß der Sommer nah.«[109]

Dies ist eine der vielen Stimmen aus dem Chor irischer Dichter, die sich von der *»Musik der Welt«* inspirieren und sie auf eindrucksvolle Weise weiterklingen lassen. Ihre Verse sind beredte Zeugen für die Musikalität der frühen Iren. Die eben zitierte Formulierung findet sich in einem der ältesten irischen Gedichte, einem Zweizeiler, den Kuno Meyer ediert hat:

»Kleines Getöse, liebliches Getöse,
zarte Musik der Welten,
ein Kuckuck mit süßer Stimme auf Wipfeln;
Sonnenstäubchen spielen im Sonnenstrahl...«[110]

Stärkere Töne werden in einem anderen Fragment angeschlagen:

»Das Grunzen aus dem Sauenlager...,
der Schwäne Gesang,
dem Ohr lieb,
der Schrei des Käuzchens,
ein lieblicher Ton,
die Zahl der wilden Schweine,
klar erschallt des Kuckucks Ruf.«[111]

Mit der Musik der Vögel mischt sich die der Insekten über einem Cantus firmus des Windes und der Wellen in dem Lied des Einsiedlers Marbhán:

»Wie lieblich ertönt die Musik
Der leuchtenden Rotkehlchen,
Das Lied der Drossel, des Kuckucks vertrauter Ruf
Über meinem Hause!

Schwärme von Bienen und Käfern, die kleinen Musiker der Welt,
Summen in freundlichem Chor;
Der Wildgänse und Enten Ruf ertönt kurz vor Sommerende;
Der reißende Gießbach erbraust.

Der lebhafte Zaunkönig, ein tüchtiger Sänger,
Singt vom Haselzweig;
Gefleckte Haubenlerchen und Spechte, –
Eine zahlreiche Schar!

Liebliche weiße Vögel kommen, Reiher, Seemöwen,
Dazwischen rauscht das Meer,
Froh tönt der Ruf des braunen Birkhuhns
Aus der purpurnen Heide...

Der Wind rauscht über den Zweigen des Waldes
Empor zum grau bewölkten Himmel.
Das Rauschen der Wasserfälle, das Lied der Schwäne,
Klingen gleich süßen Melodien.«[112]

Diese vielstimmigen Verse gehören zu der Antwort, die Marbhán seinem Bruder Guaire, dem König von Connaught, gibt, als dieser ihn überreden will, seine Einsiedelei zu verlassen und zum Hof zurückzukehren.[113] Das Ende vom Lied ist die Einsicht des Herrschers:

»Mein glorreiches Königreich gäb' ich dahin
Und meines Vaters Erbe dazu,
Von nun bis zu meiner Todesstunde,
Könnte ich stets bei dir sein, o Marbhán.«[114]

Die so farbig geschilderte Szene spielt in der Jugendzeit Kilians, da König Guaire um 663 gestorben ist. Über Jahrhunderte hinweg ist die Symphonie der Natur immer wieder in irischen Versen aufgeklungen. So heißt es in einem Maien-Lied:

»Die Harfe des Waldes spielt ihre Melodie,
Ihre Musik beschert vollkommenen Frieden...

Der Wachtelkönig, ein tüchtiger Sänger,
läßt seine Stimme hören,
Der hohe Wasserfall singt
Ein Willkommen dem warmen Teich, –
Die Binsen beginnen miteinander zu flüstern.

Leichtbeschwingte Schwalben schießen durch die Luft,
Helles Gezwitscher ertönt um den Hügel.«[115]

Wie gelegentlich ein großangelegtes symphonisches Werk, nachdem alle Instrumente voll zur Geltung gekommen sind, am Ende leise ausklingt, so schließt dieses herrliche Lied im pianissimo:

»Ein ängstliches, kleines Vögelchen singt
Unermüdlich mit heller Stimme;
Die Lerche ist's, die ihre Botschaft ins Land ruft:
Der Sommer ist in all seiner Farbenpracht eingezogen.«[116]

Aus demselben zehnten Jahrhundert stammt eine farbige Schilderung des Lebensbaumes. Sie gipfelt in einer unvorstellbar reichen Polyphonie der Vogelstimmen. Es ist, als würde in einem Abbild der ganzen Schöpfung gezeigt, daß diese ihre Bekrönung durch die Musik erhält.

»O König,
dein ist der Baum des Lebens
mit allen Blüten
und all den edlen Scharen,
die ihn rings umgeben.

Nach jeder Seite hin
erstrecken sich Äste und Wipfel
über die Felder und Flächen des Himmels,
Blätter und Früchte vergehen nicht,
verschenken sich vielmehr in nobler Großmut.

Lieblich ist der Schwarm der Vögel,
den er birgt.
Jeder der guten, buntschillernden Vögel
hat hundert Federn;
und ohne Falsch, strahlend und rein,
singen sie hundert Lieder
für jede Feder.«[117]

Angesichts solcher Werke kann man verstehen, daß Hans Trausil es geradezu als »das eigentliche Erbe der Iren« ansieht, daß sie »diese Vertrautheit mit zarten und zauberischen Dingen, das Ohr für die Musik der Schöpfung« empfangen haben, und dazu »die Gabe, von alledem etwas aussprechen zu können.«[118]
Was Wunder, daß auch das irdische und selbst das himmlische *Paradies* musikalisch erfahren und besungen wird. Im »Purgatorium des heiligen Patrick«, das auch Dantes »Göttliche Komödie« inspiriert hat, kommt der Wanderer zwischen zwei Welten nach dem Inferno zum irdischen Paradies. Die Menschen dort leben in seliger Gemeinschaft: »An bestimmten Plätzen standen Chöre neben anderen Chören. Gemeinsam sangen sie den Lobpreis in lieblicher Harmonie.« Jeder einzelne Selige »jubelte in seinem Glück, und alle zusammen jauchzten über die Freude jedes einzelnen anderen«[119].
Aus der Epoche Kilians stammt ein langes Gedicht über die Inseln des irdischen Paradieses.[120] Eine Frau, die geheimnisvoll erscheint und ebenso wieder verschwindet, malt es nicht zuletzt mit musikalischer Palette:

»Da ist ein riesiger Baum voller Blüten,
auf dem die Vögel die Stunden ansingen.

Es ist ihre Art, daß sie zu jeder Stunde
miteinander ein Konzert anstimmen ...

Trauer und Tücke sind unbekannt
in diesem seligen Land.
Da gibt es keinen wilden, schroffen Krach,
nur liebliche Musik gelangt ans Ohr.«[121]

Von himmlischer Musik erzählt eine typisch irische Geschichte aus dem zehnten Jahrhundert, die einen zunächst durch eine Art Oropax irritieren kann. Der heilige Brendan gebraucht es, als ein Harfenspieler auftaucht, der die anderen Mönche begeistert. Auf Bitten des jungen Künstlers nimmt er für kurze Zeit die beiden Wachsstöpsel aus seinen Ohren. Er hört aufmerksam zu, segnet den Harfenisten und wünscht ihm für sein Spiel den Himmel. Verwundet und verwundert zugleich fragt der Musikant, weshalb Brendan vor seinem Spielen die Ohren verschlossen habe. Bereitwillig erhält er die Auskunft: Vor sieben Jahren ist Brendan nach der Ostermesse ein strahlender Vogel erschienen. Als er ihn segnete, gab er sich als der Erzengel Michael zu erkennen. Er sagte: Ich bin gekommen, um dich zu segnen und Musik von unserem Herrn für dich zu machen. Tag und Nacht lauscht Brendan dieser himmlischen Musik. Um ihre Qualität dem jungen Musiker verständlich zu machen, kratzt Brendan mit seiner Schreibfeder über den Rücken der Harfe und sagt: Verglichen mit der himmlischen Musik ist alle andere Musik nicht mehr wie das Kratzen, das du eben gehört hast.[122]
Mehr von ihrer Art werden wir in der Vision des Adhamhnán[123] gewahr. Jede Sphäre um den Thron des Allerhöchsten herum hat ihre spezifische Musik. Selbst Stein und Metall erklingen in faszinierender Weise. Ein erster Kreis von Heiligen singt einen wunderbaren Gesang zum Lobe Gottes und hört dann wieder auf die anderen Chöre, »denn die Heiligen haben keine andere Aufgabe, als auf die Musik zu hören und auf das Licht zu schauen.«[124] Im Reich der Jungfrauen und der unschuldigen Kinder »macht der Gesang der Vögel des himmlischen Heeres Musik für sie«.[125] Selbst die Füße des Gottesthrones ertönen so harmonisch, daß einer, der nichts anderes zu hören bekäme, übergenug an Herrlichkeit und Freude hätte.[126] Im Wechselgesang wird der Allmächtige verherrlicht und jedermann erfreut. »Dreitausend verschiedene Gesänge werden von jedem einzelnen Chor rund um ihn gesungen. So lieblich, wie die

vielen Gesänge dieser Welt zusammengenommen, ist jeder einzelne Gesang (im Himmel).«[127]

Eine Brücke mitten aus dem Zentrum des Himmels hin zur *Liturgie* des Gottesvolkes auf Erden rückt in den Blick, wenn es von den um den Thron Gottes Versammelten heißt: »Sie feiern die acht kanonischen Horen, indem sie Gott lobpreisen und ihn anrufen, in Harmonie mit dem Chorgesang der Erzengel. Die Vögel und die Erzengel leiten den Gesang, und alle himmlischen Heerscharen, die heiligen Männer und Jungfrauen, antworten in Antiphonen.«[128] In der irdischen Liturgie wird etwas vom Himmel bereits verwirklicht. Besonders eindrucksvoll geschah das im Kloster Bangor in der Bucht von Belfast, wo Hunderte von Mönchen sich in sieben Chören Tag und Nacht im Lobpreis ablösten.[129] Eine knappe Zusammenfassung der Intentionen wie der Dimensionen der Liturgie gibt uns ein Manuskript aus dem Jahrhundert Kilians in einem Vierzeiler, der sich an den Psalm 148 anschließt:

»Gott, dem das Meer des Himmels lobsingt,
den verherrlicht die Kirche der Heiligen,
dem Hymnen singen die Geister des Alls,
ich bitte dich, erbarm dich unser.«[130]

»Leider ist uns von der musikalischen Vortragsweise der Hymnen nichts mehr erhalten; sicher nicht unbedeutend, dürfte sie Instrumentalbegleitung wie auch Polyphonie gekannt haben. Die Regel von Tallaght spricht von Hymnen, die zur Musik gesungen wurden, und L. Gougaud weiß zu berichten, daß in Irland gewisse hymnische Loricagebete, wie einst die heidnischen Zaubercarmina (incantationes) noch im 19. Jahrhundert gesungen wurden.«[131]

Läutend haben die Mönche von den hohen Rundtürmen aus ihren Gottesdienst angezeigt. Indem sie die *Handglocken* durch die vier obersten Fensterluken in alle Himmelsrichtungen hielten, ließen sie »ein ›akustisches Kreuz‹ in die Landschaft tönen«.[132] So luden sie zur Mitfeier ein, sei es in der Liturgie des Wortes, sei es in der Liturgie der Arbeit. Handglocken gehörten auch zur Grundausrü-

Inkarnations-Initiale (vgl. S. 70 u. 82–85) ▷
Book of Kells, fol. 34 r

h generatio

stung der irischen Missionare. Einfachere bestanden aus gebogenem Eisenblech, das mit Bronze überzogen werden konnte, andere waren gegossen. »Neuerdings hat man darauf hingewiesen, daß die Bronzeobjekte die umfangreichsten erhaltenen Gußarbeiten ihrer Zeit sind und ihnen deshalb die Gemeinden, denen sie gehörten, große Bedeutung beigemessen haben müssen.«[133] Die eiserne Glocke Patricks zählt zu den am meisten verehrten Reliquien Irlands.[134] Zusammen mit dem um 1100 entstandenen Reliquiar, in dem erneut Kreuz- und Kreisformen mit traditionellem Flechtwerk kunstvoll verbunden werden, ist sie ein Symbol der *Verkündigung*, die wesenhaft eine musikalische Dimension hat, auch wenn diese nicht immer wahrgenommen wird. »Ihr Schall ist in der ganzen Welt zu hören und ihr Wort bis an die Enden der Erde.«[135]

Am bewegendsten begegnet uns die musikalische Komponente der christlichen Verkündigung in zwei Iren, die musizierend durch ihre Heimat zogen. Der eine wird heute noch *»der Barde von Armagh«* genannt.[136] Er wurde 1673 vom Märtyrerbischof Oliver Plunket geweiht. Gegen Ende des Jahres 1702 war er der einzige katholische Bischof im ganzen Land. Im Kleid eines Straßenmusikers zog er als Harfenmeister von Dorf zu Dorf, spielte und sang, predigte und spendete die Sakramente. Auf erregende Weise waren Bild, Buch und Harfe in seinen Händen vereint.

Der zweite Mann, dessen mit Bewunderung und Dank zu gedenken ist, war Bischof in der Heimatdiözese unseres heiligen Patrons Kilian. Er war es zu der Zeit, die im Schatten der »Penal Laws« stand. Dieses Strafgesetze legten unter anderem fest, daß Katholiken keine Kirchen und keine Priester haben durften. 1697 wurde die Verbannung aller Ordensangehörigen und aller Kleriker mit Jurisdiktionsgewalt angeordnet; über jene, die zurückkehrten, wurde die Todesstrafe verhängt. Bischof *Andrew Campbell* zog damals als Dudelsackpfeifer durch sein Bistum. Sein Spielen und Singen war mehr als eine geschickte Tarnung; es war ein eindrucksvolles Zeichen der Frohbotschaft und des von ihr vermittelten christlichen Geistes. Im Diözesankolleg in Cavan ist Campbells Bild im Speiseraum zu sehen. Es zeigt ihn im Schottenrock und mit Schottentuch samt seiner Dudelsackpfeife. Seine Hände haben Bild, Buch und Musikinstrument festgehalten, als es lebensgefährlich war, das zu tun. Sein Wirken kann uns an die irischen Missionare erinnern und an das, was sie uns vermittelt und für uns gewagt haben; es kann uns zugleich aufrufen, in ihrem Sinn und in ihrem Geist das Begonnene weiterzuführen und mit allen Kräften, auch mit denen der Kultur und der Kunst miteinander zu missionieren.

Anmerkungen

1 Willibald, Leben des Bonifatius c. 8, in: Briefe des Bonifatius, Willibalds Leben des Bonifatius, hg. v. R. Rau, Darmstadt 1968, 511.

2 H. Rahner, Abendland, Freiburg 1966, 209.

3 Vita Sancti Burkardi Episcopi Wirziburgensis (II), II, c. 2, in« WDGBl 48 (1986) 52 f.

4 Kurzcharakterisierung auf dem Beiblatt zum Roman.

5 S. u. P. F. Botheroyd, Irland, Stuttgart 1985, 136.

6 F. Henry, Irish Art in the Early Christian Period (to 800 A. D.), London [3]1965, 1; vgl. 203 f. (zit.: Henry I).

7 A.a.O. 17.

8 F. Henry, Irish Art during the Viking Invasion (800–1020 A.D.), London 1967, XIII f. (zit.: Henry II).

9 Apg 17,23.

10 Henry I 19.

11 M. Richter, Irland im Mittelalter. Kultur und Geschichte, Stuttgart 1983, 83 (zit.: Richter).

12 Book of Kells f. 202 v und f 290 v; Book of St. Chad p. 218.

13 J. J. Sweeney, Irische Buchmalereien, Lausanne u. Paris 1970, 72.

14 C. Nordenfalk, Insulare Buchmalerei. Illuminierte Handschriften der Britischen Inseln (600–800), München 1977, 38 f; vgl. f. 191 v: IB 44 f. (zit.: IB).

15 IB 51–54.

16 IB 22 f; 48 f.

17 H. Daniel-Rops (Hg.), The Miracle of Ireland, Dublin u. London 1959, 152 (zit.: Daniel-Rops).

18 I. Meyer-Stickendiek, Gottes gelehrte Vaganten. Auf den Spuren der irischen Mission und Kultur in Europa, Stuttgart 1980, 54.

19 IB 25 f. u. 65.

20 Henry I 66.

21 H.-Chr. Kirsch, Irland. Die Freuden der grünen Insel, München 1979, 223 f.

22 IB 18.

23 Ebd.

24 Briefe IV, n. 6, in: G. S. M. Walker (Hg.), Sancti Columbani Opera, Dublin 1957, 34 (zit.: C).

25 Z. B. Book of Durrow f. 21 v.

26 Z. B. St. Gallen, Cod 51, p. 266.

27 S. Forestier, Marc Chagall. Seine Farbfenster aus aller Welt, Stuttgart 1987, 13.

28 M. Durliat, Die Kunst des frühen Mittelalters, Freiburg 1987, 81–83.

29 Erste Apologie n. 55, Ü: G. Rauschen (Hg.), Frühchristliche Apolegeten und Märtyrerakten, Bd I, Kempten u. München 1913, 123.

30 J. Streit, Sonne und Kreuz. Irland zwischen Megalithkultur und frühem Christentum, Stuttgart [2]1986, 27–29 u. 34–39 (zit.: Streit).

[31] J. Hellenkemper (Hg.), Irische Kunst aus drei Jahrtausenden. Thesaurus Hiberniae, Köln 1983, 80 (zit.: IK).

[32] A. Rosenberg, Einführung in das Symbolverständnis. Ursymbole und ihre Wandlungen, Freiburg ²1985, 128.

[33] Ders., Die christliche Bildmeditation, München-Planegg 1955, 56.

[34] Mk 3, 14f.

[35] W. Godel, in: Zeitschrift für katholische Theologie 85 (1963) 309 (zit.: Godel).

[36] A.a.O. 311.

[37] Ebd.

[38] A.a.O. 314.

[39] C 146–149.

[40] Godel 315.

[41] 1 Kor 1, 24.

[42] M. p. th. f. 69, Blatt 7r in: G. Mälzer (Hg.), Kostbare Handschriften der Universitätsbibliothek Würzburg, Wiesbaden 1982, 36f.; ders. (Hg.), Die Bibliothek des Würzburger Domstifts 742–1803, Würzburg 1988, 52f.; s. u. die Meditation „Mit mir im Paradies" (Lk 23, 43).

[43] Streit 27–43.

[44] IB 7.

[45] Henry I 25.

[46] Mullagh Historical Committee (Hg.), Portrait of a Parish. Mullagh, Co. Cavan, Cavan 1988, 195f.

[47] N. K. Chadwick, The Age of the Saints in the Early Celtic Church, London 1961, 4 (zit.: Chadwick).

[48] Ebd.

[49] Confessio n. 23, in: L. Bieler (Hg.), The Works of St. Patrick. St. Secundinus Hymn on St. Patrick, Westminster u. London 1953, 28 (zit.: WP).

[50] Confessio n. 11 (vgl. 2 Kor 3, 3), in: WP 24.

[51] Y. de Pontfarcy (Hg.), Saint Patrick's Purgatory, Dublin 1985, 47 (zit.: Pontfarcy).

[52] Daniel-Rops 151.

[53] M. Wagner, Irland, München ⁶1985, 21 (zit.: Wagner).

[54] Arcy 74; Wagner 94–96.

[55] IB 13f.; Arcy 78; Richter 52; 66; 83.

[56] Streit 73; vgl. Richter 52f.

[57] L. Bieler, Irland – Wegbereiter des Mittelalters, Olten 1961, 78 (zit.: BI).

[58] Richter 53.

[59] H. Trausil, Irische Harfe, Ebenhausen ²1983, 42 (zit.: T); K. Hoagland (Hg.), 1000 Years of Irish Poetry, New York 1949, 51f. (zit.: H).

[60] IB 8.

[61] Mönchsregel III, in: C 126.

[62] Arcy 67.

[63] T. O'Fiaich, in: The Capuchin Annual 36 (1969) 123f.

[64] T 38; H 25.

[65] Bieler 64; K. H. Jackson (Hg.), A Celtic Miscellany, Harmondsworth ⁸1980, 281 (zit.: CM).

[66] Wagner 75.

[67] Richter 40.

[68] Henry I 35.

[69] R. O'Mara (Hg.), König der Bäume. Das altirische Epos von der »Ekstase des Suibhne« (Buile Suibhne), München 1985 (zit.: Suibhne).

[70] A.a.O. 20.

[71] A. a. O. 21 f
[72] G. E. Sollbach (Hg.), St. Brandans wundersame Seefahrt, Frankfurt 1987 (zit.: Brandan).
[73] A. a. O. 11 f.
[74] A. a. O. 14; 33; 43.
[75] A. a. O. 51.
[76] A. a. O. 53.
[77] Arcy 62.
[78] Wagner 20.
[79] Chadwick 143.
[80] Universitätsbibliothek Würzburg (Hg.), Die Bibliothek des Würzburger Domstifts: 742–1803, Würzburg 1988, 36.
[81] M. p. th. f. 61; a.a.O. 59; J. F. Kenney, The Sources for the Early History of Ireland, Bd I, New York 1929, 636 (zit.: Kenney).
[82] M. p. th. f. 12; a.a.O. 59; Kenney 635 f.; L. C. Stern (Hg.), Epistolae beati Pauli glosatae glosa interlineali, Halle 1910 (zit.: Stern).
[83] M. p. misc. f. 28; a.a.O. 60.
[84] M. p. th. f. 183.
[85] Kenney 635.
[86] Stern XIV f.; Kenney 635 f.
[87] Hebr 12, 22–24.
[88] 1 Tim 1, 11.
[89] Offb 5, 8; 14, 2; 15, 2.
[90] J. Rimmer, The Irish Harp, Cork 1977, 24 (zit.: Rimmer).
[91] Ch. Acton, Irish Music and Musicians, Dublin 1978, 6 (zit.: Acton).
[92] A. a. O. 4.
[93] T 12.
[94] IK 180 u. 193.
[95] Rimmer 1.
[96] CM 237.
[97] CM 237 f.
[98] R. Hill, Typisch irisch, Freiburg 1985, 139 (zit.: Hill).
[99] A. a. O. 139 f.
[100] E. Young, Keltische Mythologie, Ahrweiler 1955, 48; vg. J. Sharkey, Celtic Mysteries. The Ancient Religion, London 1987, 9 f.
[101] J. Gantz (Hg.), Early Irish Myths and Sagas, Harmondsworth 1986, 260.
[102] R. Schneider, Das Inselreich, Frankfurt 1979, 23; (zit.: Schneider).
[103] Hill 141.
[104] Arcy 13 f.
[105] Arcy 44 u. 48 f.
[106] Arcy 47.
[107] Arcy 51 f.
[108] Arcy 73.
[109] BI 74 f.
[110] K. Meyer, Bruchstücke der älteren Lyrik Irlands, in: Abhandlungen der Preußischen Akademie der Wissenschaften 1919, Nr. 7, Berlin 1919, 65.
[111] A. a. O. 68
[112] J. Pokorny, Altkeltische Dichtungen, Bern 1944, 41 f. (zit.: Pokorny).
[113] CM 68–70; Pokorny 38–42; Bieler 64–66; Trausil 32–37; Br. de Breffny, Irland – Das Land und seine Geschichte, Köln 1981, 133 f.
[114] Pokorny 42.

[115] CM 63, im Anschluß an Pokorny 43 f.
[116] CM 64, Pokorny 45.
[117] CM 295 f.
[118] T 12.
[119] Pontfarcy 67.
[120] CM 173–175; K. Meyer, The Voyage of Bran, Bd I, London 1985, 5–17; A. G. Van Hamel, Immrama, Dublin 1941, 9–13.
[121] CM 173.
[122] CM 282 f.
[123] CM 288–295.
[124] CM 289.
[125] Ebd.
[126] CM 290.
[127] CM 291.
[128] CM 290.
[129] Arcy 49; Schneider 23.
[130] Analecta Hymnica Bd. 51: C. Blume (Hg.), Die Hymnen des Thesaurus Hymnologicus H. A. Daniels und anderer Hymnen-Ausgaben. Erster Teil, Leipzig 1908, 289.
[131] Godel 288.
[132] Streit 17.
[133] IK 138.
[134] IK 167.
[135] Röm 10, 18.
[136] T. O'Fiaich, St. Patrick's Cathedral, Armagh, Dublin 1987, 5.

Motive altirischer Spiritualität in der Passio Kiliani

In Umberto Ecos Bestseller »Der Name der Rose«, einem Krimi, »in dem recht wenig aufgedeckt wird und der Detektiv am Ende scheitert«[1], wird William von Baskerville vollauf davon in Anspruch genommen, entsetzliche Untaten aufzuklären. Das hindert ihn nicht daran, zugleich die Spur von erstaunlichen Großtaten aufzunehmen, die für viele weit mehr verborgen sind als die raffiniertesten Verbrechen. So stößt er, als er sich am vierten Abend erneut im Labyrinth zu orientieren sucht, auf altirische Texte und Bilder. Sein Schüler Adson von Melk findet einiges davon komisch, ja schlechterdings verrückt. William hilft ihm weiter. Er sagt seinem jungen Freund: »Sei nicht zu streng mit jenen Mönchen aus dem fernen Hibernia. Daß diese Abtei hier existiert, daß wir überhaupt noch vom Heiligen Römischen Reich sprechen können, verdanken wir vielleicht ihnen. Du mußt wissen, in jener dunklen Epoche war der Rest Europas zu einem Haufen Ruinen zerfallen ... Die heidnischen Tempel fielen in Trümmer, die christlichen existierten noch nicht. Allein die hibernischen Mönche saßen in ihren Klöstern und schrieben und lasen, lasen und schrieben, und malten ... Und dann bestiegen sie schwankende Boote aus Tierhaut und fuhren über das Meer und kamen in eure Länder und evangelisierten sie.«[2] An anderer Stelle schreibt Eco von unserer Geschichte vor der Jahrtausendwende und vom Einsatz der irischen Missionare: Es war »eine Zeit enormer geistiger Vitalität voll faszinierender Dialoge zwischen barbarischen Zivilisationen, römischem Erbe und christlich-orientalisch geprägten Fermenten, eine Zeit der Reisen und der Begegnungen (mit den irischen Mönchen, die kreuz und quer durch Europa zogen und Ideen verbreiteten ...). Kurzum, hier wuchs der moderne abendländische Mensch heran«[3].

Die Frage nach der altirischen Spiritualität führt uns ins Herz dieses uns so fernen und zugleich so nahen Prozesses. Sie zielt auf die Grundkräfte und -einsichten, die jene Menschen geprägt und bewegt, die ihre Aktivitäten ausgelöst und ihre Werke beseelt haben.

Geht man den Zeugnissen nach, in denen sie zutage treten, kann man beglückende Entdeckungen machen. Auf Schritt und Tritt zeigt sich, daß die damalige Spiritualität auch den Menschen am Ausgang des 20. Jahrhunderts ansprechen kann, ja, daß sie ihm in wesentlichen Belangen seines Lebens wirksam zu helfen vermag. Das ist selbst bei der begrenzten Fragestellung der Fall, der wir im folgenden nachgehen wollen. Im Blick auf das Zeugnis der Passio Kiliani soll geprüft werden, ob, wie und inwieweit die beiden altehrwürdigen Texte altirisches Geistesgut erkennen lassen. Das wird uns nur in dem Maße gelingen, wie wir um dieses wissen. Erst wenn wir es erkennen, werden wir es wiederzuerkennen vermögen. Deshalb sind zunächst in Kürze die uns zugänglichen Quellen der altirischen Spiritualität ins Auge zu fassen. Sodann ist auf einzelne ihrer Elemente einzugehen und auf ihre Auswirkungen in den Passio-Kiliani-Texten.

Quellen der altirischen Spiritualität

Es ist kein leichtes Unterfangen, die Spiritualität eines Zeitgenossen zu ermitteln, geht es doch nicht um äußere Fakten, die unmittelbar zu erfassen und eindeutig zu verifizieren sind, sondern um die innersten Kräfte und ihren vitalen Zusammenhang. Oft werden sie bewußt den Blicken anderer entzogen und als ganz persönliches Geheimnis gehütet. Gleichwohl können sie behutsam erschlossen werden gemäß Jesu Wort: »An ihren Früchten werdet ihr sie erkennen.«[4] Schwieriger noch wird es, wenn es sich um die Spiritualität einer Gemeinschaft handelt. Je größer diese ist, um so mehr läuft man Gefahr, sie zu verfehlen oder zu verkennen. Liegt mehr als ein Jahrtausend zwischen uns und den Menschen, nach deren Spiritualität geforscht werden soll, werden die Probleme riesengroß. Dennoch eröffnen sich dem zielstrebigen Suchen Wege, die zu konkreten Erkenntnissen, wenn nicht gar zu einer Begegnung im besten Sinne des Wortes führen können.

Ohne Zweifel ist das wichtigste Zeugnis das *Leben der Heiligen.* Dieses ist gleichsam eine Fleischwerdung der Spiritualität. In ihm zeigt sich zunächst generell deren Bedeutung. Es widerlegt das nicht selten begegnende Mißverständnis, Spiritualität sei etwas Ätherisches, dem Leben Fernes, eine Art Überbau, und verweise auf eine unwirkliche Überwelt. In der Lebens- und Wirkungsgeschichte der Heiligen tritt zutage, daß dic Spiritualität eine beseelende und bewegende geistig-geistliche Kraft ist, die den Menschen und seine Welt zu verwandeln vermag. Sie kann ein Menschenleben aus dem normalen Verlauf herausholen und zu ungeahnten Leistungen befähigen. Sie kann einzelnen und ganzen Gemeinschaften und durch diese dem politischen und kulturellen Umfeld ein neues Gepräge geben. Dabei zeigt sich, daß die Spiritualität – wie alle Geistesgaben – nicht auf Uniformität und Gleichschaltung aus ist, sondern auf lebendige Vielfalt. Selbst bei einer für viele maßgeblichen Grundform führt sie zu einer reichen und bunten Fülle unterschiedlicher Einzelgestalten. Auf diese Weise kann die lebensvolle Spannung deutlich werden, die der christlichen Spiritualität im ganzen wie in ihren einzelnen Elementen eigen ist.

Unter den Zeugnissen für das Leben der Heiligen kommt deren *authentischen Aussagen* ein Vorrang zu. Sie lassen die Spiritualität sozusagen »im Originalton« vernehmen und vermitteln uns überdies zuverlässige Kriterien, mit deren Hilfe wir weniger deutliche Spuren realistisch zu deuten und einzuordnen vermögen. Die beiden wichtigsten einschlägigen Schriftgruppen verdanken wir Patrick und Kolumban. Da wir vor allem aus diesen Quellen schöpfen können, seien sie kurz vorgestellt.

Bis zur Stunde gilt *Patrick* als *der Apostel Irlands.* Diese Auszeichnung bezieht sich nicht nur auf sein missionarisches Wirken im fünften Jahrhundert, sondern zugleich auf sein Weiterwirken durch seine Schriften, durch das ihm zugeschriebene Lorica-Gebet wie durch den Kranz der Legenden, der ihn umgibt. Die Patrickshymne des heiligen Secundinus[5] vergleicht ihn mit den Aposteln Petrus und Paulus[6]. Zweimal preist sie ihn als »Modell« christlichen Lebens[7]. Im Anschluß an Aussagen Patricks besingt ihn Secundinus als Fischer und Ackersmann und als Herold des himmlischen Königs:

> Der Herr hat ihn erwählt, die barbarischen Stämme zu lehren,
> mit dem Netz seines Lehrens zu fischen
> und die Gläubigen herauszuziehen aus der Welt, hinein in die Gnade,
> Menschen, die dem Herrn folgen bis hin zum himmlischen Thron.«[8]

»Ein treuer, geachteter Bauer im Feld der Frohbotschaft,
Christi Evangelien sind seine Saaten,
er sät sie aus inspiriertem Mund in die Ohren der Weisen
und kultiviert Herz und Sinn durch den Heiligen Geist.«[9]

Die für die altirische Spiritualität typische innige Verflochtenheit von irdischem und himmlischem Leben klingt an, wenn der Dichter – biblische Bilder aufgreifend – von Patrick sagt:

»Zur Hochzeit lädt er die Gläubigen ein als Herold des Königs;
im Hochzeitsgewande kostbar geschmückt
trinkt er himmlischen Wein aus himmlischen Krügen
und reicht Gottes Volk den geistlichen Krug zum Trank.«[10]

Alle Verehrung des heiligen Patrick darf nicht übersehen lassen, daß er von Anfang an heftig umstritten ist. Seine Missionstätigkeit im Norden und Westen der Grünen Insel hatte harten Widerstand zu überwinden. Selbst von irischen und britischen Christen wurde er attackiert. Als man seine Autorität für diese oder jene Gründung geltend machte, kam es zu neuen Auseinandersetzungen über ihn. Historiker vertreten heute noch divergierende Thesen über Einzelheiten seines Lebens. Auch in der Exegese seiner Texte geht es nicht immer schiedlich-friedlich zu. Die Abwehr von Angriffen auf sein Leben und Wirken kennzeichnet auch die Hauptschrift Patricks, seine *»Confessio«*[11].

Wie Paulus sich im 2. Korintherbrief mit verschiedenen Gegnern und Einwänden auseinandersetzt und dabei großartige Aussagen über die Christuswahrheit formuliert, so verteidigt sich Patrick gegenüber seinen Kontrahenten und gibt zugleich ein bewegendes Zeugnis von der Gnade Gottes, das seine Aktualität nicht verloren hat, ist doch der damals virulente Pelagianismus keineswegs ausgestorben. Im Laufe der Zeit ist er immer wieder in verwandelter Gestalt aufgetaucht; er prägt auch heutzutage manche christlich firmierten Theorien und Praktiken.

Patricks »Confessio« endet mit den Worten: »Dies ist mein Bekenntnis, bevor ich sterbe.«[12] Ein gutes halbes Jahrhundert nach

◁ Der Evangelist Johannes (vgl. S. 77 f. u. 102)
Book of Kells, fol. 291 v

den »Confessiones« des heiligen Augustinus versteht Patrick sein Bekenntnis in demselben dreifachen Sinn wie der große Kirchenvater: Er will seine Sünden bekennen, die Gnade Gottes rühmen und gläubig dessen Werke vor der Welt bezeugen. In bezug auf Umfang und Stil gibt es zwischen beiden Schriften beträchtliche Unterschiede: Augustinus vertraut seine Bekenntnisse auf nahezu 400 Seiten 13 Büchern an; Patrick füllt mit Mühe ein dünnes Heft mit etwa 20 Seiten. Der beredte Kirchenlehrer gestaltet seine Aussagen mit höchster Sprachkunst; Patrick müht sich redlich, wenn auch nicht immer erfolgreich, mit den Hindernissen der lateinischen Sprache fertig zu werden. Freimütig schreibt er: »Was ich zu sagen habe, wurde in eine für mich fremde Sprache übertragen; der Geschmack des von mir Geschriebenen läßt das leicht erkennen.«[13] Michael Richter übersetzt drastisch: »wie aus dem Speichelfluß meiner Rede leicht zu ersehen ist.«[14] Was dem Ästheten mißfallen mag, braucht die Aussagen als solche nicht zu beeinträchtigen, verleiht ihnen vielmehr die Eindringlichkeit einer Plastik, die extrem hartem Material abgerungen ist.
Für irisches Empfinden besonders sympathisch ist Patricks Einsatz für die Freiheit. Secundinus markiert gerade mit diesem Engagement seine Christusverbundenheit:

Christus hat ihn zu seinem Vertreter erwählt.
Er befreit Gefangene aus zweifacher Knechtschaft:
Zahlreiche befreit er von Fesseln der Menschen,
Ungezählte befreit er vom Joch des Teufels.«[15]

Der einzige *Brief*, der von Patrick erhalten ist, bezeugt sein Eintreten für die Freiheit[16]. Mit aller ihm zu Gebote stehenden Energie wendet er sich *»an die Soldaten des Coroticus«*, eines Briten, der mit seiner Kriegerbande Christen überfallen hat[17]; etliche hat er ermordet, viele in die Sklaverei verkauft. Patrick kämpft für deren Befreiung. Als »Flüchtiger aus Liebe zu Gott«[18] scheut er sich nicht, sich selbst vor seinen Gegnern zu erniedrigen und zugleich an den Großmut derer zu appellieren, denen Schwerverbrechen anzulasten sind. Er stellt sich als »Sünder und Ignoranten« vor[19] und erstrebt die Umkehr derer, die jetzt »im Tode leben«, die sich »im Blut unschuldiger Christen wälzen«[20]. Er redet ihnen ins Gewissen: »Bei den Christen in Gallien ist es Brauch, heilige und tüchtige Männer zu den Franken und zu anderen Heiden auszusenden mit vielen tausend Goldmünzen (solidi), um getaufte Gefangene loszukaufen. Ihr zieht es vor, zu töten und (Christen) an eine fremde Nation zu verkaufen, die Gott nicht kennt.«[21] Gegen alle Hoffnung hofft er, daß die Übeltäter, die weniger frei sind als ihre Gefangenen[22], von Gott zur Umkehr geführt werden, daß sie tätige Reue zeigen und so verdienen, »auf Gott hin zu leben ... hier und in Ewigkeit!«[23]

Während das Werk Patricks im Zeichen der aufgehenden Sonne steht, die noch längst nicht allenthalben durchgedrungen ist, so daß tiefes Dunkel, sich lichtender Dämmerschein und strahlende Helle nebeneinander zu finden sind, sehen wir *Kolumban* in vollem Licht der Geschichte, so »daß wir von diesem für die Geschichte des Christentums in Mitteleuropa so wichtigen Mann mehr und Genaueres wissen als von jedem anderen irischen Heiligen und von vielen seiner Gefährten in einer der dunkelsten Zeiten der europäischen Geschichte. Es sind nicht nur zahlreiche und verschiedenartige Werke von ihm erhalten, auch sein Leben wurde kurz nach seinem Tod von einem umsichtigen und zuverlässigen Historiker dargestellt.«[24] So liegen die wichtigsten Stationen seines Lebensweges klar vor unserem Blick; von wenigen umstrittenen Texten abgesehen, sprechen Kolumbans Schriften, auch wenn sie von Gott und der Welt handeln, zugleich von ihm und bieten damit »einen unmittelbaren Zugang zu dieser komplexen Persönlichkeit«[25] wie zur altirischen Spiritualität. Schon früh sieht die Legende die im Zenit leuchtende Sonne als Symbol des heiligen Kolumban. Sie erzählt, daß bereits vor seiner Geburt von der Mutter glühende Hitze und strahlendes Licht ausgingen und sein Wesen und Wirken anzeigten[26].

Um 543 in der im Südwesten gelegenen Provinz Leinster geboren, fand Kolumban nach schweren inneren und äußeren Kämpfen ins Kloster. Nachdem ihren Worten und ihren Tränen der gewünschte Erfolg versagt blieb, warf sich seine Mutter schließlich auf die Türschwelle, um ihrem Sohn den Weg ins Mönchsleben zu versperren. Davon durchdrungen, daß die Liebe zu Gott jedes Opfer wert ist, folgte Kolumban seiner Berufung. Sie führte ihn über das Inselkloster Cluain Inis in Ulster nach Bangor an der irischen Nordostküste, dreizehn Meilen östlich von Belfast. Dort war der heilige Comgall sein geistlicher Führer, von dessen Wirken das Martyrologium von Donegal sagt: Er »entzündete in den Herzen der Menschen ein unverlöschliches Feuer der Gottesliebe«[27]. Der Geist des Klosters spiegelt sich in einem Hymnus wider, den ein Mönch auf die Regel von Bangor gedichtet hat. Da er zu den eindrucksvollsten Zeugnissen altirischer Spiritualität gehört, seien einige Strophen zitiert:

»Gut bist du, Bangors Regel,
Pfad, gerade und göttlich,
Streng, heilig und eifrig,
Groß, gerecht und erhaben.

Glücklich die Brüder von Bangor,
Fest gegründet im Glauben,
Strahlend in Heiles Hoffnung,
Vollkommen in Liebe.

Schiff du, niemals erschüttert,
Wie auch die Wasser toben,
Braut du des Herrn, des Königs,
Schon die Hochzeit erwartend.

Haus du, voll des Entzückens,
Auf dem Felsen gegründet,
Weinstock du auch, der wahre,
Aus Ägypten gekommen.

Stadt und sichere Feste,
Stark in der Bürger Eintracht,
Ruhmreich und Ruhmes würdig,
Thronend auf Bergeshöhe.«[28]

In den Perspektiven dieser Hymne wollen die Regeln gesehen werden, die Kolumban später für seine Gründungen konzipiert. Nach angemessener Lernzeit wurde Kolumban in Bangor die geistige und geistliche Führung anderer anvertraut. An diese Tätigkeit erinnern seine kunstvollen lateinischen *Gedichte*[29]. Drei von ihnen nennen ihre Adressaten und machen so deutlich, wie persönlich die Aussagen gemeint sind. Ihr ebenso existentieller wie dialogischer Charakter kommt auch formal zum Ausdruck, wenn Kolumban seine Verse an Hunald jeweils mit den einzelnen Buchstaben seines und dessen Namens beginnt[30].
Etwa hundert Jahre vor Kilian brach Kolumban mit zwölf Gefährten zum europäischen Festland auf. Sein Weg führt zunächst in den austrasischen Teil des Frankenlandes. Dessen König Childebert er-

öffnet ihm die Möglichkeit, am Rand der Vogesen ein erstes Kloster zu gründen. Es entstand in Annegray; weitere Gründungen erfolgten in Luxeuil und in Fontaines. Etwa 220 Mönche lebten in diesen Klöstern. Für sie wie für die vielen, die sich ihnen anschlossen, schrieb Kolumban seine *Regeln* zusammen mit einer differenzierten Bußordnung nieder[31]. Ihr hoher Anspruch kann Menschen des 20. Jahrhunderts schockieren; bei vielen Zeitgenossen Kolumbans wird es nicht viel anders gewesen sein. Jedenfalls nahmen etliche Christen in Gallien bis hin zu verschiedenen Bischöfen heftig Anstoß an den hier niedergelegten und offenkundig im Alltag als verbindliche Richtlinien bejahten Postulaten. Um sie und alle Regeln realistisch zu verstehen, muß man ihrem ersten Satz gebührend Aufmerksamkeit schenken. Er ist das Vorzeichen zu allen sich anschließenden Einzelanordnungen. Ohne ihn bleiben sie schlechterdings unverständlich; in seinem Licht erweisen sie sich als Anleitungen zur radikalen und totalen Liebe. Kolumban beginnt: »Zuallererst sind wir belehrt, Gott mit ganzem Herzen und mit ganzer Seele und mit allen unseren Kräften zu lieben, und unseren Nächsten wie uns selbst.«[32] Im Blick auf diese zentrale Lebensaufgabe legt die Regel fest, wie die Liebe zu leben sei, welche Konsequenzen, welchen Einsatz, welche Opfer sie fordert. Entsprechend ist vom Gehorsam und vom Schweigen, vom Essen und Trinken sowie von der Ordnung des Gottesdienstes die Rede. Des weiteren wird gesagt, wie die Begierlichkeit und die Eitelkeit zu bekämpfen, wie die Reinheit und die Gabe der Unterscheidung zu gewinnen, wie Abtötung zu praktizieren und wie in allem die Vollkommenheit zu erstreben ist.

Auch in den *Bußordnungen* geht es letztlich um die kompromißlose Erfüllung des Hauptgebotes in allen Lebenssituationen und um den Kampf gegen die Unterlassungssünden, die nach dem biblischen Zeugnis besonders verhängnisvoll sind. Nicht die Strafe steht im Vordergrund, sondern die gezielte Hilfe. Sie fordert je nach der Person und ihrer Kondition unterschiedliche Maßnahmen. Kolumban führt dazu aus: »Die Ärzte des Leibes setzen ihre Medizin auf verschiedene Weise zusammen: Sie heilen Wunden auf die eine Weise, Erkrankungen auf eine andere, Geschwüre auf eine andere, Quetschungen auf eine andere, Eiterungen auf eine andere, Augenleiden auf eine andere, Brüche auf eine andere und Verbrennungen auf eine andere Weise. Ebenso sollten die geistlichen Ärzte die

Wunden der Seele mit verschiedenen Heilmitteln behandeln, ihre Krankheiten, ihre Verstöße, ihre Kümmernisse, ihre Erschöpfungen und ihre Schmerzen.«[33] Kolumban trifft in der Folge seine Festlegungen, weil die Doppelgabe der Diagnose und der Therapie nur wenigen geschenkt ist. Daher soll man es nachlesen können, »wie all dies zu handhaben ist, und wie die Schwachen zur vollen Gesundheit geführt werden können«[34].

Ganz und gar nicht mit Kolumbans Therapie einverstanden war König Theoderich, als er vom Heiligen wegen seines Konkubinats zur Rede gestellt wurde. Kurzerhand wurde Kolumban mit seinen irischen Gefährten ausgewiesen. Zu Schiff brachte man sie Loireabwärts nach Nantes. Während man dort auf günstigen Wind für die Überfahrt nach Irland wartete, schrieb Kolumban den in Luxeuil unter der Leitung Attalas verbliebenen Mönchen einen ergreifenden *Brief.* Er grüßt sie: »Der Friede sei mit euch, so wie es der Wunsch des Herrn war, als er zu seinen Jüngern sprach, und das Heil und die ewige Liebe. Diese drei Gaben möge euch der dreieinige Gott schenken und sie in eurer Mitte bewahren.«[35] Zugleich bindet er Attala auf die Seele, nach Kräften für den Frieden einzutreten und immer darauf bedacht zu sein, »die Einheit des Geistes durch das Band des Friedens zu wahren«[36]. Er schätzt das Gut des Friedens so hoch ein, daß er fragen kann: »Was nützt es, einen Leib zu haben, ohne ein Herz zu haben?« So trifft es ihn schwer, daß er selber Streit ausgelöst hat: »Ich bekenne, daß ich dieser Sache wegen innerlich gebrochen bin, da ich doch allen helfen wollte.«[37] Besonders bedrückt ihn, daß sein missionarischer Einsatz durchkreuzt wird: »Ich habe gelobt, fremde Völker aufzusuchen und ihnen das Evangelium zu verkünden.«[38] Das scheint nun vereitelt zu sein. Endlich tröstet er Attala mit seinen Mönchen und sich selber mit der Erkenntnis: »Was uns zustößt, ist nicht neu; wir haben es selber täglich vorausgesagt ... Das ist gerade die Wahrheit des Evangeliums, daß die wahren Jünger dem gekreuzigten Christus mit ihrem Kreuz folgen müssen. Ein großes Vorbild ist uns gezeigt, ein großes Geheimnis ist uns erschlossen worden: Gottes Sohn, der geopfert wurde, weil er selbst es wollte, hat freiwillig wie ein Verbrecher das Kreuz bestiegen, damit er – wie geschrieben steht – uns ein Beispiel hinterlasse, auf daß wir in seine Fußstapfen treten. Selig ist, wer an diesem Leiden und an dieser Schande teilhat.«[39] Zwei Motive schlägt Kolumban schließlich an, die für ihn wie für seine Landsleute typisch sind: das des Kampfes und das der Freiheit. Sie sollen helfen, den Sinn der sie alle bedrängenden Not zu erfassen. Kompakt formuliert der Vertriebene: »Wenn du den Feind wegnimmst, nimmst du auch den Kampf; wenn du den Kampf wegnimmst, nimmst du auch die Krone ... Wenn du die Freiheit wegnimmst, nimmst du auch die Würde.«[40] Die letzte Zeile ist in der Kolumbankapelle der Vatikanischen Grotten in der Nähe des Petrusgrabes festgehalten. Ein Mosaik zeigt Kolumban mit seinem Regelbuch in der einen und dem Kreuzstab in der anderen Hand. Fünf Mönche begleiten ihn. Von allen seinen Worten sind allein diese zu lesen: »Si tollis libertatem, tollis dignitatem.« Würde, Freiheit und Freimut kennzeichnen auch die weiteren Briefe Kolumbans, auf die später zurückgegriffen wird.

Dem Brief von Nantes folgte eine überraschende Wende, die einen neuen Lebensabschnitt Kolumbans einleitete. Ein Sturm zerstörte das Schiff, das sie nach Irland bringen sollte. Kolumban ging mit seinen Gefährten erneut an Land. Jetzt brach er ostwärts nach Neustrien auf. König Chlothar II. nahm ihn wohlwollend auf. Die Missionsfahrt führte nunmehr die Mosel hinab und den Rhein hinauf. Damals dürfte Kolumbans Schifferlied entstanden sein, »in dem sich klassische Form und christlicher Geist zu schönem Einklang verbinden«[41], und überdies die Naturverbundenheit, die Menschenkenntnis, die Zielstrebigkeit und die Führungsqualität und vor allem die alles beseelende Christozentrik Kolumbans beredt zur Sprache kommen[42]:

»Heia, Männer! Erweckt ein Echo mit unserem Heia!
Hohe Wogen erregt der Sturm, bringt rauschenden Regen,
Doch die Männer rudern mit Kraft und trotzen dem Wetter.
Heia, Männer! Erweckt ein Echo mit unserem Heia!
Unentwegt, sie zwingen den Sturm, sie zwingen den Regen,
Alles besiegt der Wille, die unverdrossene Mühe.
Heia, Männer! Erweckt ein Echo mit unserem Heia!
Harrt denn aus und bewahrt euch für Tage künftigen Glückes!
Größer schon war eure Not; auch dieser gibt Gott wohl ein Ende.
Heia, Männer! Erweckt ein Echo mit unserem Heia!

So der Feind, der verhaßte: er läßt dem Herzen nicht Ruhe,
Stellt ihm voll Bosheit nach und wühlt es auf in der Tiefe.
Lenkt auf Christus den Sinn, ihr Männer, und singet ihm Heia!

Seid nur standhaft im Geist, verachtet die Listen des Feindes;
Mit der Tugenden Wehr besteht den Kampf ihr als Sieger.
Lenkt auf Christus den Sinn, ihr Männer, und singet ihm Heia!
Alles besiegt ein starker Glaube, ein heiliger Eifer,
Fliehend zerbricht der alte Feind seine giftigen Pfeile.

Lenkt auf Christus den Sinn, ihr Männer, und singet ihm Heia!
Er, der Tugenden König, die Allmacht, der ewige Ursprung,
Zeigt dem Streiter den himmlischen Lohn, verleiht ihn dem Sieger.
Lenkt auf Christus den Sinn, ihr Männer, und singet ihm Heia!«[43]

Mehr als Wind und Wellen machten den Missionaren die heidnischen Gegner um den Zürichsee herum und im Bodenseegebiet zu schaffen. So brach Kolumban nochmals auf. Im Herbst 612 überquerte er mit seinen Getreuen die Alpen und kam zur langobardischen Hauptstadt Mailand. Hier geriet er mitten hinein in die Krise, die durch den Arianismus ausgelöst worden war. Ein Versuch des Brückenschlags durch den Kaiser Justinian hatte sich als kontraproduktiv erwiesen. Kolumban, der den Herrn und die von ihm gewollte Einheit leidenschaftlich liebte, zog weiter nach Bobbio. Dort gründete er ein letztes Mal ein Kloster, dort fand er 615 seine letzte irdische Ruhestätte.
Was er seinen Mitbrüdern in den verschiedenen Klöstern zu sagen hatte und was ihn generell in seiner Verkündigung bewegte, bezeugen die zwölf geistlichen *Ansprachen*[44], die uns als kostbare Hinterlassenschaft verblieben sind. Sie sind durch dieselben sprachlichen, theologischen und spirituellen Qualitäten ausgezeichnet wie seine Briefe und Gedichte. Sie können der Fixierung vieler entgegenwirken, die, von aszetischen Höchstleistungen und atemberaubenden Bußübungen fasziniert, nur auf diese sehen. Sie helfen das gängige Urteil zu überwinden, »das irische Mönchtum sei als ganzes mehr vom Aszetismus als von der Mystik beherrscht«.[45] Gewiß fehlt es nicht an Passagen, die hohe Anforderungen an den persönlichen Einsatz eines jeden geltend machen. Eindringlich wird die Kampf-

◁ Die Versuchung Jesu (vgl. S. 72 u. 90–93)
Book of Kells, fol. 202 v

situation und alles, was dazu gehört, vor Augen und Seele gestellt. Nicht weniger als ein tägliches Sterben wird gefordert. Wird es im rechten Geist verwirklicht, dann ist dies keine Superleistung, sondern ein Gnadengeschenk, keine eigenmächtige Aufgipfelung der menschlichen Fähigkeiten, sondern deren liebende Hingabe an den Herrn, der sich für uns dahingegeben hat, »so daß der, der lebt, nicht für sich selbst lebt, sondern für ihn, der für ihn gestorben ist«. Kolumban schließt diesem Glaubenszeugnis den Aufruf zur uneingeschränkten Liebe an: »So laßt uns für ihn leben, der für uns sterbend unser Leben ist; und laßt uns uns selber sterben, damit wir für Christus leben können ... Wir gehören nicht uns selber, sind wir doch um einen teuren Preis erkauft, einen wahrlich teuren Preis, da der Herrr sich als Sklave hingibt, der König als Diener und Gott als Mensch.«[46]

Unfaßbarer noch ist der Urgrund dieses Geschehens, das Mysterium der allerheiligsten Dreifaltigkeit. Wie zum Verständnis der Regeln das Hauptgebot der Liebe gehört, das ihnen vorangestellt ist, so erschließen sich die verschiedenen Reden Kolumbans erst, wenn wir als deren Basis erkennen, was er selber das Erste nennt:

»Ich will, daß die Grundlage der Erlösung aller Menschen auch die Basis unseres Redens sei und daß unsere Lehre von dem Punkt ausgehen soll, von dem alles, was ist, ausgeht und an dem alles, was noch nicht ist, anfängt.«[47] So beginnt Kolumban mit dem Bekenntnis zu einem dreifaltigen Gott[48]. Er ist der Anfang, die Mitte und das Ziel unseres Lebens. »Gott ist überall, ganz unermeßlich, und überall ganz nah, wie er von sich selbst bezeugt: ›Ich bin ein Gott aus der Nähe und nicht ein Gott aus der Ferne.‹ Der Gott, den wir suchen, ist also nicht fern von uns; wir tragen ihn in uns, wenn wir es wert sind. Er wohnt in uns wie die Seele im Leib, wenn wir nur gesunde Glieder am Leib des Herrn und tot für die Sünde sind. Dann wohnt er wirklich in uns, der gesagt hat: ›Ich werde in ihnen wohnen und unter ihnen leben.‹ Wenn wir aber wert sind, daß er in uns ist, dann macht er uns wirklich lebendig, als wären wir seine lebendigen Glieder. Denn der Apostel sagt: ›In ihm leben wir, bewegen wir uns und sind wir.‹«[49] Der eine unsichtbare Gott, »die ewige Dreifaltigkeit, umfaßt alles, er ist neben, über, in allem«[50]. Als ein und alles unseres Lebens soll er immer mehr das ein und alles unseres Liebens werden. So lehrt Kolumban in der Nacht unseres irdischen Lebens beten: »Ich bitte dich, Herr, im Namen deines Sohnes

Jesus Christus, meines Gottes, gib mir die Liebe, die keinen Untergang kennt; gib, daß meine Lampe das Anzünden, nicht das Auslöschen erfährt, daß sie mir glüht und anderen leuchtet!«[51] Kolumbans Wirken zeigt, daß dieser Bitte in hohem Maße Erhörung geschenkt wurde.

Etwa zwanzig Jahre nach seinem Tode schrieb Jonas von Bobbio seine Vita Columbani. Fakten und Legendäres sind in ihr nicht immer klar zu scheiden. Gleichwohl ist das gesamte Werk als eine wichtige Quelle altirischer Spiritualität anzusehen. Ähnliches gilt von den weiteren *Lebensberichten* von irischen Heiligen, einschließlich ihrer *Legendenelemente*. Wünsche und Werte, Normen und Ziele können auch in Darstellungen zutage treten, die weit von den greifbaren Tatsachen entfernt sind. Mag die Ausbeute an historischen Fakten gering sein, so können sie doch seelische Wirklichkeiten bezeugen, die nicht selten den Weltverlauf mehr bestimmen als die sogenannten harten Realitäten.

Um ein Beispiel zu nennen, sei auf das Verhältnis Kolumbans zu den Tieren hingewiesen. Unter anderem wird von ihm berichtet, daß Tiere ihm halfen, als er im Kloster Annegray wegen des großen Andranges Hilfesuchender selber keine Ruhe mehr fand. Als er sich in die Einsamkeit zurückzog, überließ ein Bär ihm seine Höhle und wurde sein getreuer Begleiter[52]. Aus seiner Fontaines-Zeit wird erzählt, daß Raubvögel auf sein Gebet hin ihre Beute zurückgaben[53]. In Bobbio schließlich rückte ein Bär an die Stelle eines Ochsen, den er aufgefressen hatte, und nahm dessen Joch und dessen Arbeit auf sich[54].

Ein ähnliches Verhältnis zur Tierwelt wird *Columcille* zugeschrieben. Zwei Abschnitte aus seiner Vita erzählen vom Mitleid, das der Heilige Tieren erwies, und auch davon, daß es selbst in diesen lebendig sein konnte: »Zur Zeit, da der Heilige auf der Insel Iona lebte, rief er einmal einen der Brüder zu sich und gab ihm folgenden Auftrag: ›Am dritten Morgen mußt du an der Westküste dieser Insel am Meeresufer sitzen und Ausschau halten; denn ein wandernder Reiher aus Nordirland, vom Sturm weit über die See getrieben, wird um die neunte Stunde des Tages völlig erschöpft und ermattet dort vorbeikommen und, da ihn seine Kräfte schon fast ganz verlassen haben, vor dir an der Küste zu Boden fallen. Laß es dir angelegen sein, ihn barmherzig auf deine Arme zu nehmen, ihn zu dem nächsten Haus zu bringen, ihn dort gastlich aufzunehmen und drei Tage und Nächte für ihn zu sorgen und ihn gut zu ernähren.‹«[55] In solcher Sorge für die Tiere zeigt sich, daß der Schöpfungsglaube nicht eine blutleere Theorie ist, sondern ein besonderes Verhältnis zu allen Kreaturen impliziert. Alle Geschöpfe gehören zusammen und sind einander verpflichtet. Zur Schule der Demut gehört die Erkenntnis, daß der Mensch dabei nicht nur Gebender, sondern auch Empfangender ist. Auf rührende Weise kommt das im Bericht über das Sterben Columcilles zur Sprache. Einen Tag vor seinem Tode überzeugte er sich in einer Scheune, daß genügend Korn für seine Brüder da war. Er segnete es; dann eröffnete er dem ihn begleitenden Diener Näheres über seinen bevorstehenden Heimgang. Auf dem Rückweg von der Scheune setzte er sich auf halbem Wege nieder. Das weitere berichtet Adamnán mit innerer Anteilnahme: »Siehe, da kommt ein weißes Pferd auf ihn zu, ein gehorsamer Diener; es pflegte die Milcheimer zwischen den Kuhställen und dem Kloster hin und her zu tragen. So wunderbar es klingen mag, dieses Tier ging auf den Heiligen zu, legte seinen Kopf in dessen Schoß – wie ich glaube, auf Gottes Eingebung, vor dem jedes Tier, wenn der Schöpfer es befiehlt, Vernunft annimmt – und betrauerte seinen Herrn, der, wie es wußte, bald von ihm gehen und den es nicht wiedersehen sollte; wie ein Mensch ließ es einen Strom von Tränen in den Schoß des Heiligen fließen und weinte, daß ihm der Schaum kam. Als der Diener das sah, wollte er das tränenreich trauernde Tier fortjagen; doch der Heilige verbot es ihm und sagte: ›Laß meinen Freund, laß ihn doch die Tränen bitterer Trauer in meinen Schoß weinen. Siehe, du bist ein Mensch, du hast eine vernünftige Seele, und doch hast du von meinem Hinscheiden keine Ahnung haben können, bis ich selbst dir vor kurzem davon Kunde gab. Aber diesem stumpfen und unvernünftigen Tier hat sein Schöpfer nach seinem Willen untrüglich enthüllt, daß sein Herr von ihm scheiden wird.‹ Mit diesen Worten segnete er seinen treuen Diener, das Pferd, das sich traurig auf den Rückweg machte.«[56] Dieses Geschehen kennzeichnet den Heiligen ebenso wie die anschließend berichtete Tatsache, daß er in seine Hütte ging, um in seiner Zelle die Arbeit an einem Psaltermanuskript fortzusetzen. »Und als er im dreiunddreißigsten Psalm zu dem Vers kam, in dem es heißt: ›Die den Herrn suchen, werden alles Gute in Fülle haben‹, da sagte er: ›Hier, am Ende der Seite muß ich aufhören, Baithene soll zu Ende schreiben.‹«[57] Daß das Verhältnis zur

Natur in der Übernatur verwurzelt ist und daß die Tierliebe und das Gebet von einer Grundhaltung getragen werden, hat in der Gestalt des Gründers von Glendalough ein liebenswürdiges Sinnbild gefunden. Von ihm wird erzählt, er habe nach nächtlichem Gebet entdeckt, daß eine Amsel in seine ausgestreckte offene Hand Eier gelegt habe. *St. Kevin* blieb daraufhin so lange in der Orantenhaltung stehen, bis die Jungen flügge waren. Hier wird gleichsam mit Händen greifbar, wie das Verhältnis zu den Tieren geistlichen Ursprungs und somit Wesenselement der Spiritualität ist.

Es gehört zu den Eigenarten der irischen Geschichte, daß sich historisches und legendäres Gut von christlicher Relevanz selbst in *Mythen und Sagen* findet, die aus vorchristlicher Zeit stammen und in erstaunlicher Fülle und Vielgestalt erhalten geblieben sind[58]. Das hängt mit der Weise zusammen, wie die Iren zum Glauben kamen. Auch wenn es nicht an heftigen Auseinandersetzungen gefehlt hat, ist die Bekehrung Irlands im ganzen so erfolgt, daß vieles vom überkommenen Erbe aufgenommen und weitergeführt wurde. Hier hat man nicht nach der Devise gehandelt: »Verbrenne, was du angebetet hast, und bete an, was du verbrannt hast!«; die bedeutsamsten Missionare Irlands sind vielmehr im Sinn der Areopagrede des Völkerapostels vorgegangen: »Was ihr verehrt, ohne es zu erkennen, das verkünde ich euch.«[59]

Typisch dafür ist die Geschichte vom Tod Conchobhars in dem *»Epos vom Rinderraub von Cooley«*. Es bietet »den besten Zugang zu der Oberschicht Irlands in vorchristlicher Zeit«[60] und wirft zugleich Licht auf die radikale Hinwendung zu Christus und deren spirituelle Komponenten, wann immer die diesbezüglichen Aussagen in den älteren Text integriert wurden. »Die früheste erhaltene handschriftliche Überlieferung stammt aus der Zeit um 1100. Es wird aber allgemein angenommen, daß heute verschollene ältere schriftliche Fassungen bis ins 7. Jahrhundert zurückreichen.«[61]

In diesem Epos, das man »die Ilias der Iren« genannt hat[62], wird nach der blutigen Schilderung etlicher Kämpfe erzählt, wie Conchobhar, der König der Vlaid, der Männer von Ulster, durch eine schwere Gehirnverletzung in Lebensgefahr gerät. Sein Arzt rät ihm, den tief eingedrungenen Fremdkörper im Kopf zu belassen, auch wenn dieser dadurch für immer entstellt wird. Zugleich gibt er die strenge Anweisung, sich in jedem Fall ruhig zu verhalten, weder zu laufen noch zu reiten noch sich innerlich zu erregen. Sieben Jahre lang gelingt das. Dann ändert sich alles mit einem Schlag: »Eine große Erschütterung kam zu jener Zeit über die Elemente. Himmel und Erde bebten ... ›Was ist das?‹ fragte Conchobhar seinen Druiden. ›Welch großes Unglück ist heute geschehen?‹ «[63] Es kennzeichnet die Hochachtung vor dem heidnischen Druiden, daß man ihm zutraute, das Entscheidende zu wissen und weiterzugeben. »Der Druide sagte: ›In der Tat ist eine große Schandtat geschehen: Christus, der Sohn des lebendigen Gottes, ist von den Juden gekreuzigt worden.‹ ›Das ist wahrhaft eine große Schandtat‹, sagte Conchobhar.«[64] Der noble König regt sich über den Tod des Unschuldigen auf. Zugleich bewegt ihn etwas, das ihm selber nicht bewußt ist. Der Druide enthüllt es ihm: »Jener Mann ist in derselben Nacht wie du geboren, nämlich acht Tage vor dem 1. Januar, wenn auch nicht in demselben Jahr.«[65] Inmitten der ansonsten recht dramatischen Schilderungen heißt es daraufhin im Epos ganz schlicht: »Da glaubte Conchobhar.« Hinzugefügt wird: »Er war einer der beiden irischen Männer, die an Gott glaubten, bevor der christliche Glaube nach Irland kam; der andere war Morann«[66], ein weiser Richter der Frühzeit. Dann bricht ein Vulkan aus: Der neue Glaube drängt zu Taten. Die innerliche Gemeinschaft mit dem Gekreuzigten fordert den höchsten Einsatz. Dieser geschieht in der Art und Weise, wie der König bis dahin zu kämpfen gewohnt war: »Er sprang nach seinen zwei Speeren und schwang sie mit Gewalt, so daß sie in seiner Faust zerbrachen, und er nahm sein Schwert in die Hand und hieb auf die Bäume ein, die er vor sich hatte, und schlug eine Schneise in den Wald ... Und er sagte: ›So würde ich Christus an den Juden und an denen, die ihn gekreuzigt haben, rächen, wenn ich sie vor mir hätte.‹ «[67] So ging er in den Tod. Das spontane Ja zu Christus bescherte ihm keinen Triumph, sondern Anteil am Kreuzesgeschick; es geschieht keine Wunderheilung, sondern ein tieferes Mitleiden. Die Erregung über das Schicksal Christi und der Wille, sich mit aller Macht für ihn einzusetzen, ließen die alte Wunde aufbrechen, sein Gehirn trat heraus, und er starb.

Ein Fürst ganz anderer Art begegnet uns im Epos von der *»Ekstase des Suibhne«*.[68] Es verdient unsere besondere Aufmerksamkeit, weil es durch verschiedene Gegebenheiten mit dem Jahrhundert Kilians verbunden ist. Der heilige *Moling*[69], der um 695, wenige Jahre nach Kilian und dessen Gefährten, starb, spielt in dem Epos eine zentrale Rolle. Er gilt als einer der fruchtbarsten irischen Autoren. Eine das

Verhältnis der Iren zur Dichtung charakterisierende Legende berichtet, Räuber hätten Moling wieder freigegeben, als sie erfuhren, daß er ein Dichter sei. »Von seinem ›lodernden Angesicht‹ wurde man geblendet, heißt es. Von diesem Mystiker, Anachoreten und Propheten ist eine Vision vom Ende der Welt erhalten. Die blühende Legendenbildung um seine Person zeugt von der großen Beliebtheit des Moling, der auch ›letzter der volkstümlichen Kirchengrößen‹ genannt wird.«[70] Die meisten seiner Schriften sind ebensowenig erhalten wie seine Gebeine. Diese verbrannten im 14. Jahrhundert zusammen mit vielen Menschen, als Engländer die Kirche ansteckten, in der sie Zuflucht gesucht hatten. Lange hat man das gesamte Suibhne-Epos dem heiligen Moling zugeschrieben.

Festeren Boden betreten wir, wenn wir uns dessen historischem Bezugspunkt zuwenden, der *Schlacht von Magh Rath (637)*. In ihr wehrte der irische König vom Stamme Dál Cuinn den Angriff des abtrünnigen Fürsten von Vlaid, Congal Claen vom Stamme Dál Araide, erfolgreich ab, der sich mit fremden Truppen aus Übersee verbündet hatte. Der Sieger war ein Verwandter des Columcille. Zu den Opfern der Schlacht gehörte *Cenn Fáelad*. Die Sage berichtet von ihm: »Ein Arzt aus der Schule der Druiden operierte und rettete ihn. Er entfernte aus dessen Gehirn das Vergessen und pflanzte ihm statt dessen großes Wissen ein. Cenn Fáelad wurde ein berühmter Gelehrter. Er soll alte Berichte auf Wachstafeln und später auf Pergament in lateinischer Sprache aufgeschrieben haben.«[71] Ein weiteres Opfer wurde *Suibhne*. Er gehörte zu dem unterlegenen Stamm von Dál Araide. Sein unglückliches Schicksal hatte er noch vor der Schlacht durch ein schweres Vergehen verursacht, das ebenfalls mit der Buchkunst zu tun hatte. Leidenschaftlich erregt, hatte der junge Fürst den Mönch Ronán attackiert, als dieser in seinem Gebiet eine Kirche gründen wollte. Er entriß dem Betenden seinen kostbaren Psalter und schleuderte ihn ins Wasser. Erst der Aufruf zur Schlacht von Magh Rath rettete Ronán aus den Händen des Wütenden, während ein Otter das versunkene Manuskript unversehrt aus dem Wasser holte. Ronán faßte das Erfahrene in die Verse:

»Welch' Handlung niederträchtig
Von Suibhne in seiner Wut!
Meinen Psalter, farbenprächtig,
Versenkt in der dunklen Flut!

Ein Zeichen gab mein Gebieter,
Ein Fischotter schwamm ans Land,
Mir zu Füßen legte er nieder,
Ohn' Schaden, den teuren Band!

Der Frevler, nach Gottes Rat,
Mag büßen nun immerdar,
In der Art wie er vor mich trat,
Jeglicher Würde bar!«[72]

So geschah es, nachdem Suibhne sich in der Schlacht nochmals schändlich verhielt. Ronán versuchte mit acht seiner Psalmisten Frieden zu stiften. Kurzfristig gelang es. Dann tötete Suibhne einen der Beter mit seinem Speer und schleuderte einen weiteren auf Ronán, der an dessen Glocke abprallte. Von da an war er dazu verurteilt, selber wie ein Speer durch die Luft zu fliegen, bis er am Ende durch einen Speerwurf getötet wird. Halb Mensch, halb Vogel irrte er fortan durchs Land, lebte in der Luft und auf Bäumen; überall war er zu finden und nirgends zu Hause.

Die poetische Schilderung seines Geschicks vereint Erkenntnisse und Erfahrungen vieler Generationen. Auch hier rückt nochmals die Zeit Kilians in den Blick: »Im Hintergrund erblicken wir die Kulisse des 7. Jahrhunderts mit einer Anzahl glaubhaft historisch belegter topographischer und hagiographischer Details.«[73] Zugleich können wir beobachten: »Über die offene Szene weht oft jene rauhere Luft der Frühzeit; zuweilen trifft uns noch der Hauch der La-Tène-Ära, ihre barbarischen Vorbilder vom Klosterskribenten mühsam vertuscht.«[74] So kann Róisîn O'Mara, die das Epos erstmals ins Deutsche übertragen hat, im Blick auf Suibhne festhalten: Nur lose liegt ihm »der Mantel christlicher Erbauung auf der Schulter. Das Kleid darunter erweist sich als ein Flickwerk heidnischen Sagenmaterials, bestickt mit Perlen der Naturlyrik, die wohl einer Einsiedlerklause entstammten.«[75] Dramatische Szenen wechseln mit lyrischen Stücken ab, archaisch Anmutendes mit unmittelbar ansprechendem christlichem Gut. Wie eindrucksvoll ist die Begegnung mit einem Leidensgefährten geschildert! »Heulen und Stöhnen, Jammern und Klagen« stehen am Anfang. Dann enthüllen die beiden ihr Leid. Am Ende vernehmen wir das goldene Wort: »So wollen wir nunmehr jeder des anderen Hüter sein!«[76]

Schließlich fand Suibhne zum heiligen Moling. Er vertraute sich ihm an und berichtete von seinem Leben. Als ein Schweinehirt ihm den Todesstoß versetzte, wie es Ronán prophezeit hatte, bekannte er Moling seine Sünden, empfing den Leib des Herrn und starb in Frieden. Der Heilige versicherte ihm: »Du wirst an meiner Seite hoch im Himmel weilen.«[77] Die letzten Worte Suibhnes waren:

»Hab' Dank, o heiliger Christ,
Dessen Opfer mir Rettung ist;
Durch Sühne werd' ich befreit
Vom Bösen, ehrlich bereut!«[78]

Wie gerade das Suibhne-Epos zeigt, fehlt es nicht an Zeugnissen von dichterischer Qualität für die altirische Spiritualität. Über die bislang genannten Quellen hinaus ist auf die zahlreichen *Gedichte* zu verweisen, die uns aus der Frühzeit der irischen Kirche überliefert sind. Weithin sind sie religiösen Themen gewidmet. Auch wo das nicht ausdrücklich der Fall ist, eröffnen sich immer wieder auf die eine oder andere Weise religiöse Dimensionen.

So ist es zum Beispiel in der Genealogie der Fall, die dem König von Leinster, Find Fili, zugeschrieben wird. Kuno Meyer hat sie in seiner Abhandlung »Über die älteste irische Dichtung«[79] publiziert und kommentiert. In der Frühzeit Irlands war es eine der wichtigsten Aufgaben der amtlich bestellten Dichter, den Stammbaum von Herrscherhäusern bzw. von Volksgruppen festzuhalten und poetisch zu proklamieren. Wie das geschah, läßt uns der genannte Text erkennen. Er spricht von Herrschern und Stämmen, von Kriegen und Siegen zu Land und auf dem Meer. Von einer Generation zur anderen geht der Weg in die Vergangenheit zurück, bis sich schließlich die Wende zur Gegenwart anbahnt. Die Genealogie verliert sich nicht irgendwo in grauer Vorzeit, sie nimmt ihren Anfang im dreifaltigen Gott. Die Brücke dorthin bilden die im Buch Genesis genannten Stammväter:

»Nicht war es eine winzige Genossenschaft gleichgearteter Brüder;
eine starke Gemeinde waren ihre Väter und Mütter.

Söhne des erhabenen Gottes, Engel des wolkenweißen Himmels,
Noah, Lamech, Methusalem, der Glänzendweiße.

Enoch, Jareth, Malalel, aus würdigem Geschlecht,
Cainan, Enos, Seth, der Adliggeborene.

Adliger war Adam, Vater der menschgewordenen Menschen,
Mensch, den Gott erschuf, ein herrlicher einziger Sproß.

Der Eingeborene Gottes der starken bebauten Erde,
ein Held, der den Sitz der streiterfüllten Welt bewohnte.«[80]

Der die gesamte Genealogie abschließende Vers, der zugleich ihren tieferen Sinn aufschließt, ist eine Anrede des dreifaltigen Gottes, der am Anfang von allem steht und zugleich die Gegenwart und Zukunft in seiner Hand hält:

»Dreifaltiger Gott, erhabene geeinte Dreiheit, einziger
wunderbarer König des Himmels, Kindlein, geheiligter Kämpe.«[81]

Spontan läßt der »Ursprung der Männer von Leinster« an die Gestaltung des Stammbaums Jesu nach Lukas im Book of Kells denken[82]. Dort sehen wir Zeile um Zeile unterschiedliche Formen und Farben, sporadisch tauchen am Rand verschiedene Gestalten auf: ein realistisch gezeichneter Krieger und ein Mann, der einen Kelch zum Mund führt, dazu einige phantastische Figuren. Die Initialen aller Zeilen sind miteinander verbunden, so daß sie eine feste, vielgliedrige Kette bilden. An ihrem Ende ist der Herr selbst dargestellt gemäß der lukanischen Genealogie, die nicht bei Adam aufhört, sondern von ihm sagt: »Er stammte von Gott.«[83] Es verdient Beachtung, daß die Gestalt des Herrn nicht nur durch die Geschlechterkette eng mit allen Generationen, sondern überdies mit Pflanzen und Tieren fest verknüpft ist, die, auf breitem Raum gezeichnet, fest mit ihr verbunden sind.

Diese Darstellung ist typisch für einen Grundzug der altirischen Dichtungen: Sie nennen *Irdisches und Himmlisches* gleichsam mit einem Atemzug. Sie kennen keine durchgehende Scheidung von religiöser und weltlicher Wirklichkeit. So hielten es bereits die keltischen Vorfahren. Für sie verband sich das Sichtbare immerzu mit dem Unsichtbaren; zur Welt der Menschen, Tiere und Pflanzen, der Erde und des Meeres gehörte stets das Reich der Feen, der Geister und der Götter. Jederzeit kann man in ihren Geschichten die einen zusammen mit den anderen Wesen treffen. Die Missionare fanden etliche konkrete Anknüpfungspunkte vor, wenn sie im Sinne der paulinischen Areopagrede von Gott verkündeten: »Keinem von uns ist er fern. Denn in ihm leben wir, bewegen wir uns und sind wir.«[84] Wie Paulus in Athen auf hellenistische Künstler und Dichter zurückgreifen konnte[85], so boten sich den christlichen Predigern in Irland respektable Werke der bildenden Kunst wie der Dichtung an. Diese Chance wurde weithin wahrgenommen. So wurden etliche Motive und Formen aus der vorchristlichen Zeit aufgegriffen und weitergeführt. Das wiederum hatte zur Folge, daß in kürzester Zeit erstaunliche Hochformen christlicher Aussagen verwirklicht werden konnten. So entstanden lebendige Brücken, über die viele zur Christusbotschaft hinfanden. Die Fragmente, welche die Zerstörungen im Laufe der Jahrhunderte überstanden haben, können bis zur Stunde ähnliche Dienste leisten: Sie vermitteln uns nicht nur interessante Informationen über Gegebenheiten, die mehr als ein Jahrtausend zurückliegen; in der ihnen eigenen Sprachgestalt und -gewalt können sie auch Menschen des 20. Jahrhunderts mit dem konfrontieren, was uns heute gegeben und aufgegeben ist.

Bei aller Freude darüber soll im folgenden unsere Aufmerksamkeit einem Wirkungsfeld gelten, das zeitlich näher bei den verschiedenen Zeugnissen der altirischen Spiritualität angesiedelt ist. Wir wollen der Frage nachgehen, ob und wie deren Effizienz in den beiden *Passio-Kiliani*-Texten[86] festzustellen ist. Meines Wissens ist das bislang noch nicht untersucht worden. Vermutlich kam man unter anderem deshalb nicht auf diese Fragestellung, weil die genannten Dokumente eindeutig in die bonifatianisch bzw. karolingisch geprägte Epoche der Würzburger Diözesangeschichte einzuordnen sind und somit relativ weit entfernt vom Wirken der irischen Missionare im Frankenland konzipiert wurden. Das gilt selbst dann, wenn man das Entstehen der älteren Passio mit Franz Emmerich im Zusammenhang mit der Erhebung der Reliquien durch Bischof Burkard sieht und die Niederschrift im Jahre 752 annimmt. Folgt man Joachim Dienemann[87], dann vergrößert sich der Abstand zur Lebenszeit der Frankenapostel. Er plädiert für das Jahr 788, in dem Karl der Große ein Jahrhundert nach dem Martyrium Kilians dessen Gedächtnis in Würzburg feierlich begeht. Der verdienstvolle Herausgeber des wissenschaftlich zuverlässigen Textes der Passio, Wilhelm Levison, dem sich mit anderen auch Alfred Wendehorst anschließt[88], hat gewichtige Argumente für die Entstehung um 840 geltend gemacht.

Verhältnismäßig einhellig ist das Votum der Experten hinsichtlich der Lozierung der jüngeren und längeren Passio maior. Über die Intentionen, die zu diesem Opus geführt haben, schreibt F. Emmerich: »Die Mönche des St. Salvatormünsters und Hüter des St. Kiliansgrabes wollten eine umfassendere, in reinerem Stile und erbaulicher geschriebene passio ihres heiligen Schutzpatrones haben und wandten sich zu diesem Zwecke an einen sprachgewandten und frommen Mann, der ihnen die kurze, etwas hart und einfach geschriebene passio umarbeitete. Ihm kam es weniger auf geschichtliche Feststellung der Tatsachen an, er legte das Hauptgewicht auf die Reinheit der Sprache, auf die Schönheit der Darstellung und auf das Erbauliche des Inhaltes.«[89] Als Verfasser wird der Autor der älteren Vita Burkardi angesehen[90], der wohl zum Würzburger Klerus gehörte. »Die irischen Namensformen, die Zwölfzahl der missionarischen Pilger und andere altirische Verhältnisse scheinen dem Verfasser unbekannt gewesen zu sein.«[91] Das kann die Hoffnung auf das Entdecken von Motiven altirischer Spiritualität erheblich dämpfen. Vollendet wurde die Passio maior wohl erst nach 860. Bezüglich der mit beiden Texten verbundenen philologischen und historischen Fakten und Problemen ist auf die diesbezügliche Literatur hinzuweisen[92]. In die noch offene Diskussion soll hier nicht eingegriffen werden, da unsere Fragestellung von anderer Art ist. Sie zielt nicht auf die zeitliche, räumliche oder personale Einordnung der Verfasser ab; sie sucht vielmehr phänomenologisch zu ermitteln, wo und wie Motive der altirischen Spiritualität in den Passio-Texten zu finden sind. Dabei mag getrost offenbleiben, auf welchen Wegen sie jeweils dorthin gekommen sind.

Elemente der altirischen Spiritualität

Läßt man die Zeugnise der altirischen Spiritualität auf sich wirken, so beeindruckt einen zunächst die allenthalben präsente tiefe *Kontingenzerfahrung*. Offenkundig bekam man in jener Zeit die Begrenztheit und Vergänglichkeit des Lebens massiv zu spüren. Große Gefahren bedrohten die Menschen von außen wie von innen. Inmitten dieser Nöte sah man im geistlichen Leben etwas wahrhaft

Jesus auf dem Ölberg (vgl. S. 93–96) ▷
Book of Kells, fol. 114 r

Et ymno dicto
exierunt
inmontem oliueti:

Not-wendendes. Es erschien nicht wie ein Ornament zur Verzierung einer gesicherten, in sich abgerundeten Existenz, so wie heutzutage Reiche gelegentlich ihr Kapital in religiöse Kunstwerke investieren, mit denen sie ihr Heim schmücken; es war für sie Rettungsring und Rettungsboot, Hilfe, die vor dem todsicheren Untergang bewahren konnte. Dieser »Sitz im Leben«, genauer gesagt: im sterblichen Leben verleiht der altirischen Spiritualität ihren Ernst, ihre vitale Bedeutung und zugleich ihre überzeugende Eindringlichkeit. Bedrängende Kontingenzerfahrung ist das Vorzeichen des großartigen Gebetes, das dem heiligen *Patrick* zugeschrieben wird[93]. Es ist geradezu eine Summula der altirischen Spiritualität. Seine beiden Namen signalisieren die Gefahren, von denen der Beter sich bedroht sieht: »Lorica« und »Aufschrei des Wildes«. Die Überzeugung, die hinter dem Wort »Lorica«, Brustschild, steht, läßt sich mit den Worten des Epheserbriefes kennzeichnen: »Zieht die Rüstung Gottes an, damit ihr den listigen Anschlägen des Teufels widerstehen könnt. Denn wir haben nicht gegen Menschen aus Fleisch und Blut zu kämpfen, sondern gegen die Fürsten und Gewalten, gegen die Beherrscher dieser finsteren Welt, gegen die bösen Geister des himmlischen Bereichs. Darum legt die Rüstung Gottes an, damit ihr am Tag des Unheils standhalten, alles vollbringen und den Kampf bestehen könnt.«[94] Angesichts der mächtigen Feinde bedarf es der übermächtigen Hilfe. Sie wird beim Herrn der Welt gefunden und durch ihn bei allen Wesen, die mit ihm verbunden sind. Entsprechend beginnt der Beter:

»Ich erhebe mich heute
durch eine gewaltige Kraft,
die Anrufung der Dreifaltigkeit,
durch den Glauben an die Dreiheit,
durch das Bekennen der Einheit.«[95]

Sodann wird nicht nur die Hilfe Christi angerufen, sondern auch die der Engel und Erzengel, der Patriarchen und Propheten und aller Heiligen, um schließlich selbst die Unterstützung der Elemente zu erbitten:

»die Macht des Blitzes,
das Stürmen des Windes,
die Tiefe des Meeres,
die Festigkeit der Erde.«[96]

Heutige Fassungen des Gebetes lassen in der Regel die Stellen aus, in denen die verschiedenen Gefährdungen im einzelnen benannt werden; sie sind zum Verständnis der Ausgangssituation und der Gebetsintention unerläßlich. So heißt es unter anderem:

»Gottes Heerschar rette mich
vor den Schlingen des Teufels,
vor den Versuchungen des Bösen,
vor den Lockungen des Fleisches,
vor jedermann, der mir übel will,
fern und nah,
allein und in der Masse.«[97]

An eine handfeste Bedrohung Patricks läßt der zweite Titel »Aufschrei des Wildes« denken. Er erinnert an sein gewagtes Vordringen nach Tara, als es galt, König Laoghaire für den Glauben zu gewinnen. Um das zu verhindern, lauerten Patricks Gegner im Hinterhalt ihm auf. Sie warteten vergebens. Sie sahen nur Rotwild des Weges ziehen: Patricks Gebet war erhört worden, unerkannt entkam er seinen Todfeinden. Auf diesem Hintergrund gewinnen die Bitten eine bewegende Dramatik, in denen es um die Nähe Christi in allen zwischenmenschlichen Verhältnissen geht:

»Christus im Munde eines jeden, der zu mir spricht.
Christus in jedem Auge, das mich sieht,
Christus in jedem Ohre, das mich hört.«[98]

Wie Patrick selbst gegen Ende seines Lebens die Gefahren sah, denen er immer noch ausgesetzt war, zeigt seine Confessio-Notiz: »Täglich erwarte ich, getötet, hintergangen oder versklavt zu werden oder was immer kommen mag. Nichts davon fürchte ich wegen der Verheißungen des Himmels.«[99] Die bedrohlichere Gefährdung des Inneren traf er bei denen an, die mit Coroticus Christen überfallen, entführt und getötet hatten. Er nennt sie »Gefährten der Dämonen«, die »im Tod leben«[100]. Er sieht sie mehr versklavt, als es ihre Gefangenen sein können, sind sie doch in die Schlinge des Teufels geraten: »Zusammen mit ihm werden sie als Sklaven in der Hölle ewig gestraft werden, denn wer die Sünde begeht, ist ein Sklave und wird Sohn des Teufels genannt.«[101]
Motive der Vergänglichkeit und der akuten Lebensgefahr, die ständig durch die Sünde gegeben ist, finden wir auf Schritt und Tritt

auch in den Schriften *Kolumbans*. Wenn wir an sein abenteuerliches Leben denken, wundert uns das nicht. Am Anfang seiner Gedichte steht ein »Carmen über die Vergänglichkeit der Welt«. Es beginnt mit den Versen:

»Diese Welt geht dahin,
täglich nimmt sie ab.
Keiner soll überleben,
keiner ist lebendig geblieben.

Das ganze Menschengeschlecht
hat denselben Ursprung,
und nach ähnlichem Leben
fällt es durch denselben Schluß.«[102]

Die Sammlung seiner Gedichte schließt mit den Fidolius zugedachten Worten:

»Alles geht vorüber, unaufhaltsam flieht die Zeit.
Lebe wohl – und denk froh und traurig ans Alter.«[103]

Seinen Mönchen stellt Kolumban geradezu beschwörend die allerorten gegebene und gleichwohl immer wieder verkannte Vergänglichkeit der Welt vor Augen: »Die Welt wird vergehen. Sie vergeht täglich. Sie stürzt ihrem Ende entgegen.«[104] Hautnah und zupakkend formuliert er im Blick auf das menschliche Leben: »Während du dahin fliehst, bist du nichts, während du gesehen wirst, bist du ein Schatten, während du dich erhebst, bist du nichts als Rauch; täglich fliehst du und täglich kehrst du zurück; im Zurückkehren fliehst du.«[105] Ganz auf die existentielle Einsicht und Entscheidung hin heißt es schließlich: »Was ich bin, das war ich nicht und werde ich nicht sein. In jeder Stunde bin ich anders; es gibt keinen Stillstand. Immerzu bewege ich mich vom Tag meiner Geburt an bis zum Todestag, und an allen einzelnen Tagen meines Lebens ändere ich mich ... Was ich gestern war, bin ich heute nicht, was ich heute bin, werde ich morgen nicht sein ... Vom Augenblick zu Augenblick, von Augenblicken zu Stunden, von Stunden zu Tagen eile ich in unsicheren Abschnitten meiner Zeit dem Tod entgegen. Dann werde ich Gewisses und Wahres sehen, und zwar alles in Einem, was hier nicht möglich ist.«[106]
Dieselbe Sicht, die Kolumban in offizieller Rede kundtut, findet

sich auch, noch persönlicher zum Ausdruck gebracht, in seinen Briefen[107]. An die Lorica Patricks werden wir erinnert, wenn Kolumban dem in Luxeuil zurückgelassenen Attala schreibt: »Es ist nichts Neues, daß das Himmelreich Gegenstand des Streites und des Kampfes ist. Denk nicht, es seien nur Menschen, die euch verfolgen; der Teufel steckt in denen, die euch eure Güter neiden. Nehmt gegen sie die Waffenrüstung Gottes auf, die der Apostel schildert, und bahnt einen Weg zum Himmel. Wehrt die Pfeile ab durch glühende Gebete.«[108]
In der altirischen *Literatur* vernehmen wir ein vielfältiges Echo der Kontingenzaussagen Patricks und Kolumbans[109]. Als besonders eindringliches Beispiel sei die Klage der alten Frau von Beare genannt, die wohl im 9. Jahrhundert festgehalten wurde[110]. In ihrer Rückschau auf die vergangenen Herrlichkeiten ihres Lebens, die detailliert aufgezählt werden, sagt sie, nachdem sie alle weiblichen Reize verloren hat:

»Die Ebbe ist für mich gekommen,
Das Leben weicht zurück,
So wie das Meer nach der Flut,
Doch füllt sich's nicht wieder mit Glück.«[111]

»Flut –
Und die Ebbe verrieselt im Sand!
Was die Flut an die Küste trägt,
Das reißt die Ebbe ihr aus der Hand.

Flut –
Der Ebbe Sog wird den Sand aufwühlen,
Ich kannte die eine und spüre nun bald
Die andere meinen Körper fortspülen.«[112]

Ihr persönliches Geschick erscheint ihr schließlich wie ein Abbild des allgemeinen Menschenloses:

»Von allen Geschöpfen ist doch der Mensch
Die ärmlichste Kreatur –
Die Flut seines Stolzes sieht jeder –
Doch fällt sie, hat er niemanden mehr.«[113]

Wie steht es nun mit dem Echo auf all diese Gegebenheiten in der *Passio Kiliani*? Um das zu beantworten, stellen wir als erstes fest:

Trotz der unverkennbaren Unterschiede zwischen dem älteren und dem jüngeren Text zeigt sich hinsichtlich der Bedrohung des Menschen ein gemeinsamer Duktus: Er führt vom Phänomen der inneren Gefährdung hin zu dem der äußeren und ihrer tödlichen Folgen, um dann erneut von der inneren Bedrohung zu sprechen. In beiden Fassungen der Passio wird dieses bedrückende Geschehen umfangen von Zeugnissen, die dem Sieg der Gnade gewidmet sind: Jeweils am Anfang ist vom zielstrebigen Weg des Heiligen seiner Berufung gemäß die Rede[114], während am Schluß das segensreiche Weiterwirken der Märtyrer zur Sprache kommt[115].

Die innere Bedrohung des Menschen tritt zunächst im Zustand der fränkischen Bevölkerung zutage, der dieser selbst verborgen bleibt, während die Iren ihn wahrnehmen. Sie finden die Franken in der Sklaverei des Teufels: »Sie lebten nach heidnischer Sitte, verehrten Idole von Dämonen, erkannten noch keineswegs den Gott des Himmels und der Erde.«[116] Das Urteil über die vorgefundene Religion ist also härter, als man es in Irland der dort überkommenen Religion gegenüber praktiziert hat. Ähnlich ist in der jüngeren Passio von der »Wildheit des ungläubigen Volkes« die Rede[117] und vom Beflecktsein des Herzogs durch heidnischen Aberglauben[118]. Das knappe Credo Kilians mündet in die Frohbotschaft, daß durch den Tod des menschgewordenen Gottessohnes »die vernünftige menschliche Kreatur, die durch den Trug des neidischen Feindes getäuscht worden war, erbarmungsvoll wiederhergestellt wurde«[119]. Kilian wird durch die ihm begegnende Misere nicht abgestoßen; er hat Mitleid mit den vom Bösen Heimgesuchten und ist bereit, alles für ihre Rettung zu tun[120]. Das bringt ihn und seine Tätigkeit alsbald in große äußere Gefahr. Während die Herzogin Geilana und ihre Komplizen der inneren Bedrohung erliegen, fallen Kilian und seine Gefährten dem Mordanschlag zum Opfer[121]. Der Autor der jüngeren Passio sieht dabei den Teufel am Werk: Dieser bietet »denen, die nach Unrecht verlangen, Reizmittel für ihre Bosheit« an[122]. Er ist immer darauf aus, die Seelen zu verderben[123], indes der Heilige sie für Gott gewinnen will.

Eine dramatische Wende zum Bösen bahnt sich nach dem Martyrium der Frankenapostel an. Das Volk, das Glauben und Taufe empfangen hat, ist und bleibt gefährdet. Es praktiziert das, was Elija das Hinken nach beiden Seiten genannt hat. Der Prophet wollte das Volk zur rechten Entscheidung drängen, als er ihm entgegenhielt:

»Wie lange noch schwankt ihr nach zwei Seiten? Wenn Jahwe der wahre Gott ist, dann folgt ihm! Wenn aber Baal es ist, dann folgt diesem!«[124] Mit einer ähnlich lautenden Alternative wartet ein Anhänger der Geilana auf. In ihrem Sinn will er noch einmal das Steuer herumreißen, nachdem Gozbert den Machenschaften seiner Frau auf die Spur gekommen war und einer der Mörder zitternd und jammernd schrie: »Killena, der Heilige Gottes, brennt mich mit wildem Feuer.«[125] Also kommt es zu dem scheinheiligen Vorschlag: »Mein Herr Herzog Gozbert, geh in deinem eigenen und in unser aller Interesse, die wir zugleich mit dir die Taufe von jenen Männern empfangen haben, mit dir zu Rate und mache nun die Probe, ob deren Gott so stark und so übermächtig ist und ob er alles weiß, ob er die Guten wieder mit dem Guten belohnt, den Bösen aber zuletzt mit Bösem vergilt, wenn sie sich nicht vorher durch Buße bessern: Laß diesen Unglücklichen von seinen Fesseln befreien und überlasse ihm vor dem gesamten Volk die Freiheit zum Handeln. Wenn nämlich der Gott jener so ist, wie jene gesagt haben, so wird seine Strafe von oben über ihn kommen, und er wird seine Diener machtvoll rächen. Wenn aber nicht, so möge mein Herr mir nicht zürnen, wenn ich folgendes sage: Dann wollen wir der großen Diana dienen, wie es auch unsere Vorfahren getan haben und dabei bis heute vom Glück begünstigt waren.«[126] So geschieht es. Wie auf dem Berg Karmel sorgt der Herr auf seine Weise für Klarheit. Die Sünde enthüllt ihr wahres Gesicht. Die Mörder richten sich selbst zugrunde[127]. Die Getreuen sind voller Freude und rühmen Gott, der sich in ihrer Mitte als herrlich erwiesen hat[128].
Die jüngere Passio beschließt den Bericht über das traurige Geschick Geilanas mit einem Bibelwort: »Wir sehen erfüllt, was die Wahrheit im Evangelium spricht: ›Sollte Gott seinen Auserwählten, die Tag und Nacht zu ihm schreien, nicht zu ihrem Recht verhelfen, sondern zögern? Ich sage euch: Er wird ihnen unverzüglich ihr Recht verschaffen.‹«[129]
Damit klingt ein weiteres Motiv an, dem wir in den Zeugnissen altirischer Spiritualität auf Schritt und Tritt begegnen. Wer sich ihnen aufmerksam zuwendet, kann immer wieder feststellen, daß sie in hohem Maße und auf spezifische Weise von der Heiligen Schrift geprägt sind. Die Menschen, die sie uns nahe bringen, sind *von Gottes Wort ergriffen*; sie sind zudem bemüht, es so gut wie möglich zu beantworten.

Erneut erweist sich *Patrick* als der maß-gebliche Apostel Irlands. Eindrucksvoll zeigt das der mittelalterliche »Tractatus de Purgatorio sancti Patricii«.[130] Er berichtet von den Schwierigkeiten und Gefährdungen, denen der Heilige sich und sein Werk ausgesetzt sah. Dann heißt es: »Der gebenedeite Patrick, der sich ganz Gott hingegeben hatte, setzte sich immer mehr für die Rettung dieses Volkes ein durch Vigilien, Fasten, Gebete und gute Werke. Während er all dies im Blick auf die Rettung des Volkes erstrebte, erschien ihm der liebe Herr Jesus Christus und gab ihm den Text des Evangeliums und einen Hirtenstab.«[131] Angesichts aller Gefahren reichen der gute Wille und die guten Taten nicht aus; der Herr selbst muß eingreifen. Er tut es durch sein Wort und durch den Auftrag, es im Hirtendienst mit Vollmacht weiterzugeben. Patricks Schriften bezeugen auf ihre Weise, wie er die Gabe angenommen und die Aufgabe wahrgenommen hat. Ludwig Bieler hat das in einer ausführlichen Studie untersucht[132]. Seine Edition der Werke Patricks markiert jeweils durch die kursive Wiedergabe, wie oft er die Bibel zu Wort kommen läßt. Das geschieht nicht nur durch gelegentliche Zitate. Seine gesamte Redeweise ist biblisch geprägt. Walter Berschin hat das in der Einführung zu seiner Übersetzung der »Confessio« pointiert zum Ausdruck gebracht. Er schreibt: »Patricius war ein ›homo unius libri‹, und dieses sein einziges Buch war die lateinische Bibel. Dieses Buch hat er aber so intensiv in sich aufgenommen, daß er stellenweise ›biblischer als die Bibel selbst‹ redet.«[133] Auch sein Brief an Coroticus ist von solcher Art. So kann Patrick an dessen Ende resümieren: »Es sind nicht meine Worte, die ich in Latein gekleidet habe, sondern Worte Gottes und der Apostel und Propheten, die niemals lügen. Wer glaubt, wird gerettet; wer aber nicht glaubt, wird verdammt werden. Gott hat gesprochen.«[134] Mit Recht sagt St. Secundinus in seiner Hymne von Patrick:

»Unermüdlich speist er die Gläubigen von himmlischer Tafel,
daß Christi Jünger unterwegs nicht ermatten;
als Brot gibt er die Worte der Frohbotschaft,
die sich wie Manna vermehren in seinen Händen.«[135]

Daß die Bibel wesenhaft zum irischen Mönchsleben gehört, bezeugt folgende Strophe aus dem Lobpreis der Regel von *Bangor*:

»Spenderin reichen Lebens,
unberührt und doch Mutter,
fröhlich und dennoch zitternd
unter dem Worte Gottes.«[136]

Im Kloster von Bangor erhielt *Kolumban* die biblische Unterweisung, die in seinen Schriften reiche Frucht erbracht hat. Auch deren Edition durch G. S. M. Walker läßt durch die Verifizierung der Schrifttexte wie der Anspielungen auf solche erkennen, wie das gesamte Leben und Lehren des Heiligen biblisch beseelt war. Ausdrücklich sei festgehalten, daß dabei auch dem Alten Testament große Aufmerksamkeit geschenkt wird. Walker nennt allein über 100 alttestamentliche Zitationen, in denen er teils auf den Vulgata-, teils auf den Vetus Latina-Text zurückgreift, während er 36 Stellen in einer eigenen Version wiedergibt[137]. Daß Kolumbans Interesse über die Heilige Schrift hinaus auch deren qualifizierten Auslegungen gilt, zeigt sein Brief an Papst Gregor den Großen. In diesem Schreiben, in dem es primär um die Fragen des Ostertermins, der Bischofsweihe und des Ordenslebens geht, vergißt er nicht, eindringlich um die Übersendung der Schriftauslegungen des Papstes zu ersuchen: »In meinem Durst bitte ich dich um Christi willen, mir deine Traktate über Ezechiel zu schenken.« Des weiteren erbittet er Exegesen des Hohenliedes und des Propheten Sacharja, »damit ein blinder Mann aus dem Westen dir seinen Dank darbringen kann«. Er fügt hinzu: »Mein Verlangen ist dringend, meine Fragen sind übergroß, wer wüßte das nicht? ... Meine Sache war, zu provozieren, zu fragen, zu bitten; dein ist es, die empfangenen Güter nicht zu verleugnen und dem Bittenden dein Talent mitzuteilen und ihm das Brot der Lehre zu geben, wie Christus es gebietet.«[138] All das macht deutlich, daß die Worte, die er dem Papst gewidmet hat, auch ihn selber kennzeichnen: »erfahren in der Meditation der göttlichen Rede«[139].
Im Licht der Erkenntnisse und Entscheidungen, die in Patricks und Kolumbans Schriften dokumentiert werden, ist das zu sehen, was im frühmittelalterlichen Irland an Bibelmanuskripten und -auslegungen entstanden ist. Vieles davon ist neu zutage getreten, als sich 1984 in Dublin ein internationales Expertengremium speziell der Thematik »Bibelstudien und Mission« zugewandt hat. Die wichtigsten Ergebnisse sind inzwischen publiziert worden[140]. Für die iri-

sche *Schriftauslegung* im Jahrhundert Kilians ist »eine äußerst aktive exegetische Tradition« kennzeichnend, »die stark von der Schule von Antiochien mit ihrer Vorliebe für die historische Interpretation geprägt war, während die kontinentale Patristik vor allem der moralisierenden Schule von Alexandrien folgte. Für die irische Exegetik spielten die Werke des Theodor von Mopsuestia in lateinischer Übersetzung eine wichtige Rolle. Die rege Beschäftigung mit der Bibel in jener Zeit hebt sich äußerst positiv von den kontinentalen Verhältnissen ab, wo im 7. Jahrhundert fast keine Exegese betrieben bzw. erhalten wurde.«[141] Durch ihre »intensive Beschäftigung mit dem Bibeltext auf breiter Grundlage, die zu der Zeit in Europa einzigartig ist«,[142] wurde späteren Generationen in Mitteleuropa der Weg zur Heiligen Schrift gebahnt. Dabei wirkten sich nicht zuletzt zwei sympathische Eigenschaften der irischen Exegeten positiv aus: Ihnen machte das Bibelstudium »Spaß, und sie steckten andere dabei an. In höchst liebenswerter Weise brachten sie es oft zustande, die fremde Welt der Bibel mit ihrer eigenen vertrauten Umgebung in Beziehung zu setzen.«[143] Offenkundig hat dieser Beitrag zur Inkulturation der biblischen Botschaft in Irland auch einen analogen Prozeß in den von ihnen beeinflußten Gebieten gefördert.

Dem in Irland praktizierten, vorherrschend biblisch bestimmten Studiengang und der mannigfach bezeugten Hochschätzung der Heiligen Schrift entspricht der zweite Satz der älteren *Passio*. Hier heißt es von Kilian: »Bereits vom Knabenalter an beseelte ihn großer Eifer, die Heiligen Schriften kennenzulernen, und so vollkommen waren darin seine Fortschritte, daß er aus ihnen lernte, das hohe Amt eines Bischofs zu bekleiden.«[144] Es verdient Beachtung, daß einzig das gründliche Bibelstudium als Qualifikation für den bischöflichen Dienst genannt wird.

Wahrhaft entscheidende Bedeutung wird dem biblischen Wort im Bericht über die *Berufung Kilians* zugesprochen. Nicht das, was allen vor langer Zeit in Galiläa gesagt wurde, sondern was der Herr hier und heute durch sein Evangelium sagt, gibt den Ausschlag. Kilian vernimmt mehr als einen Bericht über ein vergangenes Sprachereignis, er begegnet aktueller gottmenschlicher Rede, die ihn im tiefsten Sinne des Wortes heraus-fordert. Das Wort des Herrn läßt ihn nicht mehr los. »Ganz im Herzen und im Geist davon ergriffen«[145], bewegt Kilian es in seinem Innern, bis ihm die Klarheit und die Kraft geschenkt wird, dem Anruf einschränkungslos Folge zu leisten. Kilian beläßt es nicht bei seiner persönlichen Entscheidung; zu seiner Antwort auf den Ruf des Herrn gehört, daß er andere an dem Geschehen teilhaben läßt. Er sammelt zwölf Gefährten um sich und gewinnt sie für den Dienst am Wort. Miteinander brechen sie auf, um das Wort des Herrn weiterzugeben. Von ihrer Tätigkeit wird berichtet: »Sie gelangen in das Gebiet der östlichen Franken zu dem Kastell, das Wirziburc genannt wird, und dort, vor allen Dingen, predigten sie das Wort Gottes.«[146] Die jüngere Passio gebraucht im Blick auf ihren Einsatz zweimal das Bild vom Samen des göttlichen Wortes[147]; einmal spricht sie von den »Samenkörnern der Wahrheit«[148], und einmal heißt es: »Brot des göttlichen Wortes«[149]. Es sind dieselben Bilder, mit denen St. Secundinus das Wirken Patricks gepriesen hat[150].

Programmatische Bedeutung für das Leben und Wirken der Frankenapostel hat das Wort Christi: »Wer mein Jünger sein will, der verleugne sich selbst, nehme sein Kreuz auf sich und folge mir nach.«[151] Die gesamte Passio Kiliani ist wie eine Entfaltung dessen, was dieses Wort beinhaltet. Das ist um so wichtiger, als damit ein weiterer Grundzug der altirischen Spiritualität gekennzeichnet werden kann. Sie steht als ganze im Zeichen des Kreuzes. Sie fordert die *radikale Nachfolge Christi* bis hin zur dauernden Trennung von Familie, Stamm und Heimat. Das Stichwort für dieses Phänomen lautet: *Peregrinatio*. Obwohl den damit zusammenhängenden Fakten instruktive Untersuchungen gewidmet worden sind[152], wird die Pilgerschaft im spezifisch altirischen Sinn immer wieder verkannt, wenn nicht gar übersehen.

Zum Kontext von *Jesu Nachfolgeruf*, der sich in beiden Passio-Texten an wichtiger Stelle findet, gehören drei Begegnungen des Herrn mit Menschen, die sich ihm anschließen wollen. Jedesmal wird das Kreuz des Herrn und seiner Jünger von einer anderen Seite her beleuchtet: »Als sie auf ihrem Weg weiterzogen, redete ein Mann Jesus an und sagte: Ich will dir folgen, wohin du auch gehst. Jesus antwortete ihm: Die Füchse haben ihre Höhlen und die Vögel ihre Nester; der Menschensohn aber hat keinen Ort, wo er sein Haupt hinlegen kann. Zu einem anderen sagte er: Folge mir nach! Der erwiderte: Laß mich zuerst heimgehen und meinen Vater begraben. Jesus sagte zu ihm: Laß die Toten ihre Toten begraben; du aber geh und verkünde das Reich Gottes! Wieder ein anderer sagte: Ich will dir nachfolgen, Herr. Zuvor aber laß mich von meiner Familie Abschied nehmen. Jesus erwiderte ihm: Keiner, der die Hand an den Pflug gelegt hat und nochmals zurückblickt, taugt für das Reich Gottes.«[153] Der Herr, der das Reich Gottes verkündet, ja, der das Reich Gottes in Person ist, opfert alles für die Seinen und erwartet alles von ihnen. Nach dem *Beispiel Patricks* haben ungezählte Iren ihr Ja zu diesen radikalen Forderungen gesprochen und sich von der Familie und der Heimat getrennt, um dort zu sein, wo ihr Herr ist, und dabei sich auch in der Lebensweise ihm anzuschließen. Wie Patrick in seiner »Confessio« festgehalten hat, ging es letztlich um die Stimme des Herrn, als »die Stimme der Iren«[154] ihn aus der nach Jahren der Gefangenschaft endlich wiedergefundenen Heimat rief. Jahre später schrieb er: »Sie riefen mich unüberhörbar mit Worten, die ich vernahm, aber nicht verstand, bis der Herr am Ende des Betens sagte: ›Er, der sein Leben für dich hingegeben hat, er ist es, der in dir spricht.‹ «[155] In der Nachfolge dessen, der sich für ihn geopfert hat, wurde Patrick »ein Fremder und Verbannter aus Liebe zu Gott«[156]. Daß dies möglich war und wirklich wurde, wertete der Heilige als Werk der Gnade. »Der Heilige Geist hat mich gefangengenommen, so daß ich meine Verwandtschaft nicht mehr sehen kann«, schreibt Patrick an die Soldaten des Coroticus und fügt hinzu: »So bin ich ein Knecht in Christus zugunsten einer fremden Nation im Blick auf die unaussprechliche Herrlichkeit des ewigen Lebens in Christus unserem Herrn.«[157] So finden sich bereits bei Patrick die wichtigsten Elemente, die sich in der Folge, mit weiteren angereichert, zur Vollgestalt der irischen Peregrinatio vereinen: die Trennung von Familie und Vaterland, das Unterwegssein in der Nachfolge des für uns heimatlos gewordenen Herrn im Hinblick auf die ewige Heimat.

Legenden und Gedichte, die *Columcilles Gestalt* umranken, haben auf ihre Weise Not und Segen der Peregrinatio herausgestellt. So wird von einem Mädchen Mochonna berichtet, das dem Heiligen ins Exil nach Schottland folgen wollte. Als er riet, bei den Eltern zu bleiben, erhielt er die Antwort: »Du bist mein Vater, und die Kirche ist meine Mutter, und mein Vaterland ist der Platz, an dem ich Gott am besten dienen kann. Da du es bist, der mich mit Christus verbunden hat, will ich dir folgen, bis du mich dorthin bringst, wo er ist.« Dann legte sie das Gelübde der Pilgerschaft ab.[158] Welche Wunden die Peregrinatio zu schlagen vermag, kann ein Gedicht bewußt machen, das in vielen Strophen die Sehnsucht Columcilles nach seiner Heimat zum Ausdruck bringt:

»Wie lieblich wär' es, Gottes Sohn,
Auf wunderbare Fahrt zu gehn,
Auf Wogenkämmen hoch getürmt
Nach dem geliebten Irland hin! ...

Dort, fern im Westen, weilt mein Geist,
Dort fänd' ich Ruh, dort wär' mir wohl.«[159]

Trotz allem bleibt es bei der einmal getroffenen Entscheidung zur radikalen Nachfolge.
Im vollen Licht der Geschichte sehen wir die Peregrinatio im Leben und Wirken *Kolumbans*. Seine Briefe und Ansprachen sowie seine Ordensregeln befassen sich wiederholt mit dem Leben in der Nachfolge Christi und dessen radikalen Konsequenzen. Zugleich bewegt ihn das Beispiel Abrahams[160], des Vaters aller Glaubenden. »Aufgrund des Glaubens gehorchte Abraham dem Ruf, wegzuziehen in ein Land, das er zum Erbe erhalten sollte; und er zog weg, ohne zu wissen, wohin er kommen würde. Aufgrund des Glaubens hielt er sich als Fremder im verheißenen Land wie in einem fremden Land auf.«[161]
Das Leben im Exil war damals für den Iren eine extrem harte Strafe; sie wurde normalerweise nur bei schwersten Verbrechen verhängt[162]. Diese Maßnahme hing mit einer in der Religions- und Rechtsgeschichte weit verbreiteten Auffassung zusammen[163]: »Der Übeltäter war, weil mit dem Bösen behaftet, ein potentieller Unheilsstifter, wo immer er ging und lebte. Vom heimatlichen Boden mußte er deswegen eliminiert werden, denn er drohte Land und Leute zu infizieren.«[164] In der freien Übernahme dieser Strafe im Blick auf den, der unser aller Schuld auf sich geladen hat, wurde aus der Bedrohung eine Chance: Nicht erst durch seine Verkündigung, sondern bereits durch sein Dasein konnte der von der Heimat getrennt Lebende in der Fremde wirken; »der peregrinus wurde für die Gesellschaft, in die er kam, oft in positiver Form zum Sinnbild radikalen Christentums, das alles Weltliche hintanstellt«[165].
Die *Passio Kiliani* weiß zu berichten, daß von Kilian bereits in seiner Heimat solch eine Wirkung ausgeht. Sie gebraucht dabei Formulierungen, die an Äußerungen Kolumbans erinnern. Was Kilian

von »der Stimme des Evangeliums« vernommen hat, behält er nicht für sich; er sammelt seine Gefährten um sich und beginnt sie zu überzeugen, »gemäß dem Evangelium des Herrn Vaterland und Eltern zu verlassen und von allem entblößt Christus nachzufolgen«[166]. Die Doppelbegriffe »vox evangelii« und »Domini evangelium« lassen an die Briefpassage denken, in der Kolumban die entschiedene Nachfolge Christi als die »veritas evangelii« herausstellt: »Das ist gerade die Wahrheit des Evangeliums, daß die wahren Jünger dem gekreuzigten Christus mit ihrem Kreuz folgen müssen.«[167] Die erstrebte Radikalität der Nachfolge wird insbesondere mit den Begriffen nackt, Nacktheit angezeigt. Möglicherweise hat Kolumban, der verschiedene Schriften des heiligen Hieronymus kannte, von diesem den Imperativ: »Nackt dem nackten Christus nachfolgen!«[168] übernommen. Auch sein Hagiograph Jonas formuliert ähnlich; er berichtet von dem Franken Bertulf, einem Schüler Kolumbans, der 627 Abt von Bobbio wurde: »Er verließ den Vater und den Ort seiner Geburt, er verzichtete nach dem Wort des Evangeliums auf alle Freuden und Güter dieser Welt, nahm nackt das Kreuz auf sich, verleugnete sich selbst und folgte Christus.«[169] Kolumbans diesbezügliche Äußerungen können verstehen helfen, was das »nudos sequi Christum« in der älteren Passio[170] impliziert. In seiner Ordensregel spricht Kolumban von dem Entblößtsein des Mönches von allem, um sein tägliches Gekreuzigtwerden zusammen mit Christus bewußt zu machen. Dazu gehört, daß man sich nicht nur vom Besitz, sondern selbst von der Begierde lossagt. Sie ist »für den Jünger Verrat und Verderben und für die dubiosen Nachfolger der Apostel der Tod. So ist denn das Entblößtsein von allen irdischen Gütern und deren Verachtung die erste Vollkommenheit der Mönche; die zweite ist die Reinigung von den Lastern, die dritte die höchste und immerwährende Liebe Gottes.«[171]. Der Versuchung, auf bequeme Wege auszuweichen, stellt Kolumban in einem seiner Briefe das Postulat entgegen, das Wort des Herrn im Entblößtsein von allem zu erfüllen, da dieses so letztlich leichter falle als im Wohlstand[172]. Das erinnert an Patricks Beteuerung, daß Armut und Not ihm besser anstehen als Reichtum und Wonnen. Das ist so, »weil auch Christus, der Herr, für unser Heil arm geworden ist«[173].

Die so verstandene Peregrinatio hat auch in der jüngeren Passio ihre Spuren hinterlassen. So lesen wir dort vom jungen Kilian, er habe überlegt, »wie er Bekannte und Verwandte verlassen und in weit entfernte Lande ziehen könne, wo sein Name unbekannt wäre ..., um so ungehinderter Gott dienen zu können«[174]. Hier klingt noch ein weiteres Peregrinatio-Motiv an, das wir auch bei Willibald finden, von dem es heißt, er habe das Unbekanntbleiben des Pilgers gesucht[175]. Von besonderer Brisanz ist, daß wie eine Überschrift über dem Aufbruch Kilians steht: »Es war die Nachahmung des Apostels, der begehrte, ›verbannt zu sein von Christus wegen der Brüder und Stammesgenossen dem Fleische nach.‹«[176]

So groß die Nöte sein mögen, die mit der Peregrinatio verbunden sind, größer ist das *Gottvertrauen*, das wesenhaft zur altirischen Spiritualität gehört. Gerade in extremen Herausforderungen begegnet es uns. Bereits *Patrick* lebt und lehrt es in bewegender Weise. In der Rückschau auf eine schwere Krise, die seinem missionarischen Einsatz vorausging, berichtet er von einer entsetzlichen Versuchung durch den Satan, der »wie ein ungeheuerer Fels« auf ihn fiel und ihn so unter Druck setzte, daß er keine Macht mehr über seine Glieder hatte. In seiner Not schrie er nach Kräften um Hilfe. Da ging die Sonne auf. Lebendig, als würde er es gerade erst erlebt haben, schildert Patrick: »Sieh, da fiel plötzlich der Glanz der Sonne auf mich und befreite mich sofort aus meinem Elend. Ich glaube, daß Christus, mein Herr, mir zu Hilfe kam, und daß sein Geist eben für mich geschrien hat, und ich hoffe, das wird auch an dem Tag der großen Drangsal so sein, von dem im Evangelium geschrieben steht: An jenem Tag, sagt der Herr, seid nicht ihr es, die reden, sondern der Geist eures Vaters wird durch euch reden.«[177] Die Art und Weise, wie Patrick in seiner Confessio Gefährdung und Hilfe zusammensieht und miteinander darstellt, läßt an die Verse in Friedrich Hölderlins Patmos-Hymne denken: »Wo aber Gefahr ist, wächst das Rettende auch.«[178] Freilich sagt Patrick nicht abstrakt »das Rettende«, er nennt den rettenden Gott beim Namen. Er spricht vom Vater, vom Sohn und vom Heiligen Geist und wendet sich an sie. In einem Atemzug redet er von der Bedrohung und von der Rettung durch den Herrn und bringt zugleich den vom Menschen geforderten Beitrag zur Sprache: »Täglich erwarte ich, getötet, hintergangen oder versklavt zu werden und was immer kommen mag. Nichts davon fürchte ich wegen der Verheißungen des Himmels. Ich habe mich in die Hand des allmächtigen Gottes geworfen, der überall herrscht, wie der Prophet sagt: Wirf deine Sorge auf den Herrn, er wird dich erhalten.«[179] Im Wissen darum, daß dieses Sich-

Gott-Überantworten immer wieder neu vollzogen werden will, aktualisiert Patrick es unmittelbar im Anschluß an das soeben Zitierte mit den Worten: »Seht, nun übergebe ich meine Seele meinem getreuen Gott, dessen Gesandter ich bin in all meiner Niedrigkeit«,[180] und er erneuert seine Bereitschaft, den Kelch zu trinken, den Gott ihm reicht, wie er es allen gegenüber tut, die ihn lieben[181]. Die Patrick zugeschriebene Lorica erscheint in diesem Zusammenhang als eine jedermann zugedachte konkrete Hilfe, Tag für Tag den entscheidenden Schritt zu wagen und sich inmitten aller Bedrohungen ganz Gott anzuvertrauen:

»Gottes Macht erhalte mich,
Gottes Weisheit führe mich,
Gottes Auge schaue für mich,
Gottes Ohr höre für mich,
Gottes Wort spreche für mich,
Gottes Hand schütze mich.«[182]

Vom Segen des gläubigen Gottvertrauens weiß auch die irische Erzählung zu berichten, die im Mittelalter die größte Verbreitung gefunden hat, die *Navigatio Brendani.* Über hundert lateinische Handschriften sind von ihr überliefert; hinzu kommen Übersetzungen in allen europäischen Volkssprachen. Als die ersten Bücher gedruckt wurden, versprach man sich vom Bestseller des Mittelalters nicht zu Unrecht ein gutes Geschäft. Insgesamt sind aus der Zeit vor 1522 dreiundzwanzig Inkunabeln bekannt. Welche Abenteuer auch immer mit viel Phantasie geschildert werden, am erregendsten ist das Abenteuer der vorbehaltlosen Hingabe an Gott. Es kommt zur Sprache, wenn Brendan seinen Gefährten versichert: »Brüder, habt keine Angst! Gott ist unser Helfer und Steuermann. Laßt Ruder und Steuer drinnen; nur die Segel laßt gespannt, und Gott möge mit seinen Dienern und seinem Schiff tun, wie er will.«[183] In dem mittelhochdeutschen Text, der in der Heidelberger Universitätsbibliothek aufbewahrt wird[184], ist zu lesen, wie das Gottvertrauen sich angesichts eines grausigen Meerungeheuers bewähren muß. Dieses dreht unheimliche Runden um das Schiff und

◁ Initiale: Mt 26,31 (vgl. S. 73)
Book of Kells, fol. 114 v

droht es umzuwerfen. Da sagt Brendan seinen Gefährten: »Seid frohen Mutes und erschreckt nicht, Gott, der kann uns wohl beschützen.« Auf das Gebet Brendans hin taucht das Meerungeheuer »bei dem Schiff unter. Und da hörten sie den ganzen Tag das Meer auf dem Grund sieden und seltsam wüten.«[185] Wenig später lauert eine neue Gefahr. Ein weiteres bedrückendes Bild zeichnet sich ab: Brendan gerät durch ein Unwetter ins sogenannte Klebermeer. Die Mastbäume von hierher verschlagenen Schiffen ragen aus ihm auf, »als ob ein Wald von Baumstümpfen da wäre«. Brendan vertraut sich betend dem Herrn an und empfängt die Weisung: »Fahr ohne Sorge, Gott ist mit dir!«[186]

Eindrucksvoll bezeugt auch *Kolumban* die Verwirklichung wie die Auswirkung des Gottvertrauens. Vor dem Aufbruch aus seiner Heimat legt er sein und seiner Gefährten Geschick in die Hände des Allerhöchsten[187]. Ähnlich hält er es, als sie unfreiwillig die Rückfahrt antreten müssen[188]. In dem Brief aus jener Notzeit an die in Luxeuil zurückgebliebenen Ordensbrüder schreibt er: »Wer ausharrt bis ans Ende, wird gerettet. Am Ende aber steht das Gericht, an dessen Ausgang das Loblied gesungen wird. Damit einer ausharrt, muß er mit aller Demut des Geistes um die Hilfe Gottes bitten; uns ist gesagt, das Heil sei nicht Sache des Wollenden noch des Laufenden, sondern des sich erbarmenden Gottes, ist doch Gottes Erbarmen größer und besser als das Leben des Menschen, wie gut dieses immer sein mag ... Gottes Wohlgefallen aber ruht auf denen, die ihn fürchten und ihre Hoffnung auf seine Gnade setzen.«[189] Wer das Gottvertrauen wagt, kann nicht erst am Ende, sondern bereits unterwegs voll Freude singen. Demgemäß fordert Kolumban in einer Instructio die Seinen auf: »Wir wollen auf unserem Wege singen und sagen: ... Meine Seele hängt an dir, ziehe mich an dich.«[190] Daß dieser Geist in seiner letzten Gründung weiterlebte, zeigt ein Gebet, das dort vor dem offiziellen Gottesdienst am Morgen gesprochen wurde:

»Gott, du ewiges Licht, du ewige Herrlichkeit,
wahres Licht, das jeden Menschen erleuchtet,
der in die Welt kommt:
eine lichtdurchflutete Herrlichkeit erfüllt Himmel und Erde,
sie erstrahlt den Engeln,
und ihr ewiger Glanz zeigt machtvoll

den Menschen deine Gerechtigkeit.
Licht, das in der Finsternis aufgeht
und dem die Finsternis nichts anhaben kann:
Erhöre, erhöre, erhöre uns.«[191]

In der älteren *Passio Kiliani* klingt das Motiv des Gottvertrauens dreimal an: Am Beginn der Missionstätigkeit, bei der geistlichen Vorbereitung auf das Martyrium und unmittelbar vor dem Sterben. Es begegnet uns also jeweils an bedeutsamen Wegstationen. Alle drei konfrontieren mit einer Fülle von Schwierigkeiten, zu denen im Angesicht des Todes noch die letzten existentiellen Prüfungen und Nöte kommen. Frohgemut sieht Kilian seiner Aufgabe im Frankenland entgegen. Obgleich er erfahren hat, daß dessen Bewohner nicht nur »blind« und »im Irrtum befangen«, sondern »vom alten Feind besessen« sind, will er »vertrauensvoll den Menschen hier den Namen unseres Herrn Jesus Christus verkündigen«[192]. Das kleine Wort »fiducialiter« kann bewußt machen, daß diese Haltung nicht aus einem oberflächlichen Optimismus erwächst, daß sie vielmehr in der Grundentscheidung der fides verwurzelt ist. Allein die Überzeugung, daß Gott den Verkünder wie die Hörer liebt und sie allesamt in seinen Händen geborgen sind, kann die Zuversicht geben, in einer hoffnungslos erscheinenden Situation die biblische Botschaft zu verkünden. Das gläubige Gottvertrauen hört auch nicht auf, wenn noch so viele Faktoren ihm entgegenstehen. In der Passio minor wird das deutlich, wenn sich das Unheil abzeichnet, das Geilana »in Zorn und Eifersucht« ihnen antun will. Hart stehen sich zwei Welten gegenüber: Von der Herzogin wird berichtet, sie sinne »Tag und Nacht« darauf, »wie sie die Heiligen vernichten könne«. Da sie die Macht in Händen hat, besteht kein Zweifel daran, daß sie ihre Absicht durchsetzen wird. Unmittelbar anschließend ist erneut von einem »Tag und Nacht«-Einsatz die Rede. Die drei Frankenapostel leisten ihn. Sie starren nicht auf die Gefahr, sie schauen auf den Herrn; betend und fastend vertrauen sie sich ihm ganz und gar an. So können sie »froh ohne Traurigkeit (und) ergeben ohne Furcht« sein[193]. Sie wissen um die Wahrheit, die am Kilianifest in der Lesung aus dem Hebräerbrief verkündet wird: »Gott hat versprochen: Ich lasse dich nicht fallen und verlasse dich nicht. Darum dürfen wir zuversichtlich sagen: Der Herr ist mein Helfer, ich fürchte mich nicht. Was können Menschen mir antun?«[194]

Wozu Menschen fähig sind, zeigt der Passio-Text, wenn er den von Geilana angezettelten nächtlichen Überfall beschreibt. Zugleich macht der unbekannte Autor deutlich, daß vor der schrecklichen Untat die Tat des Herrn steht samt der Tat der Heiligen, die sich ihm anvertrauen: Der eigentliche Martyriumsbericht beginnt mit dem Hinweis auf den allmächtigen Gott, der den Tag bestimmt hat, an dem der Lebenskampf der Seinen beendet werden soll. »Einmütig zum Lobe Gottes vereint«, sind die Heiligen mit ihrem Herrn verbunden. Auch das Schwert der Mörder kann das nicht ändern. So kann Kilian seine Gefährten ein letztes Mal im Gottvertrauen bestärken: »Geht mit mir in den geistlichen Kampf, ohne Furcht, ohne Zögern, gemäß dem Wort des Herrn: Fürchtet euch nicht vor denen, die den Leib töten, die Seele aber nicht töten können.«[195] Wie am Anfang dieses Berichts von Gott als dem eigentlich Handelnden die Rede war, so geschieht es auch an dessen Ende. Die Henker verrichten ihren Beitrag. Sie enthaupten alle in gleicher Weise. Das ist das, was mit den Sinnen wahrzunehmen ist. Das Auge des Glaubens sieht, daß der Herr seine Getreuen mit dem Martyrium krönt[196].

Der biblische Zuspruch ist dem Abschnitt des Matthäusevangeliums entnommen, der im Anschluß an Jesu Aussendungsrede von der Wahl der *Zwölf* berichtet und der ihnen mitgegebenen Anweisung für die Mission samt der Aufforderung zum furchtlosen Bekenntnis[197]. Die Unterrichtung der Zwölf wird beschlossen mit dem Hinweis auf den Lohn, der denen zuteil wird, die ihnen beistehen[198]. »Wer euch aufnimmt, der nimmt mich auf, und wer mich aufnimmt, nimmt den auf, der mich gesandt hat.«[199]

Das läßt an ein weiteres Motiv denken, das sich in altirischen Texten wie in der Passio Kiliani findet: Wiederholt ist von einer *Zwölfergemeinschaft* und ihrem Wirken die Rede. Viele denken bei den Zwölf, die Jesus erwählte, sogleich an deren Sendungsauftrag, der im Apostelnamen zum Ausdruck kommt. Dabei bleibt nicht selten dessen Fundament außer acht. Der Bericht ihrer Wahl im Markusevangelium läßt erkennen, daß dem Gesandtwerden das Sein, genauer: das Mit-Christus-Sein voraufgeht: »Und er machte die Zwölf, daß sie mit ihm seien und daß er sie aussende, zu verkünden und Vollmacht zu haben, die Dämonen auszutreiben.«[200] Die Erinnerung an diese Worte Jesu kann uns helfen, die einschlägigen irischen Berichte nicht ausschließlich auf die Missionstätigkeit zu beziehen. Auch bei ihnen ist wie bei Markus und noch eindeutiger beim vor-markinischen Text [201] das Jesus-Nachfolgen, das Ihm-Nahesein, das Bei-ihm-Bleiben gebührend zu beachten.

Einige irische Zeugnise von Zwölfergemeinschaften sind mit bekannten Namen wie Columcille, Brendan und Kolumban verbunden. Adamnán, zur Zeit Kilians Abt des Klosters Iona (679–704), hat über seinen Vorgänger *Columcille*, dessen Sippe er angehörte, so viel berichtet, daß dieser nach dem heiligen Patrick »die erste Gestalt der frühen irischen Kirche (ist), die durch eine Biographie als historische Perönlichkeit greifbar wird«[202]. Nachdem Columcille in Derry, Durrow und Kells Klöster gegründet hatte, ging er 563 im Alter von 42 Jahren mit zwölf Gefährten »für Christus ins Exil«[203]. Auf der im Norden Schottlands der Westküste vorgelagerten Insel Hy gründete er das Kloster Iona. Nach segensreichem Wirken starb er dort im Jahre 597. Auch zu *Brendans* Seefahrt gehört eine Zwölferschar. In der deutschen Fassung der Navigatio heißt es: »Und nahm da St. Brendan zwölf der heiligsten Klostermönche, die er in Irland fand, die alle freiwillig mit ihm fuhren und ihm gehorsam waren. Die kamen auch alle wieder mit ihm heim außer einem, der in das Paradies gerissen wurde, und der Teufel nahm ihnen auch einen auf dem Meer. Den gewannen sie durch Gott wieder mit ihrem andächtigen Gebet.«[204] Brendan zählte im übrigen zu den zwölf Schülern des heiligen *Finian* von Clonard, die man die zwölf Apostel Irlands genannt hat[205]. *Kolumban* schließlich trat im Jahre 587 seine Fahrt zum europäischen Festland ebenfalls mit zwölf Gefährten an[206]. Es wird tradiert, daß sein Abt Comgall, der ihn nur ungern ziehen ließ, am Ende selber für diese Zwölf gesorgt habe[207].

Daß in der älteren *Passio Kiliani* der Aufbruch einer Zwölfergemeinschaft berichtet wird, hängt sicherlich mit dieser irischen Überlieferung zusammen. Von vier Gefährten werden die Namen notiert: Es sind die Priester Kolonat, Gallo und Arnuval und der Diakon Totnan[208]. Franz Emmerich hat bereits 1896 darauf aufmerksam gemacht, daß diese Angaben sich kaum aus einer Würzburger Tradition erklären lassen, da diese nur Kolonat und Totnan als Begleiter Kilians kennt[209]. Dafür spricht auch die Erwähnung von Kolumban und Gallus in der jüngeren Passio. Hier zeigt sich, daß man zur Zeit der Niederschrift der Passio maior weder eine präzise Kenntnis der ursprünglichen Gefährtenschaft Kilians noch ein exaktes Wissen um die weitere Missionsgeschichte hatte, so daß man die beiden Mönche, die lange vor Kilian lebten, zu dessen Schülern und Begleitern machen konnte. Immerhin war auch hier noch die Erinnerung an einen größeren Kreis um Kilian lebendig geblieben. So spricht etliches dafür, daß irisches Traditionsgut zu der Erwähnung der Zwölf in der älteren Passio geführt hat. Ein Argument für diese Annahme kann darin gesehen werden, daß auch nach dem Tode Kilians von *Willibrord* Ähnliches berichtet wird. 690 landete er mit zwölf Gefährten auf dem Kontinent. Über seine Hauptttätigkeit bei den Friesen ist weithin außer acht geblieben, daß er auch im Frankenland und in Thüringen gewirkt hat. Von Hause aus Angelsachse hatte Willibrord seine Heimat verlassen und jahrelang in Irland gelebt. Von dort brach er mit seinen Gefährten auf, von denen übrigens auch nur einer, nämlich Suitbert, sicher bekannt ist.

Im Laufe der Zeit trat im Blick auf die Zwölf *das missionarische Element* stärker ins Bewußtsein, das in der Navigatio Brendani noch ganz fehlte. Gelegentlich kann man den Eindruck gewinnen, bei der berechtigten Profilierung dessen, was Peregrinatio damals bedeutete, komme die Missionsintention zu kurz. Gewiß gibt es etliche Texte, in denen sie nicht mit Sicherheit ausgemacht werden kann. Es fehlt aber auch nicht an Zeugnissen für den Willen, den Heiden das Evangelium zu verkünden und sie für Christus zu gewinnen, um sie so vor dem ewigen Tod zu retten.

An ihrem Anfang steht wahrhaft überragend der Apostel Irlands. *Patricks* Confessio ist geradezu ein Manifest der christlichen Mission. In immer neuen Wendungen spricht er von der fundamentalen Verpflichtung, die Frohbotschaft weiterzugeben, und von den Weisen, wie er diesem Auftrag zu entsprechen sucht. Wie der Völkerapostel den Korinthern schreibt: »Weh mir, wenn ich das Evangelium nicht verkünde«[210], so hält Patrick für die irischen Christen nachdrücklich fest: »Meinem Glauben an den dreieinigen Gott gemäß muß ich diese Entscheidung treffen: Ich muß ungeachtet der Gefahr die Gabe Gottes und die ewige Tröstung verkünden, ich muß furchtlos und freimütig den Namen Gottes überall ausbreiten, damit nach meinem Hinscheiden ein Vermächtnis meinen Brüdern und Söhnen bleibt, die ich im Herrn getauft habe, viele tausend Menschen.«[211] Sein missionarischer Einsatz wurzelt im Geheimnis der Dreieinigkeit, das wesenhaft ein Mysterium missionis ist. Was Gott ist, was er sagt und tut, gibt und fordert, muß allenthalben und immerzu bezeugt werden; deshalb will Patrick sich »überall« engagieren; deshalb nimmt er die späteren Generationen in Pflicht. Ein zentraler Abschnitt der Confessio ist fast ausschließlich den biblischen Texten gewidmet, die im Alten wie im Neuen Testament den Missionsauftrag ansprechen. Patrick will ihm als »Fischer« und als »Jäger« nachkommen[212]. Wie seine ganze christliche Existenz so versteht er auch seinen missionarischen Dienst als Werk der Gnade. Er bekennt: Ich wurde von Gott »zum Helfer erwählt«[213]; der Herr »bildete mich, so daß ich heute bin, was früher weit weg von mir war, daß ich für das Heil anderer sorgen und arbeiten kann, während ich früher nicht einmal richtig für mich selbst sorgte«[214]. Seine Confessio abschließend, betont er im Blick auf sein Engagement in Irland: »Es ist die Wahrheit, daß es das Geschenk Gottes war. Dies ist mein Bekenntnis, bevor ich sterbe.«[215] Analoge Äußerungen finden sich im Brief Patricks an die Soldaten des Coroticus. Sein leidenschaftlich erstrebtes unmittelbares Ziel, den gefangenen Christen zu helfen, hält ihn nicht davon ab, auf letzte missionarische Gegebenheiten hinzuweisen: auf ihr Gründen in Gott wie auf ihren Vollzug in der großen Gemeinschaft der Berufenen und Verpflichteten. Nicht irgendeiner, der Herr selber »hat großartig und freundlich sein Gesetz in Irland eingepflanzt. Durch die Gnade Gottes ist es aufgerichtet worden. Ich erhebe keinen falschen Anspruch. Ich nehme teil am Werk derer, die er berufen und bestimmt hat, das Evangelium inmitten von Verfolgungen bis zum Ende der Erde zu verkünden.«[216]

Seither haben sich ungezählte Iren in dieser Gemeinschaft bewährt. Bereits »innerhalb eines Jahrhunderts nach seinem Tod wurden die Iren ein phänomenales missionarisches Volk«[217]. Für sie alle mag *Kolumban* sprechen. Er brach mit seinen Gefährten nach Gallien auf, um »das Heil zu säen«[218]. Als Vertriebener schreibt er den zurückbleibenden Mönchen in Luxeuil: »Mein Anliegen war es, die Völker aufzusuchen und ihnen das Evangelium zu predigen.«[219]

Geist vom Geist Patricks und Kolumbans begegnet uns in der Lebensgeschichte der *Frankenapostel.* Gleich zu Beginn der älteren Passio wird das Hauptmotiv im Leben Kilians angeschlagen, wenn es heißt: »Er war so von der Liebe zur christlichen Religion erfüllt, daß er mit ehrfürchtigem Sinn und frommem Eifer alles tat, was immer er für das Heil der Seelen und für die Verbreitung des Glaubens als wichtig erachtete.«[220] Alles in der Folge Berichtete erscheint wie eine Entfaltung des in diesem Satz Gesagten. Daß die christliche Liebe die Quelle des missionarischen Einsatzes ist, kommt auch in der jüngeren Passio zur Sprache, wenn sie von Kilian sagt: »Er wußte, daß ein Fortschritt in der Liebe ohne die Liebe zum Nächsten nicht vollständig sein kann; deshalb nahm er es auf sich, in seinen eigenen Angelegenheiten zurückzutreten, um dem Heil der Brüder zu dienen.«[221] Als Kilian die Situation im Frankenland sieht, ist er entschlossen, »den Menschen hier den Namen unseres Herrn Jesus Christus zu verkünden«[222]. Die ältere Passio spricht bündig von der Predigt und vom Taufen und Firmen[223]. Der jüngere Text gebraucht das Bild vom Säen des Gotteswortes[224]. Hier findet auch das langsame Aufgehen der Saat gebührend Beachtung, während im älteren Text die Predigt Kilians und die Bekehrung des Herzogs und seines ganzen Volkes einschließlich der Taufe und Firmung unmittelbar aufeinander folgen.

Dann kommt im Blick auf die Eheverhältnisse des Herzogs ein Element ins Spiel, das in spezifischer Weise an die Missionierung Irlands denken läßt. Kilian wird als weiser Mann vorgestellt, der den Neubekehrten behutsam führt und dessen Glauben erst belastet, nachdem er ihm fest verwurzelt erscheint. Sobald das der Fall ist, fordert er radikal Höchstes und Letztes. Wie aus einem tiefen Schlaf erwachend, läßt der Herzog sich vom Heiligen mitreißen. Zurückschauend sieht er den Weg, den er gegangen ist; jetzt erklärt er sich bereit, auch das Größte zu versuchen: »Größeres und Schwierigeres rätst und predigst du jetzt als früher. Aber aus Liebe zum allmächtigen Gott, den du verkündet hast und verkündest, habe ich alles zurückgelassen, was mir an Hab und Gut lieb und wert war. Kraft derselben Liebe werde ich auch meine geliebte Gattin entlassen, wenn es nicht erlaubt ist, sie zu haben, denn nichts ist mir teuerer und liebenswerter als die Liebe Gottes.«[225]

Das sorgfältige Beachten der Ausgangslage und der Wille, den Nächsten am Ende so weit wie möglich zu Gott zu führen, finden in der jüngeren Passio eine noch stärkere Aufmerksamkeit. *Schritt um Schritt* geht Kilian vor. Er wendet sich zunächst dem Volk und später dem Herzog zu. Seine Hörer werden nicht als Untertanen gesehen, die blind ihrem Herzog folgen; sie kommen auf ihre Weise zum Glauben und helfen so mit, daß auch ihr Fürst den Weg dorthin findet. »Der ehrwürdige Mann begann, allmählich den ungläubigen Völkern das Brot des göttlichen Wortes zu reichen ... Und alle bewunderten nicht nur die neue Lehre, sondern auch seine überströmende Beredsamkeit. Und die Macht des Wortes begleitete auch das Wirken von Wundern. Es erfüllte sich an ihm, was die Wahrheit den Aposteln verheißen hatte: Ich werde euch, so spricht sie, Mund und Weisheit geben, und wiederum: Die Werke, die ich vollbringe, werdet auch ihr vollbringen.«[226] Auch wenn hier von stärkeren Mitteln und Kräften die Rede ist, als sie in der älteren Passio Erwähnung finden, tritt die Frucht langsamer zutage. Nicht eine abrupte Bekehrung wird geschildert, sondern ein stilles und stetes Hineinwachsen in die Wahrheit, das am Ende weitere Kreise zieht: »Als so der Same des göttlichen Wortes aufging und das Volk allmählich von seinem heidnischen Irrtum abließ, drang der Ruf des heiligen Mannes auch zu den Vornehmen des Volkes und konnte auch dem Herzog der Provinz nicht verborgen bleiben.«[227] Als Gozbert den Missionar zu sich ruft, wiederholt sich dessen behutsames Vorgehen. Zug um Zug hilft er ihm und läßt ihm Zeit, wenn er nicht sogleich mitkommt. Er gibt auch nicht auf, als Stillstand droht. Der Herzog verschob »weiteres Anhören auf einige Zeit; er wollte in eifrigem Nachdenken überlegen, ob der Kult des Gottes, den Kilian lehrte, oder der Kult der Diana vorzuziehen sei«[228]. Kilian hält durch, weiß er doch, daß es um *Leben oder Tod* geht: »Der vortreffliche Mann arbeitete unermüdlich, Gott die Seelen wieder zu gewinnen, die der Teufel zu verderben suchte.« Um dieses Wirken zu kennzeichnen, gebraucht die Passio das Bild vom Licht, das die Dunkelheit durchdringt: »Als Licht, das auf den Leuchter gestellt war, leuchtete es allen.«[229] Das läßt an das Gebet Kolumbans denken, das sich in einer seiner Ansprachen findet. In der Überzeugung, daß der Herr das Licht schenken muß, bittet er: »Du, Christus, unser geliebtester Erlöser, entzünde unsere Lampen, damit sie immerdar in deinem Tempel leuchten und von dir, dem ewigen Licht, ewiges Licht empfangen, damit unsere Dunkelheit erhellt und das Dunkel der Welt vertrieben wird.«[230] Mit der Zeit erfaßt das Licht auch den Herzog. Er sah »die Ausdauer des herrlichen Mannes in der Predigt und ging heimlich zu ihm, im Verlangen, durch seine Lehre Klarheit darüber zu gewinnen, wie er nach der Kenntnis des Weges der Wahrheit die falschen Wege des Irrtums vermeiden könne«[231]. Auch als die Glaubenswahrheit ihm aufgeht, ist er von den Wahrheiten des rechten Tuns noch weit entfernt. Kilian steht ihm erneut bei, und so kommt es am Osterfest zur Taufe. Noch einmal braucht es Kondition und Klugheit angesichts des leidigen Eheproblems. Ähnlich wie in der älteren Passio, aber ausführlicher als dort, wird die vorsichtige Hinführung zur Fülle des Glaubens und zu dessen radikalen Konsequenzen geschildert. »Der herrliche Mann Gottes wollte in der Anfangszeit des Glaubens eine solche Ehe nicht verbieten, damit nicht etwa der Fürst, durch die Schwere der Mahnung hierzu beeinflußt, seine Glaubensbereitschaft bereuen würde. Da gilt das, was der Apostel zu im Glauben noch nicht Gefestigten gesagt hat: Ich habe euch wie Kindern in Christus Milch als Trank gegeben, nicht feste Speise, denn feste Speise ist für die Vollkommenen. Daher verschob der herrliche Märtyrer das, was er als zu schwer erkannte, auf eine spätere Zeit.«[232] Kilian beginnt sein Gespräch mit dem Hinweis auf den Fortschritt Gozberts im Glauben. Dann konfrontiert er ihn mit der Forderung, die unerlaubte Ehe aufzugeben. Zurückhaltend führt der Autor dessen Reaktion ein. Er schreibt: »Er soll schließlich doch diese Antwort gegeben haben.«[233] Sie ist besser als die Tat, denn diese wird wohl zugesagt, aber zugleich aufgeschoben. Die Worte, die dem Herzog zugeschrieben werden, liegen auf der Linie, die mit der Berufung Kilians beginnt. Sie greifen das Thema der Selbstverleugung und der radikalen Nachfolge des Gekreuzigten auf und verweisen so auf die innige Verbundenheit zwischen dem Missionar und denen, für die er durch das Evangelium Vater sein darf. Wesentliches von seinem Erbe lebt in ihnen weiter. Gozbert erklärt: »Ich habe, Vater, in deiner Lehre die Mahnung Jesu gehört, daß man nichts der Liebe zu ihm vorziehen darf, nicht Vater, nicht Mutter, nicht Kinder, nicht die Gattin; so sehr ich die Frau, mit der ich verbunden bin, auf einzigartige Weise liebe, ich ziehe doch die Liebe zu Gott vor.«[234]

So unterschiedlich einzelnes in den beiden Passio-Texten geschildert wird, gemeinsam ist ein doppelter Grundzug, der ganz der Missionierung Irlands entspricht und ein gutes Stück weit mit der altirischen Spiritualität konform geht. Zum einen wird das einfühlsame Eingehen auf die Situation der Hörer des Wortes betont und die Bereitschaft, sich ihnen so weit wie möglich anzupassen. Behutsam werden sie so zum Glauben geführt, daß sie ihr Erbe einbringen können, soweit das eben geht. Zum andern kommen zur gegebenen Zeit die Forderungen Christi unverkürzt zur Geltung. Die Gozbertgeschichte macht überdies deutlich, daß die radikalen Postulate nicht nur für wenige Auserwählte gelten bzw. lediglich die zum Ordensleben Berufenen betreffen, daß sie vielmehr jeden einzelnen Glaubenden unbedingt angehen.

Eine spezifisch irische Ausprägung dieses doppelten Grundzuges begegnet uns in dem *Element des Kampfes,* das die altirische Spiritualität durchzieht. In ihr konnte aufgenommen und weitergeführt werden, was jahrhundertelang vor der Missionierung das Denken und Leben in Irland geprägt hat. Zugleich eröffnete sich ein wichtiger Zugang zum Tun und Leiden Christi wie zur radikalen Nachfolge, die vor Kampf und Wunden nicht zurückscheut. Symbol für das Miteinander des überkommenen wie des neu anstehenden Kämpfens ist König *Conchobhar* und seine Reaktion auf die Nachricht vom Kreuzestod des Gottessohnes[235]. Er ist einer aus der großen Zahl der Herren, von denen die altirischen Mythen und Sagen erzählen. In immer neuen Variationen schildern sie Kampf um Kampf, Sieg um Sieg. In den Mythen sind die Götter höchstpersönlich die heldischen Kämpfer; in den Sagen gesellen sich Könige und Fürsten zu ihnen. Im Blick auf die keltische Überlieferung kann John Sharkey feststellen: »Der Hauptteil der Erzählungen und das Allerinteressanteste kreist um die Inkarnation keltischer Gottheiten zu Kriegern; das spiegelt den vorherrschenden Charakterzug dieser agilen Stammesgruppe wider. Die Iren identifizierten sich mit ihren Göttern, wie mit Tuatha Dé Danann – und der größte Krieger von allen war die Sonne, die Siegerin im unaufhörlichen Kampf mit der Dunkelheit.«[236] Viele Beobachtungen zusammenfassend, notiert derselbe Autor: »Ein Krieger unter Kriegern zu sein war das ideale Leben für die Kelten, und dessen höchste Vollendung war es, von Freunden und Dichtern und von hundert Getöteten umgeben im Kampf zu sterben.«[237] In diese Welt paßt die Geschichte, die von der Bekehrung des Königs *Aengus* erzählt wird: »Als Aengus von Patricks Ankunft hörte, eilte er, um ihn zu treffen, und geleitete ihn mit allen Ehren zu dem Versammlungsplatz, der sich dort befand, wo später der Stein des Patrick lag. Während man den König taufte, wurde sein Fuß von dem spitzen Ende des Stabes durchbohrt, auf den sich Patrick lehnte. Als nun die Ze-

S. 212/213: Der Evangelist Markus / Initiale: Mk 1,1 (vgl. S. 70) ▷
Codex 51, pag. 78/79, St. Gallen

remonie zu Ende war und Patrick bemerkte, daß die Stabspitze immer noch in der Wunde stak, fragte er Aengus, warum er nicht protestiert habe. Der König erwiderte, er habe angenommen, die Verwundung gehöre zu der Zeremonie.«[238] Der kampf- und schmerzerprobte König ist bereit, mit hohem Einsatz für seinen neuen Herrn zu kämpfen und zu leiden. So erscheint er als Vorfahre und Vorläufer des heiligen *Kolumban*, der keinen Zweifel daran läßt, daß dem Christen Kampf und Wunden beschieden sind: »Wenn du von Kampf hörst, dann verlaß dich darauf, daß es Wunden und Verfolgungen gibt.« Er appelliert an die Seinen: »Da wir unter Waffen stehen, wollen wir täglich mit unseren Feinden kämpfen, damit wir unsere Waffen nicht gegen uns, sondern gegen unsere Feinde richten. Mit Gottes Gnade wird uns die lange Übung im Kampf dies lehren, durch unseren Herrn Jesus Christus, dem die Ehre und die Herrlichkeit und die Macht sei von Ewigkeit zu Ewigkeit.«[239] Kolumban versteht die gesamte Kirche als Heer, das unter der Führung des Nachfolgers Petri im Kampf steht[240]. In diesem Heer bilden die Mönche gleichsam eine Eliteeinheit[241]. Im Bewußtsein, daß dies in seiner Heimat so verstanden, bejaht und gelebt wird, schreibt Kolumban dem Papst: »Ich komme vom Ende der Welt. Dort habe ich gesehen, wie die geistlichen Führer die Schlachten Gottes geschlagen haben und weiterhin hoffen, immer stärkere und tüchtigere Vorkämpfer in diesem heiligen Krieg zu werden.«[242]

Ein wesenhafter Teil dieses Kampfes ist das *Gebet*.[243] Manche Besonderheiten altirischen Betens werden erst verstanden, wenn man sie als Elemente eines ebenso unabdingbaren wie unaufhörlichen Ringens sieht. Immerzu gehört zum rechten Beten die Grundentscheidung für Gott und sein Reich, gegen alle Widersacher. Das läßt eine Legende erkennen, die zeitlich in der Nähe Kilians angesiedelt ist. Sie erzählt, wie der heilige Moling, der zehn Jahre nach Kilian starb, auf seltsame Weise mit dem Teufel zu tun bekam. Dieser hatte ihn aufgesucht, als er betete, und wollte von ihm einen Segen oder aber einen Fluch zugesprochen haben. Als der Heilige weder das eine noch das andere tat, erkundigte sich der Teufel danach, wie er einen Segen verdienen könne. Darauf erhielt er den Rat, zu fasten. Der Teufel antwortete: »Seit Anbeginn der Welt faste ich schon, und ich bin nicht besser dadurch geworden.« Das ist eine erstaunliche Antwort, zumal wenn man bedenkt, wie hoch das Fasten in der irischen Kirche geschätzt wurde. Offenkundig wußte man von der Möglichkeit, daß an sich gute Werke egoistisch mißbraucht werden können. Deshalb braucht es zu allem das Gebet, die Entscheidung der Liebe für Gott. In dieselbe Richtung ging dann auch Molings nächster Vorschlag. Er sagte: »Mach Kniebeugen!« Da bekam er zu hören: »Ich kann mich nicht hinknien, meine Knie sind nach rückwärts gerichtet.« Durch die Entscheidung gegen Gott ist er so degeneriert, daß er trotz all seiner Künste nicht mehr vorwärts kann. Er kann nicht mehr knien und deshalb nicht mehr vorankommen. Da gab Moling auf und erklärte: »Ich kann dich nicht belehren noch kann ich dir helfen.« Dem gescheiterten Teufel hat ein anonymer Dichter des 8. Jahrhunderts respektable Verse in den Mund gelegt. Sie finden sich am Rand einer Paulushandschrift. Sie gelten der Grundentscheidung, die im Himmel wie auf Erden ansteht, und schildern deren unterschiedliche Folgen:

»Er ist ein Vogel, bei dem die Falle zuschnappt;
er ist ein leckes Schiff, für das jede Gefahr bedrohlich ist;
er ist ein leeres Gefäß, er ist ein verdorrter Baum,
wer den Willen des Königs dort oben nicht tut.

Er ist reines Gold, er ist ein Strahlenglanz rund um die Sonne;
er ist ein Silbergefäß voll mit Wein;
er ist glücklich, ist wunderschön, ist heilig,
der den Willen des Königs tut.«[244]

Unschwer ist die Nähe zu Psalm 1 zu erkennen. Auch wenn die Palette des irischen Dichters bunter und reicher ist als die des Psalmisten, die intendierte Wegmarkierung ist dieselbe und ebenso der implizierte Appell, um jeden Preis die rechte Entscheidung zu treffen.

Die wichtigsten Helfer bei dieser Entscheidung sind die *Heiligen*. In irischen Gebeten werden sie als weise, tapfere, keusche Soldaten angesprochen, die zusammen mit den Engeln die himmlische Herrschar bilden. Unter ihnen ragen die Märtyrer heraus. Sie sind »die tapfersten Kämpfer des Königs Christus.«[245] Als solche stellen die Passio-Texte unsere Frankenapostel vor. Mehrfach wird das Element des Kampfes in einer Weise artikuliert, die der altirischen Spiritualität entspricht. Die jüngere Passio Kiliani stellt es wie eine Überschrift über den gesamten Text. Programmatisch beginnt sie

mit den Worten »Sanctorum martyrum certamina«, *»Die Kämpfe der heiligen Märtyrer«*.[246] Alle Fakten, die berichtet werden, sind Phasen des einen Lebenskampfes, der im Martyrium sein siegreiches Ende findet. Eine ähnliche Wertung kommt in der älteren Passio zum Ausdruck, wenn der Bericht über die Todesnacht mit den Worten eingeleitet wird: »Als der allmächtige Gott wollte, daß seine Kämpfer ihren zeitlichen Kampf beenden sollten.«[247] Bereits das unmittelbar vorher erwähnte Wachen, Beten und Fasten ist Teil ihres Endkampfes.[248] So sieht es auch die jüngere Passio. In ihr setzt Kilian sozusagen den Aufruf des Herrn zum letzten Gefecht in den Einzelbefehl um: »Laßt uns wachen, schnellstens wird der Herr bei uns sein.«[249] In der älteren Passio heißt Kilians letzter Appell an seine Gefährten: »Meine geistlichen Söhne, jetzt ist der lange ersehnte Tag da. Geht mit mir in den geistlichen Kampf, ohne Furcht, ohne Zittern.«[250] Im Heiligen Geist haben sie das Leben empfangen, im Heiligen Geist dürfen sie es hingeben, im Heiligen Geist kann dies furchtlos geschehen. »Furcht gibt es in der Liebe nicht, sondern die vollkommene Liebe vertreibt die Furcht.«[251]
Was in der älteren Passio als Überzeugung des Schreibers unmittelbar vor dem Martyrium knapp zum Ausdruck kommt, daß der allmächtige Gott selber den Einsatz seiner Kämpfer beendet haben will, wird im jüngeren Text Gegenstand einer direkten Anrede an Kilian, die dieser in einer nächtlichen Erscheinung vernimmt: »Freund Kilian, steh auf! Ich will nicht, daß du dich noch länger abplagst. Nur einen Kampf hast du noch zu bestehen, und dann wirst du als Sieger allezeit bei mir sein.«[252] Das Wort *Sieger* läßt an die siebenfache Verheißung denken, die im letzten Buch der Bibel aufgezeichnet ist. Am Ende der Sendschreiben an die sieben Gemeinden in der Provinz Asien, die die gesamte Kirche repräsentieren, wird mit den verschiedensten Bildern angezeigt, was die Sieger vom Herrn empfangen sollen.[253] Jedesmal wird eine andere Perspektive auf das unsagbare Geheimnis eröffnet, daß Gott den Erlösten sich selbst für immer schenken will, daß sie ohne Ende an seiner Herrlichkeit teilhaben sollen. Diese Gabe aller Gaben ist die Erfüllung der Sehnsucht, die Kolumban beten ließ: »Laß uns erfassen, was wir lieben, da wir doch um nichts anderes bitten, als daß du selbst uns geschenkt wirst. Du bist unser alles, unser Leben, unser Licht, unser Heil, unsere Speise, unser Trank, unser Gott.«[254] Der König der Könige, der Herr der Herren, der »Hochkönig der Welt, der mächti-

ger ist als jeder andere König, höher als jede Gewalt, furchtbarer als jeder Drache, gütiger als jedes Kind, strahlender als Sonnen, heiliger als Heilige«[255] will sich selbst den Siegern im Kampf mitteilen. Dieses unfaßbare Geschehen soll bereits auf dieser Erde beginnen. Jetzt schon darf in Christus leben, wer bereit ist, mit ihm zu sterben. Die Märtyrer bezeugen dieses Geheimnis der Liebe durch die Hingabe ihres Lebens. Sie ist letztlich ein Abbild der Ganzhingabe, in welcher der dreifaltige Gott lebt. Daß wir an ihr Anteil haben dürfen, ist die Frohbotschaft, welche die Märtyrer verkünden und mit ihrem Blut besiegeln. Erst wenn diese Dimensionen des Martyriums beachtet werden, kann man die *Liebe zum Martyrium* zu verstehen beginnen, die uns in den großen Vertretern der altirischen Spiritualität begegnet.

Gegen Ende von *Patricks* Confessio bricht sie sich ungestüm die Bahn, wenn der Heilige sein gesamtes Bekenntnis geradewegs in sie münden läßt. Eindringlich fleht er: »Wenn ich je etwas Gutes für meinen Gott getan habe, den ich liebe, so bitte ich, daß ich mit den Fremdlingen und Gefangenen für seinen Namen mein Blut vergießen darf, selbst wenn mir ein Grab verwehrt würde oder mein Leib elend in lauter Stücke zerrissen würde von Hunden oder wilden Tieren, oder wenn die Vögel des Himmels ihn verzehrten.«[256]

Patrick sieht dies als den direktesten Weg an, der mitten hinein in die Herrlichkeit führt. So fährt er fort: »Ich bin fest davon überzeugt: Wenn das mit mir geschieht, habe ich meine Seele zusammen mit meinem Leibe gewonnen, denn ohne Zweifel werden wir an jenem Tag in der Helle der Sonne auferstehen, das ist in der Herrlichkeit unseres Erlösers Jesus Christus als Söhne des lebendigen Gottes und Miterben Christi; seinem Bild sollen wir gleichgestaltet werden, denn aus ihm und durch ihn und in ihm sollen wir herrschen.«[257] Im Grund zieht Patrick die Konsequenz aus dem Taufmysterium, das uns im Mitsterben ins Mitauferstehen mit Christus hineinnimmt. Nicht erst bei seinem Tode, sondern bereits mitten in seinem Leben kann Paulus bekennen: »Ich bin mit Christus gekreuzigt worden.«[258] Ebenso gilt schon jetzt, was sich jenseits der Todesgrenze vollendet: »Nicht mehr ich lebe, sondern Christus lebt in mir.«[259] Eindrucksvoll verkündet *Kolumban* diese Wahrheit und lädt dazu ein, die fälligen Folgerungen zu ziehen: »Laßt uns sterben, laßt uns sterben für das Leben, denn das Leben selber ist für die Sterblichen gestorben ... Keiner aber kann sich selber sterben, wenn Christus nicht in ihm lebt; lebt aber Christus in ihm, kann er nicht sich selber leben. Lebe in Christus, damit Christus in dir lebt!«[260]

Die für die altirische Spiritualität typische, Leben und Sterben umfangende Sicht des Martyriums ist in der ersten Predigt bezeugt, die uns in gälischer Sprache überliefert ist[261]. Sie ist zu Beginn des 8. Jahrhunderts aufgezeichnet worden und wird heute im Manuskript 619 der Stadtbibliothek von Cambrai gehütet. Sie ist ein typisch irisches Dokument. Auch wenn sie Aussagen enthält, die von Kirchenvätern bezeugt sind, bietet sie eine Zusammenschau, die anderwärts nicht belegt ist. Genau genommen ist es eine Schau auf das Kreuz und auf die Weise, wie es Menschen in der Nachfolge Christi zuteil werden kann. Drei verschiedene Formen werden unterschieden. Sie werden mit den Farben charakterisiert, die sich nebeneinander gereiht in der irischen Nationalflagge finden: *Grün, Weiß, Rot.*

Am Anfang steht der Nachfolgeruf Jesu, dem in der Kiliansvita geradezu eine Schlüsselposition zukommt: »Wer mein Jünger sein will, der verleugne sich selbst und nehme sein Kreuz auf sich. Unser Kreuz auf uns nehmen heißt: Verlust und Martyrium und Leiden auf uns nehmen um Christi willen.« Die hier zusammengefaßten Elemente entfaltend und auslegend wird ausgeführt: »Es gibt drei Arten des Martyriums, die jeweils als Kreuz anzusehen sind«: das weiße, grüne und rote. »Weißes Martyrium bedeutet für den Menschen, daß er sich um Gottes willen von allem trennt, was er liebt, auch wenn er dabei Fasten und Mühen ertragen muß.« Auf die Selbsthingabe des Gekreuzigten antwortet der Mensch im weißen Martyrium mit der Hingabe aller seiner Güter. Sie werden nicht als toter Besitz gewertet, der ohne weiteres abgestoßen werden kann; sie gehören nicht nur dem Menschen, sie gehören zu ihm. Wenn er sich von ihnen trennt, geht der Schnitt ins eigene Fleisch. Der Verzicht bringt Entbehrungen mit sich. Wer nichts besitzt, kann sich nichts leisten; er muß schon aus diesem Grund fasten und muß ein Leben lang Mühen auf sich nehmen, die ihm sonst erspart geblieben wären.

Im grünen Martyrium geht der Einschnitt noch tiefer: »Grünes Martyrium bedeutet für den Menschen, daß er mittels Fasten und Mühen sich von seinen Begierden trennt oder Mühsal erduldet in Buße und Reue.« Trotz allen äußeren Verzichts kann eine innere

Bindung bleiben und sich beängstigend stark auswirken. Sie zu überwinden, kann sehr schwer fallen. Das Streben nach Besitz, Lust und Macht ist so tief im Menschen verwurzelt, daß der Kampf gegen es wie ein Kampf gegen den Menschen selber empfunden werden mag. Zugleich kann er bewußt machen, wie oft dieses natürliche Streben zur sündhaften Begierde wird, die der Liebe entgegensteht. Das ist Anlaß zu ernster Reue und zu tätiger Umkehr.

Der Gipfel der Kreuzesnachfolge wird mit der Hingabe von Leib und Leben erreicht: Das ist das rote Martyrium. Es »bedeutet für den Menschen, um Christi willen das Kreuz zu tragen oder vernichtet zu werden, wie es den Aposteln geschah, als sie, von den Bösen verfolgt, das Gesetz Gottes lehrten«.

Alle drei Weisen werden von dem einen Geist beseelt und im Blick auf den einen Herrn verwirklicht. Sie können auch von einem Menschen gelebt werden. Ausdrücklich heißt es in der Predigt: »Diese drei Arten des Martyriums sind vereint in jenen Menschen, die in rechter Weise Buße tun, die sich von ihren Begierden trennen, die ihr Blut vergießen in Fasten und Mühen um Christi willen.«

Gemäß der *Passio Kiliani* zählen die Frankenapostel zu ihnen. Ohne die Farbwerte für die verschiedenen Martyrien zu nennen, wird das, was sie besagen, von Kilian und seinen Gefährten bezeugt. Naturgemäß kommen zunächst das weiße und grüne Martyrium zur Sprache; zugleich wird recht früh das Blutzeugnis anvisiert. Schon die Betenden und Fastenden werden Märtyrer genannt. Ihr rotes Martyrium wird als Lohn für die voraufgegangenen Taten angesehen[262] und als deren Krone[263]. Die jüngere Passio schwächt diese Aussagen keineswegs ab, sie vermehrt und verstärkt sie vielmehr. Nachdem sie im ersten Satz gleich zweimal das Wort Märtyrer gebraucht, stellt sie die Taten des weißen und grünen Martyriums heraus, wenn sie besonders den Gehorsam, die Entsagung und das Beten des jungen Mönchs heraushebt. Nachdrücklich zieht sie von hier aus die Linie bis zum Blutzeugnis durch: »Wie gehorsam er im Kloster gewesen, wie entsagungsvoll, wie er sich den Vigilien und den Gebeten hingegeben, hat der Ausgang seines gegenwärtigen Lebens gezeigt. Denn wenn auch die Palme des Martyriums mehr durch die Gnade als durch Verdienste gewonnen wird, finden diese doch in ihm die wahre Erfüllung.«[264] Das Martyrium selbst wird als letzter Akt eines lebenslangen Kampfes angesehen[265].

In ihm geht es um »die Bezeugung der Wahrheit«[266] bis zum letzten Blutstropfen.
Mit zwei Formulierungen der Passio tut sich der moderne Mensch besonders schwer. Ihm scheint kaum glaublich oder jedenfalls schwer verständlich, wenn von der *Sehnsucht nach dem Martyrium* gesprochen wird. Die ältere Passio tut das, wenn sie berichtet, die drei hätten sich, »als die Zeit ihres Leidens und des Lohnes für ihre vorhergehenden Verdienste herannahte«, den Tag heiter erwartet, »den sie schon lange ersehnt, der sie zur Krone des Martyriums führen« sollte.[267] Die jüngere Passio spricht von dieser Einstellung Kilians bereits gelegentlich der Ankunft in Würzburg: »Er fürchtete die Wildheit des ungläubigen Volkes nicht, denn ohne Angst verlangte er nach der Krone des Martyriums.«[268] Im Blick auf die Fragen, die einem heutzutage angesichts solcher Aussagen kommen, findet man übrigens in einem bekannten Märtyrer einen Bundesgenossen. Bonifatius, der Gründer der Diözese Würzburg, spricht – soweit wir wissen – nicht vom Ersehnen und Erstreben des Martyriums, auch wenn er bereit war, es auf sich zu nehmen. Theodor Schieffer hat darauf aufmerksam gemacht, daß bei den angelsächsischen Glaubensboten »das Pathos des blutigen Martyriums kein bestimmender Zug ihrer Mission« gewesen ist[269]. Erwin Iserloh hat in einer Studie über die Glaubensverkündigung des Apostels der Deutschen festgestellt: »*Imitatio Christi* als Nachvollzug des Todesschicksals Christi, in seiner äußeren Ohnmacht und seinem scheinbar hoffnungslosen Scheitern, ist der Umwelt des Heiligen fremd.«[270] Dem entspricht das Bild, das sich in seiner weitläufigen Korrespondenz abzeichnet: »Es liegt ganz in der Linie dieser Haltung, wenn vom Kreuze Christi in den Briefen nicht gesprochen wird, nicht einmal in einer moralisierenden Weise ... Von der Gleichgestaltung mit Christus im Leid, dessen Todesleiden wir an unserem Leibe tragen (2 Kor 4, 10), und von ähnlichen Gedanken des heiligen Paulus oder vom Kreuztragen, wie es die Synoptiker darstellen, ist nur einmal bei Papst Zacharias die Rede (Br. 80), nicht bei Bonifatius und seinen Freunden.«[271] Wie immer dieser Befund zu werten ist, er wirft aufschlußreiches Licht auf die Passio Kiliani. Beide Texte spiegeln im Blick auf das Martyrium die Sicht der altirischen Spiritualität wider und nicht die des Bonifatius und seiner Landsleute.
So bildet das spezifisch irische Martyriumsverständnis eine Brücke

über die bonifatianisch und karolingisch geprägte Zeit ihrer Niederschrift hinweg zur Heimat der Frankenapostel samt den geistig-geistlichen Kräften, die vor allem im Jahrhundert Kilians dort wirksam waren. Bis zur Stunde können wir sie bewundern und uns von ihrer Dynamik erfassen lassen.

Anmerkungen

1 U. Eco, Nachschrift zum »Namen der Rose«, München 1984, 63.
2 Ders., Der Name der Rose, München [28]1984, 399f.
3 Ders., Über Gott und die Welt. Essays und Glossen, München 1985, 13.
4 Mt 7,16.
5 L. Bieler (Hg.), The Works of St. Patrick. St. Secundinus Hymn on St. Patrick, Westminster and London 1953 (Ancient Christian Writers Nr. 17), 61–65 (zit.: WP).
6 WP 61,9–14; 62,27–32.
7 WP 62,21–24; 63,45–48.
8 WP 61,13–16.
9 WP 64,77–80.
10 WP 64,65–68.
11 WP 21–40; deutsche Übersetzung von W. Berschin: Ich Patricius ... Die Autobiographie des Apostels der Iren, in: H. Löwe (Hg.), Die Iren und Europa im frühen Mittelalter, Bd. I, Stuttgart 1982, 9–25 (zit.: L).
12 Conf. n. 62: WP 40.
13 Conf. n. 9: WP 23.
14 M. Richter, Irland im Mittelalter: Kultur und Geschichte, Stuttgart 1983, 44.
15 WP 64,81–84.
16 WP 41–47.
17 Vgl. E. A. Thompson, St. Patrick and Coroticus, in: The Journal of Theological Studies NS 31, London 1980, 12–27.
18 Brief n. 1: WP 41.
19 Ebd.
20 Brief n. 2: WP 41.
21 Brief n. 14: WP 45.
22 Brief n. 4: WP 42.
23 Brief n. 21: WP 47.
24 J. Hennig, in: P. Manns (Hg.), Reformer der Kirche, Mainz 1970, 379.
25 Richter 53.
26 M. Dubois, in: Daniel-Rops (Hg.), The Miracle of Ireland, Dublin und London 1959, 57 (zit.: Daniel-Rops).
27 M. R. D'Arcy, The Saints of Ireland. A Chronical Account of the Lives and Works of Ireland's Saints and Missionaries at Home and Abroad, Cork und Dublin [3]1985, 49 (zit.: Arcy).
28 L. Bieler, Irland – Wegbereiter des Mittelalters, Olten, Lausanne und Freiburg 1961, 69; (zit.: BI).

[29] G. S. M. Walker (Hg.), Sancti Columbani Opera (Scriptores Latini Hiberniae II), Dublin 1957, 182–197 (zit.: C).
[30] A. a. O. 184–187.
[31] A. a. O. 124–181.
[32] A. a. O. 124, 13f.
[33] A. a. O. 170, 30 u. 172, 1–6.
[34] A. a. O. 172, 6–10.
[35] Brief IV, n. 2: a. a. O. 26.
[36] Brief IV, n. 3: a. a. O. 28, 14f.
[37] Brief IV, n. 3: a. a. O. 28, 16f.
[38] Brief IV, n. 5: a. a. O. 30, 10f.
[39] Brief IV, n. 6: a. a. O. 30, 18 u. 21–27.
[40] Brief IV, n. 6: a. a. O. 34, 4–8.
[41] BI 97.
[42] C 190–193.
[43] BI 97.
[44] C 60–121.
[45] F. Cayré, in: Daniel-Rops 110.
[46] Instr. X, n. 2: C 102f.
[47] Instr. I, n. 1: C 60f.
[48] Instr. I, n. 2: C 60–63.
[49] Instr. I, n. 3: C 62f.
[50] Instr. II, n. 1: C 66f.
[51] Instr. XII, n. 2f.: C 112–115.
[52] Daniel-Rops 59.
[53] Daniel-Rops 60.
[54] Daniel-Rops 62.
[55] BI 54.
[56] BI 77f.
[57] BI 78.
[58] J. Gantz (Hg.), Early Irish Myths and Sagas, Harmondsworth 1986 (zit: Gantz); J. Curtin, Myths and Folk-Tales of Ireland, New York 1975; T. P. Cross u. C. H. Slover (Hg.), Ancient Irish Tales, New York 1969; R. Thurneysen, Die irische Helden- und Königssage, Halle 1921; T. F. O'Rahilly, Early Irish History an Mythology, Dublin 1946; G. Murphy, Saga and Myth in Ancient Ireland, Dublin 1961.
[59] Apg 17, 23.
[60] Richter 19.
[61] Ebd.
[62] K. H. Jackson (Hg.), A Celtic Miscellany, Harmondsworth [8]1980, 28 (zit.: CM).
[63] A. a. O. 55.
[64] A. a. O. 55f.
[65] A. a. O. 56.
[66] Ebd.
[67] Ebd.
[68] R. O'Mara (Hg.), König der Bäume. Das altirische Epos von der »Ekstase des Suibhne« (Buite Suibhne), München 1985 (zit.: Suibhne).
[69] A. a. O. 114f., D'Arcy 62f.
[70] Suibhne 114.
[71] Richter 76.
[72] Suibhne 21f.
[73] A. a. O. 11.

[74] A. a. O. 11 f.
[75] A. a. O. 12.
[76] A. a. O. 56 f.
[77] A. a. O. 79.
[78] A. a. O. 82.
[79] K. Meyer, Über die älteste irische Dichtung. Abhandlung Nr. 6 in: Abhandlung der Königlich Preußischen Akademie der Wissenschaften, Berlin 1913, 38–50.
[80] A. a. O. 45 f. (§§ 47–51).
[81] A. a. O. 46 (§ 52).
[82] f. 200 r – f. 202 r.
[83] Lk 3, 38.
[84] Apg 17, 27 f.
[85] Apg 17, 23 u. 28.
[86] Passio minor sanctorum martyrum Kiliani et sociorum eius, in: F. Emmerich, Der heilige Kilian. Regionarbischof und Martyrer, Würzburg 1896, 2–10 (zit.: E) und B. Krusch u. W. Levison (Hg.), Passiones vitaeque sanctorum aevi Merovingici (Monumenta Germaniae Historica, Scriptorum rerum Merovingicarum V), Hannover u. Leipzig 1910, 722–728. In der Folge wird die Passio minor mit p, die Passio maior mit P zitiert.
[87] J. Dienemann, Der Kult des heiligen Kilian im 8. und 9. Jahrhundert. Beiträge zur geistigen und politischen Entwicklung der Karolingerzeit (Quellen und Forschungen zur Geschichte des Bistums und Hochstifts Würzburg X), Würzburg 1955.
[88] A. Wendehorst, Das Bistum Würzburg, Teil 1 (Germania Sacra NF 1), Berlin 1962, 12 f. u. ders., Würzburg. Geschichte in Bilddokumenten, München 1981, 17.
[89] E 69 f.
[90] K. Wittstadt, Die älteste Lebensbeschreibung des hl. Burkard mit deutscher Übersetzung, in: Würzburger Diözesangeschichtsblätter 48 (1986) 7–17; K. Schäfer u. H. Schießer, Leben und Wirken des hl. Burkard, Bad Neustadt 1986.
[91] E. Soder von Güldenstubbe, in: A. Leidl (Hg.), Bistumspatrone in Deutschland, München 1984, 48.
[92] Vgl. außer den in den Anm. 86–88 genannten Werken: A. Bigelmair, Die Passio des heiligen Kilian und seiner Gefährten, in: Würzburger Diözesangeschichtsblätter 14/15 (1952/1953) 1–25; K. Wittstadt, Sankt Kilian. Leben – Martyrium – Wirkung, Würzburg 1984.
[93] WP 67–72; D. Greene u. F. O'Connor (Hg.), A. Golden Treasure of Irish Poetry, London 1967, 27–31 (zit.: GO); K. Hoagland (Hg.), 1000 Years of Irish Poetry. The Gaelic and Anglo-Irish Poets from pagan Times to the Present, New York 1949, 12–14 (zit.: H); B. Kennelly (Hg.), The Penguin Book of Irish Verse, Harmondsworth ²1986, 45–47 (zit.: K).
[94] Eph 6, 11–13.
[95] WP 69.
[96] WP 70.
[97] WP 70 f.
[98] WP 71.
[99] Conf. n. 55: WP 38.
[100] Brief n. 2: WP 41.
[101] Brief n. 4: WP 42.
[102] C 182, 1–8.
[103] A. a. O. 196, 164.
[104] Instr. III, n. 1: a. a. O. 72 f.

[105] Instr. V, n. 1: C 84f.
[106] Instr. VI, n. 1: C 88f.
[107] C 26f, 32–35, 38f.
[108] Brief IV, n. 2: a.a.O. 26f.
[109] S.o.
[110] H 39–43; K 62–64; deutsche Übersetzung in: B. de Breffny, Irland – Das Land und seine Geschichte, Köln 1981, 132f.
[111] A.a.O. 132.
[112] A.a.O. 133.
[113] Ebd.
[114] p 1–4; P 1–6.
[115] p 15; P 22f.
[116] p 3, vgl. in p 9 die Formulierung: »Kult der Dämonen«.
[117] P 4.
[118] P 8.
[119] Ebd.
[120] p 4.
[121] p 9f.; P 11–14.
[122] P 13.
[123] P 8.
[124] 1 Kön 18,21.
[125] p 12.
[126] p 13.
[127] p 13f.
[128] p 13.
[129] p 17 (Lk 18,7f.).
[130] J.-M. Picard u. Y. de Pontfarcy (Hg.), Saint Patrick's Purgatory, Dublin 1985.
[131] A.a.O. 47.
[132] L. Bieler, Der Bibeltext des heiligen Patrick, in: Biblica 28 (1947) 31–58; 236–263.
[133] L 11.
[134] Brief n. 20; WP 46f.
[135] WP 62,33–36.
[136] BI 70.
[137] C 216f.
[138] A.a.O. 10f.
[139] A.a.O. 2.
[140] P. Nî Chatháin u. M. Richter (Hg.), Irland und die Christenheit. Bibelstudien und Mission. Stuttgart 1987; s. bes. die Zusammenfassung durch Chatháin: Early Ireland and Western Christendom: the Bible and the Missions, a.a.O. 473–504.
[141] Richter 67.
[142] Ebd.
[143] A.a.O. 68.
[144] p 1.
[145] p 2.
[146] p 6.
[147] P 4 u. 5.
[148] P 7.
[149] Ebd.
[150] BI 62,33–36 u. 64,77–80.
[151] Lk 9,23.

[152] B. Kötting, Peregrinatio religiosa. Wallfahrten in der Antike und das Pilgerwesen in der alten Kirche, Münster 1950; H. von Campenhausen, Die asketische Heimatlosigkeit im altkirchlichen und frühmittelalterlichen Mönchtum, in: ders., Tradition und Leben, Tübingen 1960, 290–317; H. J. Vogt, Zur Spiritualität des frühen irischen Mönchtums, in: L 26–51; A. Angenendt, Monachi peregrini. Studien zu Pirmin und den monastischen Vorstellungen des frühen Mittelalters, Münster 1972; ders., Die irische Peregrinatio und ihre Auswirkungen auf den Kontinent vor dem Jahre 800, in: L 52–79.

[153] Lk 9,57–62.

[154] Conf. n. 23; WP 28.

[155] Conf. n. 24; WP 28.

[156] Brief n. 1; WP 41.

[157] Brief n. 10; WP 43f.

[158] D. Ó. Laoghaire, in: P. Nî Chatháin u. M. Richter (Hg.), Irland und Europa. Die Kirche im Frühmittelalter, Stuttgart 1984, 74.

[159] BI 74.

[160] Jonas, Vita Columbani I, 4: Monumenta Germaniae Historica, Scriptores rerum Merovingicarum IV (hg. v. B. Krusch), Leipzig 1902, 70 (zit.: MGSS rer. Mer. IV).

[161] Hebr 11.8f.

[162] T. M. Charles-Edwards, The Social Background to Irish Peregrinatio, in: Celtica 11 (1976) 43–59.

[163] Vgl. E. L. Grasmück, Exilium. Untersuchungen zur Verbannung in der Antike, Paderborn 1978.

[164] A. Angenendt, in: L 55.

[165] Richter 59.

[166] p 2.

[167] Brief IV, n. 6; C 30,22f.

[168] C. Ollivier, Hieronymus, Stuttgart 1965, 115; vgl. I. Leclerq, Monachisme et Pérégrination, Paris 1965, 64.

[169] Jonas, Vita Columbani II, 23: MGSS rer. Mer. IV, 144.

[170] p 2.

[171] Regel IV; C 126,12–23.

[172] Brief II, n. 8; C 20,14–17.

[173] Conf. n. 55; WP 38.

[174] P 4.

[175] A. Grün, Auf dem Wege, Münsterschwarzach 1983, 18.

[176] P 3 im Anschluß an Röm 9,3.

[177] Conf. n. 20 mit Bezug auf Mt 10,20; WP 27.

[178] F. Hölderlin, Gedichte, Berlin 1943, 235.

[179] Conf. n. 55 mit Bezug auf Ps 55,23; WP 38.

[180] Conf. n. 56; WP 38.

[181] Conf. n. 57; WP 39.

[182] WP 70.

[183] Navigatio Brendani, c. 6.

[184] UB Heidelberg, Cod. Pal. Germ. 60.

[185] G. E. Sollbach (Hg.), St. Brandans wundersame Seefahrt, Frankfurt 1987, 15; zit.: Sollbach.

[186] A.a.O. 17.

[187] Jonas, Vita Columbani I, 4: MGSS rer. Mer. IV, 69f.

[188] A.a.O. I, 23: IV, 97f.

[189] Brief IV, n. 6; C 32,6–11 u. 17f.

[190] Instr. VII, n. 1; C 94, 27–29.
[191] G. Langgärtner (Hg.), Jesus Christus ist der Herr. Gebete, Hymnen, Meditationen aus Liturgien des Ostens und des Westens, München 1978, 173; vgl. L I 545.
[192] p 4.
[193] p 9.
[194] Hebr 13, 5 f.
[195] p 10.
[196] Ebd.
[197] Mt 9, 35–10, 39.
[198] Mt 10, 40–42.
[199] Mt 10, 40.
[200] Mk 3, 14 f.
[201] Vgl. R. Pesch, Das Markusevangelium I. Teil, Freiburg 1976, 202–205; J. Gnilka, Das Evangelium nach Markus, Leipzig 1980, I 136–143.
[202] Richter 50.
[203] Arcy 74.
[204] Sollbach 12 f.
[205] Arcy 34.
[206] Jonas, Vita Columbani I, 4: MGSS rer. Mer. IV, 70.
[207] Arcy 119.
[208] p 2.
[209] E 88.
[210] 1 Kor 9, 16.
[211] Conf. n. 14; WP 25.
[212] Conf. n, 40; WP 33; vgl. Brief n. 11; WP 44.
[213] Conf. n. 46; WP 36.
[214] Conf. n. 28; WP 29 f.
[215] Conf. n. 62; WP 40.
[216] Brief n. 5 f; WP 42.
[217] Arcy IX.
[218] Jonas, Vita Columbani I 4: MGSS rer. Mer. IV, 71.
[219] Brief IV, n. 5; C 30.
[220] p 1.
[221] P 3.
[222] p 4.
[223] p 6 f.
[224] P 4 f. u. 7.
[225] p 8.
[226] P 7.
[227] Ebd.
[228] P 8.
[229] Ebd.
[230] Instr. XII, n. 3; C 114.
[231] P 9.
[232] P 10 mit Bezug auf Hebr 5, 12 u. 14.
[233] P 11.
[234] Ebd.
[235] S. o.
[236] I. Sharkey, Celtic Mysteries. The Ancient Religion, London 1987, 9.
[237] A. a. O. 10.
[238] H.-Chr. Kirsch, Irland. Die Freuden der grünen Insel, München 1979, 57 f.

239 Instr. II, n. 3; C 72f.
240 Brief V, n. 7; C 42–45.
241 Brief IV; C 26–37.
242 Brief V, n. 8; C 44f.
243 Vgl. W. Godel, Irisches Beten im frühen Mittelalter. Eine liturgie- und frömmigkeitsgeschichtliche Untersuchung, in: Zeitschrift für katholische Theologie 85 (1963) 261–321; 389–439 (zit.: Godel).
244 H 16f.
245 Godel 432.
246 P 1.
247 p 10.
248 p 9.
249 P 13.
250 p 10.
251 1 Joh 4, 18.
252 P 13.
253 Offb 2, 1–3, 22.
254 Instr. XIII, n. 3; C 120f.
255 Godel 431.
256 Conf. 59; WP 39.
257 Ebd.
258 Gal 2, 19.
259 Gal 2, 20.
260 Instr. X, n. 2; C 102f.
261 Godel 412–414; F. Henry, Irish Art in the Early Christian Period (to 800 A. D.), London ^{3}1965, 153.
262 p 9.
263 p 9f.
264 P 3.
265 P 13.
266 P 12.
267 p 9.
268 P 4.
269 Th. Schieffer, Winfrid-Bonifatius und die Grundlegung Europas, Freiburg 1954, 273.
270 E. Iserloh, Kirche – Ereignis und Institution, Bd. I, Münster 1985, 62.
271 A. a. O. 63.

Vom Kreuz gesegnet

Meditation im Anschluß an ein altirisches Kreuzgebet

Unsere Fragen

Viele und vielerlei Fragen bewegen uns im Laufe des Lebens. Etliche stellen wir selber, mit anderen werden wir ohne unser Zutun konfrontiert. Immanuel Kant ist der Überzeugung, daß sie alle letztlich auf drei *Grundfragen* zurückzuführen sind: »1. Was kann ich wissen? 2. Was soll ich tun? 3. Was darf ich hoffen?« Diese Fragen wiederum gründen in einer einzigen und münden in sie: »Was ist der Mensch?«[1] Radikaler noch formuliert Wolfram von Eschenbach. Beim jungen Parzival heißt die Frage aller Fragen: »ôwê muoter, waz ist Got?«[2] Auf all diese Fragen bezieht sich die Aktion, mit der die Kirche Jahr für Jahr die Fastenzeit beginnt. So schlicht dieses Tun ist, es ist in gewisser Weise ein *Gesamtkunstwerk.* Wort und Zeichen, Geste und Bewegung gehören dazu; nicht einige wenige Auserwählte verwirklichen es; unübersehbar viele in aller Welt gestalten es synchron mit: die Spender des Aschenkreuzes wie die Empfänger, alle, die dieses Geschehen nachdenklich, mitbetend und mitsingend wirklich und wirksam werden lassen.
Eine direkte *Antwort* auf die Frage: »Was ist der Mensch?« wird existentiell formuliert, wenn jedem die Worte zugesprochen werden: »Bedenke, Mensch, daß du Staub bist und wieder zum Staub zurückkehren wirst.« Ohne Umschweife wird dem Menschen die Wahrheit gesagt, die er immer wieder verdrängt: »Staub bist du, zum Staub mußt du zurück«[3]. Dieses alttestamentliche Wort wird mit dem neutestamentlichen Zeichen des Kreuzes verbunden. Erst aus dieser Verbindung ergibt sich die volle Antwort auf unsere Fragen, Probleme und Nöte. Was dieses Kreuz für uns und für die Welt bedeutet, kann uns bewußt werden, wenn wir aufgreifen, was

S. 230/231: Kreuzigung / Jüngstes Gericht (vgl. S. 106–110) ▷
Codex 51, pag. 266/267, St. Gallen

Paulus den Korinthern geschrieben hat. Überdies kann uns ein *Gebet* helfen, das in der Heimat der Frankenapostel entstanden ist und die geistige Welt widerspiegelt, in der sie herangewachsen sind. In immer neuen Wendungen macht es deutlich, um was es beim Kreuz Christi geht und was all dieses mit unserem Leben zu tun hat.

Die Antwort des Kreuzes

Zeichen der Kraft

Auf den ersten Blick erscheint das Symbol der *Asche* noch bedrängender, wenn es uns *in Kreuzesform* übermittelt wird. In der Tat kann uns das Kreuz an all das Entsetzliche erinnern, das Menschen zustande bringen, an die Qualen, die sie einander zufügen, an das Unrecht, das sie sich wechselseitig antun, an das Töten, das seit dem Brudermord Kains nicht aufgehört hat. Eine Untat dieser Art ist selbst dem Besten zugefügt worden, der diese Erde betreten hat. Jesus wurde dem schmerzlichen und schändlichen Tod am Kreuz ausgeliefert. In den Augen vieler war er damit für immer erledigt. Zugleich schien das, was er begonnen hatte, zum Tode verurteilt. »Er soll vom Kreuz herabsteigen, dann werden wir an ihn glauben«[4], hatte man dem grausam Gequälten entgegengehalten. Er verließ das Kreuz nicht. Er erlitt seine Qual bis zum letzten. Er starb, ohne seine Macht zu zeigen. Also glaubte man nicht. Sein Kreuz war »für die Juden ein empörendes Ärgernis«[5].

Paulus, der das festhält, fügt sogleich hinzu: »für die Berufenen aber (ist der gekreuzigte) Christus Gottes Kraft«[6]. Das Kreuz in Freiheit auf sich nehmen und seine Not bis zum äußersten erleiden, fordert eine größere *Kraft* als die Flucht vor ihm. Gerade am Kreuz erweist die Dynamik des Herrn ihre Macht; nicht von oben oder von außen her wirkt sie, sondern mitten in der Schöpfung, mitten im Menschengeschick, um so immer mehr als die zentrale Kraft alles zusammenzuführen, zusammenzuhalten und zu erneuern.

Im alten Irland hat man diese Wahrheit *ganz persönlich* verstanden. Man wußte: Was der Gekreuzigte getan und gelitten hat, ist *für mich* geschehen. Indem er sein Kreuz auf sich nahm, hat er auch das meine getragen. Er ist äußerlich gesehen am Kreuz schwach und schwächer geworden, damit ich innerlich stark und stärker werde. Konkret bezieht man die ganze Kreuzeswahrheit auf den ganzen Menschen. Das bezeugt das Gebet, das mit den Worten beginnt: »Christi Kreuz auf dieser Stirn«[7]. Das läßt an den Aschermittwochsritus denken, in dem dieses mit geweihter Asche vollzogen wird. Die sich anschließenden Worte führen darüber hinaus und zugleich tiefer in seine Bedeutung hinein. Alle fünf Sinne werden genannt und mit dem Kreuz bezeichnet; dazu kommen des weiteren Arme und Beine, Brust und Bauch. Der ganze Mensch wird vom Gekreuzigten geliebt, der ganze Mensch ist von ihm erlöst, der ganze Mensch soll von seiner Kraft durchdrungen werden: Jedes Glied, jeder Sinn, alles, was einmal in Staub zerfallen wird, kann vom Kreuz her gerettet, behütet und gewandelt werden. Deshalb fährt der unbekannte Beter fort:

»Vom Scheitel herab bis zur Sohle vertraue ich alles
in jeder Gefahr dem Schutz deines Kreuzes an, Christus.«

Zeichen der Weisheit

Beziehen sich alle diese Worte und Gesten auf den einzelnen Menschen, so wird in den folgenden Sätzen der Blick ins *Weite* gelenkt. Das Kreuz, der gottmenschliche Schlüssel zum menschlichen Leben, ist zugleich ein Schlüssel, der die ganze Welt erschließen kann. Paulus formuliert: Christus am Kreuz ist »Gottes Weisheit«[8]. Er nimmt damit ein Wort auf, das den Griechen besonders lieb und wert war. Für sie, die der Völkerapostel als Repräsentanten aller Heiden ansieht, war Weisheit der Inbegriff der Sinn- und Wahrheitssuche und der rechten Weise, sie zu verwirklichen. Paulus verkennt und verschweigt nicht, daß das Kreuzesgeschehen zunächst den Vorstellungen und Begriffen menschlicher Weisheit entgegensteht. Es erscheint geradezu als Dummheit: »denn das Wort vom Kreuz ist denen, die verlorengehen, Torheit«[9]. Die »Wortführer in dieser Welt«[10] haben andere Lehren auf Lager. Sie verkünden einen Fortschritt, der Stufe um Stufe höher führt; daher können sie mit einem Weg, der am Kreuz endet, nichts anfangen. Sie ehren Lehrer, die angesehen sind, und schauen zu ihnen auf; ein Gequälter und Geschmähter, von allen Verachteter ist ihnen zuwider. Paulus schwimmt gegen den Strom, wenn er die Grenzen des Fortschritts markiert. Unerschrocken erklärt er, daß die »Weisheit der Welt als Torheit entlarvt«[11] sei, daß sie abgewirtschaftet und ausgedient habe. Auf ihrem Weg sind ihre Jünger nicht zum Ziel gelangt. Gott selbst mußte eingreifen, um den Menschen die wichtigsten Wahrheiten zu erschließen. Er wollte das nicht nur für einige elitäre Spitzenkönner tun, sondern für alle! So nahm er für alle das Kreuz auf sich; er wollte nicht nur die eine oder andere »Teilwahrheit« vermitteln, sondern die alles und alle betreffende ganze Wahrheit. So offenbart er am Kreuz »Gottes Weisheit«.

Vor Pilatus hat Jesus bekannt: »Ich bin dazu geboren und dazu in die Welt gekommen, daß ich für die Wahrheit Zeugnis ablege. Jeder, der aus der Wahrheit ist, hört auf meine Stimme«[12]. Der politische Machthaber sagte daraufhin: »Was ist Wahrheit?«[13] und ließ Jesus kreuzigen. So ist das Kreuz auch ein Zeichen für alles Widerstreben gegen die Wahrheit und für alles Abirren von ihrem Pfad. Dennoch ist es zugleich Symbol für alle Dimensionen der Wirklichkeit und ihren Sinn. Die Kreuzesbalken weisen in jede Richtung: nach oben und unten, nach rechts und links, und wenn das Kreuz am Boden liegt: nach Norden und Süden, Osten und Westen. Der altirische Beter schaut in alle diese Richtungen. Er ist davon durchdrungen, daß sie alle im Zeichen des Kreuzes stehen. Er setzt darauf, daß der Gekreuzigte ihm von allen Seiten her zu Hilfe kommt:

»Christi Kreuz, komm mir vom Osten entgegen,
Christi Kreuz, mach mich vom Westen her stark,
Christi Kreuz, geleite mich allzeit im Norden und Süden.«[14]

Nicht jedem Zeitgenossen ist die unmittelbar voraufgehende Bitte ohne weiteres verständlich:

»Christi Kreuz, hilf in den Höhlen und auf den Höhen.«

Wir kommen heutzutage kaum in Höhlen hinein und finden zu wenig zu den Gipfeln hinauf. Vielleicht dachte der Beter an die Höhlen, in die Einsiedler sich zurückgezogen hatten. Sie bedurften des Beistandes ebenso wie jene, die sich zu geistigen und geistlichen Höhen emporgearbeitet hatten: »Höhlen und Höhen«: das heißt auch drinnen und draußen, drunten und droben: Überall brauchen wir Hilfe, überall wird sie uns durch das Kreuz angeboten.

Über die äußersten Spitzen, die auf dieser Erde erreichbar sind, führt die letzte Strophe unseres Gebetes hinaus. Sie beginnt mit den Worten:

»Christi Kreuz, hoch am Himmel«

und endet mit der Zielbestimmung unseres Weges durch Raum und Zeit: »bis wir zum Allherrn des Himmels kommen«[15]. Das verweist uns auf den tiefsten Sinn des Kreuzes. Es ist nicht nur Schlüssel zum Menschen und zur Welt, es ist in Wahrheit der Himmelsschlüssel, personaler formuliert: der Schlüssel zum Herzen Gottes. Mögen sich im Marterinstrument menschliche Schwächen und Dunkelheiten, Schuld und Sünde manifestieren, zuerst und zuletzt ist das Kreuz Zeichen der unfaßbaren Liebe Gottes. Es stellt uns vor Augen und Sinn: »Gott hat die Welt so sehr geliebt, daß er seinen einzigen Sohn hingab, damit jeder, der an ihn glaubt, nicht zugrunde geht, sondern das ewige Leben hat.«[16] »Gott hat seine Liebe zu uns darin erwiesen, daß Christus für uns gestorben ist, als wir noch Sünder waren.«[17] Was als Katastrophe anmutet, die Lieblosigkeit und Haß angerichtet haben, ist in Wahrheit ein Wunder der Liebe, das der Katharsis des Menschen und der Welt dient. Der Gekreuzigte, der sich in radikaler Ganzhingabe opfert, ist die dichteste und bewegendste Antwort auf unsere Frage nach Gott. Sie lautet: Gott ist radikale und totale Ganzhingabe, Gottes Kraft ist Liebe, Gottes Weisheit ist Liebe, Gottes Wesen ist Liebe.
Das Kreuz weist in die höchsten Höhen und tiefsten Tiefen hinein und ist so für uns erste und letzte Hilfe in den Höhen und Tiefen unseres Lebens. Das läßt den altirischen Beter sagen:

»Christi Kreuz, hoch am Himmel,
Christi Kreuz, tief in der Erde,
schütz Leib und Seele vor Schaden und Unheil...
Christi Kreuz, sei meine ganze Stärke,
bis wir zum Allherrn des Himmels kommen.«[18]

Unendlich hoch über uns ist das Kreuzesmysterium und uns zugleich unsäglich nahe, auch wenn wir beides nicht hinreichend erkennen. So entspricht es dem Gott der Liebe, der zugleich *über und in uns* lebt und wirkt. Je mehr wir das Kreuz ergreifen, um so mehr werden wir von ihm ergriffen. Je mehr wir bereit sind, es zu tragen, um so mehr wird es uns tragen. Je mehr wir mit dem Kreuz verbunden sind, um so mehr werden wir es mit dem Gekreuzigten und allen seinen Geschwistern sein.

Vom Kreuz gesegnet

Im vorigen Jahr wurde die deutsche Philosophin Edith Stein seliggesprochen. Wie wenige hat sie die Härte des Kreuzes zu spüren bekommen, wie wenige hat sie seinen Sinn entdeckt und anderen erschlossen. Als sie in den Karmel eintrat, erhielt sie den Namen »Teresia Benedicta a Cruce«, Teresia, die vom Kreuz Gebenedeite, die vom Kreuz Gesegnete. Bitten wir, daß an uns wahr wird, was wir im Zeichen vollziehen: daß wir alle *Benedicti a Cruce* werden, vom Kreuz Gebenedeite, vom Kreuz Gesegnete. Amen.

Anmerkungen

[1] I. Kant, Vorlesungen über Logik IX, 25.
[2] Wolfram v. Eschenbach, Parzival I, 3, Z. 17.
[3] Gen 3, 19.
[4] Mt 27, 42.
[5] 1 Kor 1, 23.
[6] 1 Kor 1, 24.
[7] G. Murphy (Hg.), Early Irish Lyrics. Eigth to twelfth Century, Oxford [4]1977, 32–35 (zit.: M).
[8] 1 Kor 1, 24.
[9] 1 Kor 1, 18.
[10] 1 Kor 1, 20.
[11] Ebd.
[12] Joh 18, 37.
[13] Joh 18, 38.
[14] M 34f.
[15] Ebd.
[16] Joh 3, 16.
[17] Röm 5, 8.
[18] M 34f.

»Mit mir im Paradies« (Lk 23,43)

Bildmeditation

In unserer Besinnung soll ein *Künstler* das Wort haben. Er ist um viele Jahrhunderte von uns getrennt und ist uns doch so nah, daß wir gleichsam seinen Atem spüren und sein Wort vernehmen können. Sein Werk gehört zu den Schätzen unseres Domes, die von der Universitätsbibliothek gehütet werden. Es ist das einzige ganzseitige Bild in einer Pergamenthandschrift, die in lateinischer Sprache alle von Paulus geschriebenen Briefe wiedergibt[1]. Im 8. Jahrhundert gezeichnet, ist dieses Kunstwerk eines der ältesten Glaubenszeugnisse unserer Diözese. Trotz der vielen Fragezeichen, die es provoziert, ist es vor allem ein Rufzeichen, dessen Appell nicht überhört werden sollte.

Wir wissen weder wann der Künstler geboren wurde noch wann er gestorben ist. Wir kennen seine Lehrer nicht und nicht den Ort seines Schaffens. Dennoch können wir ihn selber kennenlernen. Er ist in seinem Werk lebendig geblieben. Bis zur Stunde bewegt er etliche Wissenschaftler; insbesondere kann er den Betrachter bewegen, der sich dem stellt, was er zu sagen hat. Der anonyme Illuminator gibt den Experten Rätsel auf, die noch längst nicht gelöst sind[2]. Diese werden aus unterschiedlichen Richtungen angegangen. Dabei werden Elemente sichtbar, die man jeweils für die eigene These ins Feld führt. Man freut sich über die Klärung, bis wieder andere Forscher, aus anderer Richtung kommend, anderes geltend machen. Wichtiger als die wissenschaftliche Bemühung um die exakte kunst- und kirchenhistorische Einordnung der Miniatur ist das existentielle Eingehen auf das Kunstwerk und auf das, was es impliziert. Das sollten wir miteinander versuchen. Wir wollen uns also nicht in den Disput der Gelehrten einmischen, geschweige denn diesen zum Abschluß bringen. Wir wollen als Betroffene fragen, was unser unbekannter Künstler uns zu sagen und zu geben hat.

Beim ersten Hinschauen bereits sehen wir: Es ist eine recht *ungewöhnliche Darstellung* des Kreuzes. Dieses steht weder auf dem Golgotaberg noch auf einer anderen Basis, es hängt in der Luft. Die zwei Kreuze der mit Jesus hingerichteten Verbrecher hängen wiederum an seinem Kreuz. Neben dem Kreuz finden wir nicht die vertrauten Gestalten, die in den Evangelien erwähnt werden, sondern fremdartige, geflügelte Wesen. Unter dem Kreuz ist nicht fester Boden zu sehen, sondern Wasser, in dem sich Fische tummeln. Es trägt ein Boot, in dem erneut die Gestalt Jesu in der Mitte steht. Sie fällt durch ihre überdimensionierte Rechte auf. Die Hand allein ist so groß wie einige der Bootsinsassen. Das Ganze überspannt ein Rundbogen, der von zwei Säulen getragen ist, von denen eine merklich und merkwürdig verschoben ist. In den Formen des Bildes finden wir die unterschiedlichsten Elemente vereint. Sie werden teils auf irische, teils auf westfränkische Vorbilder zurückgeführt; es gibt aber auch mediterrane und asiatische Analogien. So unbeholfen die Hand des Künstlers erscheint, sie hat jedenfalls die Kraft, Unterschiedlichstes zu vereinen. Damit ist etwas geleistet, was Künstlern immer wieder aufgetragen ist, gehört das »Kom-ponieren« doch zu ihrem Geschäft. Zugleich entspricht die schöpferische Synthese zutiefst dem dargestellten Motiv. Wie nichts sonst in der Welt bringt das Kreuz Fernes nah und Getrenntes zusammen. Ihm gilt der Lobpreis eines Zeitgenossen der Frankenapostel (des griechischen Theologen Andreas von Kreta): »O Kreuz, du Versöhnung des Kosmos, du Umgrenzung der Erdenweiten, du Höhe des Himmels, du Tiefe der Erde, du bindendes Band der Schöpfung.«[3] In seiner verdichteten Aussagenfülle ist unsere Kreuzminiatur ein Bild der Erinnerung, der Vergegenwärtigung und der Herausforderung: der Erinnerung an geschichtliche Ereignisse, der Vergegenwärtigung von übergeschichtlichen Gegebenheiten, der Herausforderung, heute das heilsgeschichtlich Relevante zu erkennen und zu tun.

Erinnerung an geschichtliche Ereignisse

Die Art, in der Ereignisse des Lebens und Sterbens Jesu wiedergegeben werden, läßt an einen für uns bedeutsamen Ausschnitt aus deren Wirkungsgeschichte denken: an die *Missionierung des Frankenlandes.* Per Schiff kamen die Glaubensboten von Irland und später

Jesus im Boot und am Kreuz (vgl. S. 131) ▷
Lateinische Paulusbriefe (7 r), Universität Würzburg

von England zu uns. Ein Detail der Darstellung der uns frontal zugewandten Bootsmannschaft verweist speziell auf die iroschottischen Mönche: Soweit es erkennbar ist, tragen alle Männer die bei den Iren gebräuchliche Tonsur des heiligen Johannes. Während bei der griechischen Form, auch Tonsur des heiligen Paulus genannt, der Kopf kahl geschoren wurde und bei der römischen Tonsur des heiligen Petrus ein Haarkranz stehen blieb, wurden den irischen Mönchen die Haare auf der vorderen Kopfhälfte von einem Ohr zum andern abgeschnitten; freiwillig trug man die verbleibenden Haare am Hinterkopf so, wie es viele auch heute unfreiwillig tun, trotz aller Haarwuchsmittel. Die um Christus gescharten Männer im Boot rufen die Worte der Kilianspassion ins Gedächtnis: »Fest miteinander vereint brachen sie auf.«[4] Was sie bewegte, macht das übergroße Kreuz über ihnen deutlich. Ergriffen von der Liebe zum Gekreuzigten wollten sie diese anderen verkünden und ihnen Anteil an dessen Segen vermitteln.
Vielleicht hängt es mit der Mentalität der Inselbewohner zusammen, daß die Miniatur mit dem Bild des Gekreuzigten das der *Seepredigt* Jesu verbindet. Die biblische Basis dafür finden wir bei Lukas. Er berichtet: »Als Jesus am Ufer des Sees Gennesaret stand, drängte sich das Volk um ihn und wollte das Wort Gottes hören. Da sah er zwei Boote am Ufer liegen. Die Fischer waren ausgestiegen und wuschen ihre Netze. Jesus stieg in das Boot, das dem Simon gehörte, und bat ihn, ein Stück weit vom Land wegzufahren. Dann setzte er sich und lehrte das Volk vom Boot aus. Als er seine Rede beendet hatte, sagte er zu Simon: Fahr hinaus auf den See! Dort werft eure Netze zum Fang aus!«[5] Die erhobene Rechte des Herrn läßt an beides denken: an den, der lehrt »wie einer, der Vollmacht hat, und nicht wie ihre Schriftgelehrten«[6] (Mt 7,29), und an das gebieterische: »Duc in altum!« Fahr hinaus auf den See! Fischer, sei Menschenfischer! In unserem Bild weist die Hand des Herrn auf das *Kreuz* hin, das er mit seinem Haupt und dessen Kreuznimbus berührt. Wie sein ganzes Leben so ist auch seine Verkündigung von vornherein auf das Kreuzesgeschehen ausgerichtet. Deshalb kann Paulus später die gesamte christliche Botschaft mit Recht »Wort vom Kreuz« nennen[7].
Die Kreuzigung Jesu ist das zentrale Thema der Miniatur. Ihr geschichtlicher Kontext wird primär durch das mit Jesus gekreuzigte *Verbrecherpaar* in den Blick gerückt. Von zwei anderen Gestalten

sind nur noch einige Spuren zu sehen. Daß Jesus mit zwei Schwerverbrechern den Kreuzestod erleidet, kann bewußt machen, daß zu der Grausamkeit der Strafe noch die Schande der Ehrlosigkeit kam. Alle *drei* Gekreuzigten sind in ungewöhnlicher Weise in der Haltung, der Kleidung und selbst in der Gesichtsform in hohem Maße gleichgestaltet: ein Hinweis darauf, daß der Sohn Gottes sich entäußerte und wie ein Sklave wurde »und den Menschen gleich«.[8] Er »mußte in allem seinen Brüdern gleich sein, um ein barmherziger und treuer Hoherpriester vor Gott zu sein und die Sünden seines Volkes zu sühnen.«[9] Zwei andere Männer sind durch ihre Werkzeuge präsent. Vielleicht waren sie auf einer Vorlage unseres Künstlers ganz zu sehen, wie es auf vielen irischen Kreuzdarstellungen der Fall ist. Es sind die beiden, die im Johannesevangelium den letzten Worten des Gekreuzigten: »Es ist vollbracht«[10] zugeordnet sind. Der eine reicht ihm auf den Ruf: »Mich dürstet« an einem Ysopzweig einen Schwamm mit Essig[11]; der andere stößt ihm mit der Lanze in die Seite, so daß Blut und Wasser hervorfließen[12]. Unmittelbar unter dem Haupt Christi ist der Stock mit dem dreieckigen Schwamm zu sehen. Oberhalb des Gürtels, der sein Kleid zusammenhält, erkennen wir die Spitze der Lanze, die auf seine Seite zielt. Während die Schächer aus dem jüdischen Volk stammen, repräsentieren die beiden Soldaten die Heiden, so daß alle zusammen zugleich die gesamte Menschheit vertreten. Überdies sendet die Erde in den beiden Mitgliedern des Hinrichtungskommandos gleichsam »das Ihre: Bitterkeit (im Essig des Schwammes) und tödlichen Schmerz«.[13] Dies alles zeigt an, daß mehr intendiert ist als eine historische Wiedergabe der Kreuzigung. Mehr als um historische Fakten geht es um übergeschichtliche Gegebenheiten, die unlöslich mit dem Kreuz Christi verbunden sind und durch es offenbar werden sollen.

Vergegenwärtigung von übergeschichtlichen Gegebenheiten

Während die Bibel berichtet, daß Jesus der Kleider beraubt wurde, bevor man ihn ans Kreuz schlug, stattet unser Künstler ihn mit einem Prachtgewand aus; »aufrechten Hauptes und über die ganze Welt hinblickend breitet da der ewiglebende Kyrios seine weltumspannenden Arme aus, vom Kreuze aus herrschend. ›Es spannte

Gott in seinem Leiden die Arme aus und umfaßte den Erdkreis‹ (Laktantius).«[14] Von diesem Kreuz aus fällt Licht auf die Welt, auf die Kirche, auf den Menschen und selbst auf das Urgeheimnis des Dreifaltigen Gottes.

Welt

Mehr als es uns zunächst bewußt wird, haben wir es mit einem »Welt-Bild« zu tun. Etliche *kosmische Zeichen* sind vom Künstler so vereinigt worden, daß ein Abbild des Kosmos vor uns steht. Das Kreuz wird überwölbt von einem Bogen, der dem Lauf der Sonne entspricht. Sechs Sonnenbilder sind in den Bogen eingeschrieben. Sie sind genauso gestaltet wie jene auf dem Zentralstein des Slieve na Calliagh[15]. Dieser findet sich nordwestlich von Dublin im höchstgelegenen von dreißig Steinzeitgräbern und hat zusammen mit anderen Symbolen viermal die Sonnenscheibe mit dem markierten Zentrum und den wie Blütenblättern gestalteten Segmenten. Zweimal sind diese wie in unserer Miniatur zu einem Doppelkreuz vereint. Der Sonnenbogen wird von zwei Säulen getragen, die auf einer erweiterten Basis stehen. Auch auf ihnen begegnen wir dem Sonnenmotiv sowie linearen Ornamenten, von denen die beiden obersten die griechischen Buchstaben Alpha und Omega durchscheinen lassen. Das geschieht in einem Schriftduktus, der bereits auf einem koptischen Grabstein aus dem 4. Jahrhundert zu sehen ist, der 380 Kilometer südlich von Kairo in Assiut gefunden wurde[16]. Innerhalb des »Weltraums« unter dem Sonnenbogen repräsentieren Erde und Wasser, Fische und Vögel, Menschen, Dämonen und Engel die Weltwesen. Sie alle sind dem Kreuz zugeordnet, das übergroß in der Mitte steht. Sein Querbalken geht »vom Aufgang der Sonne bis zum Untergang«.[17] Daß die linke Säule von ihm abrückt, erscheint als Gefährdung des auf ihr ruhenden Rundbogens. *Alles* weist auf eine Wahrheit hin, die weithin in Vergessenheit geraten ist. Für viele steht das Kreuz Jesu abseits der großen Welt in einem Winkel in Palästina. Auch die Kunstwerke, die an es erinnern, stehen am Rand des Lebens und des Bewußtseins. Unsere Miniatur zeigt das Kreuz im *Zentrum*. Es ist die Herzmitte der ganzen Welt. Als Sinnbild der Liebe Gottes ist es Urbild der Welt, die aus dieser Liebe hervorgegangen ist. Das Kreuz ist das »dem Kosmos aufgeprägte Grundschema, das Weltbaugesetz«[18], der »Archetypus« schlechthin. In der Struktur des Kreuzes wie in dessen innerem Sinn »werden alle in der Schöpfung vorhandenen Gegensätze und Polaritäten gleichsam in einem Dritten, einem umfangend Göttlichen, das sich zeichenhaft im Kreuzmittelpunkt kundgibt, zusammengefaßt und dadurch aus ihrer Zwiespältigkeit erlöst. Seinem Sinn wie seiner Gestalt und seiner Wirkung nach ist darum das Kreuz ein von Gott zur Heimholung von Welt und Mensch in die göttliche Einheit gestiftetes Heilszeichen. So kann man wagen zu sagen: dadurch, daß das Kreuz als Schutz und Kette in die Kräftefelder der Schöpfung ›eingewebt‹ ist, wird diese vor dem Auseinanderfall bewahrt – dadurch wirkt in der Vielgestaltetheit der Schöpfung eine alles verbindende und ausstrahlende Einheitskraft. Wie sich die auf einer Glasplatte regellos verstreuten Eisenfeilspäne durch eine Tonschwingung zu einer jeder Willkür entzogenen sinnvollschönen Figur zusammenordnen, so fügt auch der ›Urton‹ des Kreuzes die Elemente des immer erneut vom Chaos bedrohten Kosmos zu einer sinnvollen ›Klangfigur‹ zusammen – es rettet und heilt den Kosmos.«[19] Der Kirchenvater Irenäus von Lyon hat diese Zusammenhänge bewegend zum Ausdruck gebracht. Er sagt: Das ewige göttliche Wort am Kreuz umfaßt »alle Welt, ihre Breite und Länge, ihre Höhe und Tiefe. Denn durch den Logos Gottes werden alle Dinge der Ordnung gemäß geleitet, und Gottes Sohn ist in ihnen gekreuzigt, indem er in der Form des Kreuzes allen aufgeprägt ist. War es doch recht und angemessen, daß er mit seinem eigenen Sichtbarwerden an allem Sichtbaren seine Kreuzesgemeinschaft mit allem auspräge. Denn seine Wirkung sollte es an den sichtbaren Dingen und in sichtbarer Gestalt bezeugen, daß er derjenige ist, welcher die Höhen, das ist den Himmel, erhellt, der hinabreicht in die Tiefen, an die Grundfesten der Erde, der die Flächen ausbreitet vom Morgen bis zum Abend und von Norden und Süden die Weiten leitet, der alles Zerstreute von allüberall her zusammenruft zur Erkenntnis des Vaters.«[20]

Die sich von dieser Gegebenheit erfassen lassen, die sich ihr anvertrauen und ihr gemäß zu handeln suchen, bilden die Kirche Christi. So liegt es nahe, daß auch von ihr Wesentliches in unserem Bild aufscheint.

Kirche

Nicht von ungefähr erinnert der von den Säulen getragene Rundbogen an einen Kirchenraum. Lange Zeit hat man die Kirchen bewußt als Abbild des Himmels wie als Nachbildung des Kosmos verstanden und gestaltet. Das Kreuz hängt vom Scheitel des Bogens herab wie manch ein Triumphkreuz, auch wie der romanische Kruzifixus in unserem Dom. Freilich ist dieses Kreuz so groß, wie man es in keiner Kirche findet. Unübersehbar ist dargetan, daß Christus Ursprung, Mitte und Ziel der Kirche ist. Wie das Neue Testament es uns lehrt, ist sie sein *Leib;* sie ist es als Leib des Gekreuzigten und Auferstandenen. Daher können und sollen ihre Glieder am Leiden ihres Hauptes und an seiner Auferstehung teilhaben. *Schiff und Kreuz* vergegenwärtigen die wichtigsten Wirkweisen der Kirche: *Wort und Sakrament.* Christus spricht aus dem Schiff der Kirche heraus, dessen Steuer Petrus anvertraut ist; Christus handelt vom Kreuz herab, auf das alle Sakramente zurückgehen und zu dem sie wiederum hinführen. Mächtig streckt Christus vom Boot aus den Menschen seine Rechte entgegen; weit breitet er am Kreuz die Arme aus, um alle zu umfangen. Jeder Mensch ist mit ihm verbunden, ob er es weiß oder nicht. So fällt von seinem Kreuz aus Licht in jedes menschliche Leben.

Mensch

»Jeder Mensch ohne jede Ausnahme ist von Christus erlöst worden. Christus ist mit jedem Menschen, ohne Ausnahme, in irgendeiner Weise verbunden, auch wenn sich der Mensch dessen nicht bewußt ist.«[21] An diese Worte aus der ersten Enzyklika unseres Heiligen Vaters läßt unsere Miniatur auf originelle Weise denken. Zwei Repräsentanten der Menschheit, die beiden Schächer, erscheinen dem Gekreuzigten gleichgestaltet: Ihre Kreuze gleichen dem seinen, ihre Haltung, ihr Gesicht und selbst ihre offenen Augen entsprechen dem, was auf dem zentralen Kreuz zu sehen ist. Überdies sind ihre beiden Kreuze so fest mit dem Kreuz Christi verbunden, daß sie gleichsam dessen Teile sind. So haben wir ein erschütterndes *Ecce homo* vor uns. Wir sehen in den Verbrechern wie in dem Kreuzesgeschick Jesu, wozu Menschen fähig sind; das Kreuzesopfer wiederum macht deutlich, was der Mensch wert ist, welchen Preis Gott

für ihn zahlt. Wir haben im gekreuzigten Christus zugleich den göttlichen Entwurf des Menschen vor uns: Er zeigt, wie der Mensch gedacht und gewollt ist. Jeder Mensch ist von Haus aus gleichsam »ein ›lebendiges Kreuz‹. Breitet er die Arme aus, so bilden diese mit dem Rückgrat zusammen die Kreuzfigur. Diese ist dem Menschen ›eingebaut‹, ja er ist gewissermaßen in jeder Dimension, leiblich, seelisch, geistig nach dieser geformt – wie für das Weltganze ist das Kreuz auch für ihn das Grundschema...
Jeder Mensch ist seiner Grundidee und Form nach ein kreuzförmiger – ein von einer Mitte aus, die da ist Gott im Menschen, sich nach allen Seiten gleichmäßig erstreckendes Lebewesen. Da aber der gefallene Mensch diese seine totale und harmonische Erstrekkung vergessen hat, ruft ihm der gekreuzigte Gottmensch vom Kreuze aus zu: ecce homo – siehe hier am Kreuz das Bild des ganzen, wiederhergestellten und heilen Menschen. So ist das Kreuz Ur- und Vorbild der Seinsweise, auf die hin der Mensch angelegt ist und die er zu verwirklichen hat.«[22] Werner Bergengruen verdanken wir Verse, die diese Wahrheit besser zum Ausdruck bringen, als Theologen es vermögen. Der Dichter sagt nicht einem Dritten etwas über den Menschen an sich, er wendet sich jedem persönlich zu, um ihm etwas vom Persönlichsten anzuvertrauen:

»Du Mensch nach Gott gebildet bist.
Dein Leib ist Gleichnis: Kreuz und Christ.
Gerammt in Grund der Hauptstamm steht,
Seitab der Schultern Querholz geht.
Erkenn das Kreuz. Du hängst daran,
Schmerzenskind und Schmerzensmann.

Halswirbel führn den Sprossenlauf
Der Jakobsleiter himmelauf.
Verhüllt von dunklen Rippen brennt
Herz: ewiges Licht und Sakrament.
Verborgener Felsborn pocht und schwillt.
Neig dich vor allem Menschenbild.»[23]

Es versteht sich, daß es nicht ausreicht, all das beiläufig zu Notiz zu nehmen. Es handelt sich um Fakten, die jeden unbedingt angehen. Sie betreffen den ganzen Menschen und die ganze Welt; sie fordern die Entscheidung des ganzen Menschen, schlicht gesagt die Liebe aus ganzem Herzen, aus ganzer Seele und aus allen Kräften.

Wer sich auch nur für kurze Zeit auf unsere Miniatur einläßt, sieht sich aus vielen Augenpaaren angeschaut. Mit Ausnahme der beiden schwarzgeflügelten Dämonen, deren starrer Blick ihrem Opfer gilt, dem reuelosen Schächer, sind alle Gestalten frontal dem Betrachter zugewandt; sie schauen ihn mit beiden Augen an. Am intensivsten tut dies der Gekreuzigte. Sein Blick läßt an das Ikonenmotiv denken: »Christus, das nichtschlafende Auge«. Das dies begleitende Psalmwort lautet: »Der Hüter Israels schläft und schlummert nicht.«[24] Christi Blick ist jedem Menschen zugewandt, so wie er es den beiden mit ihm Gekreuzigten gegenüber war. Sie verkörpern die beiden Möglichkeiten der Stellungnahme, der niemand ausweichen kann. Entweder wir schlagen uns auf die Seite derer, die Christus ans Kreuz schlagen, oder wir lassen uns vom Gekreuzigten ergreifen. Entweder wir sagen ihm: »Hilf dir selbst!«[25] und machen dies auch zum Leitwort unseres Handelns, oder wir schließen uns dem an, der gestorben ist, um allen anderen zu helfen, und versuchen, nach Kräften mitzuhelfen. Entscheiden wir uns wie der reuige Schächer, dann dürfen wir mit ihm die Worte des Herrn hören: »Amen, ich sage dir: Heute noch wirst du mit mir im Paradies sein.«[26]

Anmerkungen

1 Universitätsbibliothek Würzburg: M. p. th. f. 69, Bl. 7 r.

2 Vgl. G. Mälzer (Hg.), Kostbare Handschriften der Universitätsbibliothek Würzburg, Wiesbaden 1982, 36 f.; B. Bischoff u. J. Hofmann, Libri sancti Kyliani. Die Würzburger Schreibschule und die Dombibliothek im VIII. und IX. Jahrhundert. Würzburg 1952, 11 u. 102; H. Roosen-Runge, in: W. Buhl (Hg.), Karolingisches Franken, Würzburg 1973, 229 f.; H. Thurn, Die Handschriften der Universitätsbibliothek Würzburg 3 (1), Wiesbaden 1984, 56 f.

3 Andreas von Kreta, In sanctam Crucem: PG 97, 1021.

4 Passio minor S. Kiliani n. 2.

5 Lk 5, 1–4.

6 Mt 7, 29.

7 1 Kor 1, 18.

8 Phil 2, 7.

9 Hebr 2, 17.

10 Joh 19, 30.

11 Joh 19, 28 f.

12 Joh 19, 34–37.

13 A. Rosenberg, Die christliche Bildmeditation, München-Planegg 1955, 97 (zit.: Rosenberg).

14 A.a.O. 62.

15 J. Streit, Sonne und Kreuz. Irland zwischen Megalithkultur und frühem Christentum, Stuttgart ³1986, 27–34.

16 A. Toynbee, Auf diesen Felsen, Wien u. München 1970, 288.

17 Ps 113,3.

18 Rosenberg 54.

19 A.a.O. 56f.

20 Irenäus von Lyon, Erweis der apostolischen Verkündigung I. 3,34; Ü: H. Rahner, Griechische Mythen in christlicher Deutung, Zürich ³1966, 59.

21 Johannes Paul II., Redemptor Hominis, Vatikan 1979, n. 14.

22 Rosenberg 61.

23 W. Bergengruen, Figur und Schatten, München 1958, 90.

24 Ps 121,4.

25 Mt 27,40.

26 Lk 23,43.

Abkürzungen

AH 51 = Analecta Hymnica, hg. v. G. Dreves u. C. Blume, Bd. 51: Die Hymnen des Thesaurus Hymnologicus H. A. Daniels und anderer Hymnen-Ausgaben. Erster Teil, hg. v. C. Blume, Leipzig 1908.

B = A. Bigelmair, Die Passio des heiligen Kilian und seiner Gefährten, in: WDGBl 14/15 (1952/53) 1–25 u. 16/17 (1954/55) 104–130.

BI = L. Bieler, Irland. Wegbereiter des Mittelalters, Olten, Lausanne u. Freiburg 1961.

C = Sancti Columbani Opera, hg. v G. S. M. Walker (Scriptores Latini Hiberniae Bd. II), Dublin 1957.

CM = A Celtic Miscellany, hg. v. K. Hurlstone Jackson, Harmondsworth [8]1980.

E = F. Emmerich. Der heilige Kilian, Regionarbischof und Martyrer, Würzburg 1896.

EQC Cen = Evangeliorum Quattuor Codex Cennansis, hg. v E. H. Alton u. a., Olten u. Lausanne 1950 u. 1951.

EQC Dur = Evangeliorum Quattuor Codex Durmachensis, hg. v. A. A. Luce u. a., Olten u. Lausanne 1960.

EQC Lind = Evangeliorum Quattuor Codex Lindisfarnensis, hg. v. T. D. Kendrix u. a., Olten u. Lausanne 1956 u. 1960.

GO = A golden Treasury of Irish Poetry, hg. v. D. Greene u. F. O'Connor, London 1967.

IB = C. Nordenfalk, Insulare Buchmalerei. Illuminierte Handschriften der Britischen Inseln (600–800), München 1977.

IK = J. Hellenkemper (Hg.), Irische Kunst aus drei Jahrtausenden. Thesaurus Hiberniae, Köln 1983.

H = 1000 Years of Irish Poetry. The Gaelic and Anglo-Irish Poets from Pagan Times to the Present, hg. v. K. Hoagland, New York 1949.

K = Irish Verse, hg. v. B. Kennelly, Harmondsworth [2]1986.

L = H. Löwe (Hg.), Die Iren und Europa im früheren Mittelalter, Stuttgart 1982.

M = Early Irish Lyrics, hg. v. G. Murphy, Eigth to twelfth Century. Oxford [4]1977.

p = Passio minor Sanctorum Martyrum Kiliani et sociorum eius (E 3–10).

P = Passio maior S. Kiliani et sociorum eius (E 11–25).

SP = Der Schlüssel des heiligen Patrick hg. v. H. C. Artmann, Salzburg 1959.

T = H. Trausil, Irische Harfe. Gedichte vom achten Jahrhundert bis zur Gegenwart, Ebenhausen [2]1983.

W = K. Wittstadt, Sankt Kilian. Leben – Martyrium – Wirkung, Würzburg 1984.

WDGBl = Würzburger Diözesangeschichtsblätter, Würzburg 1 (1933) – 50 (1988).

WP = The Works of St. Patrick. St. Secundinus' Hymn on St. Patrick, hg. v. L. Bieler (Ancient Christian Writers Bd. 17), Westminster u. London 1953.

Textnachweis

»Die Stimme der Iren.« Was altirische Dichtung über die Frankenapostel und über unser Leben zu erkennen gibt: Vortrag zum Aschermittwoch der Künstler 1987; unveröffentlicht.

Schöpfung, Menschwerdung und Kreuz. Irische Miniaturen aus der Zeit Kilians: Vortrag zum Aschermittwoch der Künstler 1988; unveröffentlicht.

Bild, Buch und Harfe. Die kulturelle Mitgift der Frankenapostel: Vortrag zum Aschermittwoch der Künstler 1989; unveröffentlicht.

Motive christlicher Spiritualität in der Passio Kiliani; unveröffentlicht.

Vom Kreuz gesegnet. Meditation im Anschluß an ein altirisches Kreuzgebet: Ansprache im Wortgottesdienst am Aschermittwoch der Künstler 1988; unveröffentlicht.

»Mit mir im Paradies« (Lk 23,43). Bildmeditation: Ansprache im Wortgottesdienst am Aschermittwoch der Künstler 1987; unveröffentlicht.

Bildnachweis